第一眼看见你 就觉得，
啊，蹲地上喝豆腐脑的那个光头
是我的菜。

狼行

巫哲 著

典藏版

㊤册

长江出版社
CHANGJIANG PRESS

图书在版编目（CIP）数据

狼行 / 巫哲著. -- 武汉 : 长江出版社, 2025. 7.
ISBN 978-7-5804-0043-7

Ⅰ. I247.5

中国国家版本馆CIP数据核字第2025XC4903号

狼行 / 巫哲 著
LANG XING

出　　版　长江出版社
（武汉市解放大道1863号　邮政编码：430010）
市场发行　长江出版社发行部
网　　址　http://www.cjpress.cn
责任编辑　罗紫晨
印　　刷　北京润田金辉印刷有限公司
（地址：北京市怀柔区庙城镇霍各庄村临254号）
版　　次　2025年7月第1版
印　　次　2025年7月第1次印刷
开　　本　640mm × 920mm　1/16
印　　张　58
字　　数　831 千字
书　　号　ISBN 978-7-5804-0043-7
定　　价　89.80元（全3册）

电话：027-82926557（总编室）027-82926806（市场营销部）

CONTENTS

目 录 上册

第一章 对头 001

第二章 伺候伤员 066

第三章 朋友 125

第四章 从春游开始 184

第五章 生日快乐 238

CONTENTS

目 录 中册

第六章　矛盾　283

第七章　珍惜　386

第八章　思考人生　430

第九章　一些改变　480

第十章　新生活　534

CONTENTS

目录 下册

第十一章	真正的新生活	601
第十二章	成长	711
番 外 一	家长会	869
番 外 二	泥人儿套餐	879
番 外 三	养鱼是件严肃的事儿	888
番 外 四	练车也是件严肃的事儿	897
后　　记		907
新版番外		909

第一章
对头

操场上风刮得很急，卷着莫名其妙的沙尘和草根儿往人身上一通瞎打。

边南把帽子拉低，都挡到鼻子那块儿了，衣领拉链也拉到了头，往上提着，还是被打得眼睛都快睁不开了，嘴里都能感觉到碎沙硌牙。

“今儿……又是一嘴沙子啊！”身后的万飞一面往地上啐着，一面气喘吁吁地骂。

“注意素质，注意素质。”边南啧了一声，“哎，这是沙子吗？勾点儿芡就是一锅酸辣汤。”

“为什么排球班那帮家伙不用被罚跑！”万飞一扭头看到了蹲在操场边儿上看热闹的几个人。

“因为那帮家伙翻墙没让人逮着。”边南转过身倒着跑了几步，伸手在万飞的脑袋上拍了一巴掌，“你跟个小脚老太太似的翻个墙两百年都没翻过去，咱俩还不如他们。”

“那是……寸了……好吗？”万飞很不服气，喘着气想再说两句，看到一道蓝色身影从体育馆里走了出来，赶紧推了边南一把，“老蒋、老蒋、老蒋出来了……”

边南迅速转身往前跑，特别“敬业”地吸了几口沙子。

老蒋是他们网球班的教练，体校最严厉的教练，严厉得他们连外号都没敢给他起。

“边南还有三公里！”老蒋走到跑道边，冲着从他面前跑过的边南吼了一声。

“我的天。”边南一听这话，差点儿没一个踉跄跪到地上。

“我呢？”万飞顺嘴问了一句。

“你愿意就陪着他跑，你俩不是买一送一吗？”老蒋冷着脸说。

“先……拆了吧……”万飞喘得厉害。

“你个没用的玩意儿。”边南乐了。

“我累死了……谁……谁给……你按摩？”

万飞跑完最后一圈儿，躲到老蒋腿边儿去了。

边南顶着沙子继续跑剩下的三公里，感觉腿上的肌肉在呼喊控诉着“小脚老太太”万飞，要不是昨儿晚上翻墙出去的时候万飞的裤子让钉子钩住了，他俩也不会当场被老蒋捉住。

罚跑五公里外加三公里对边南来说不算什么，但这玩意儿要是放在一下午的体能训练完事儿累得舌头都快吐出来了之后，就有点儿惨无人道了。

边南加速冲完最后三公里，在老蒋跟前儿站下了，弯腰撑着膝盖：“够数了吗？”

“晚上接着翻，再接再厉。”老蒋面无表情地看了他一眼，转身走了。

两人回到宿舍已经是吃饭时间了，宿舍里的人都没在，边南把身上的外套扒了，往床上一瘫，指挥万飞：“快，给小爷捏捏腿。”

万飞裹着一身衣服趴在自己的床上没动静。

“睡了啊？”边南抓过枕头往那边砸了过去。

枕头落在万飞脑袋上，他叹了口气："马上就要睡了。"

"临睡之前过来给我捏捏腿。"边南说。

"你就不能给一个快睡着的人留个好印象吗？"万飞拖着嗓音继续趴在床上，"做梦也好放过你啊……"

"废物，要你何用？"边南叹了口气跳下床，走到万飞床边一抬脚踩在了他的屁股上，"我给你踩踩？"

"哎……哎……舒服……"万飞有些夸张地呻吟着，"爷，您再往上点儿，腰那儿来两脚……"

边南兜里的手机响了一声，他拿出手机，把脚往上移到万飞的腰上踩了踩："记着我的大恩大德了没？"

"记着了、记着了，刻在我心里永垂不朽……"万飞一个劲儿地哼哼。

手机上有一条短信，发件人的号码在边南的手机上存的是"林阿姨"，这是他爸的老婆，算是他的后妈。

短信内容就五个字："这周回来吗？"

边南皱着眉飞快地回了一条："不回。"

万飞在他脚下哼哼唧唧一直在说话："要说我南哥，长得好，身材棒，还会踩背……脾气……脾气嘛……对着美女脾气挺好，你说为什么你就……"

边南停下了动作，挑了挑眉："就什么？"

"没什么，哎，别停啊。"万飞反手往他的小腿上按了几下，"继续。"

"这什么啊！"边南往万飞的腰上蹬了一下。

"哎！"万飞捂着腰扭过脸喊了一声，"做什么呢？我不就说你为什么追不着张……"

"我追不着你个头！"边南一脚往他屁股上踹了过去，就知道万飞要说的是张晓蓉。

"啊——"万飞又喊了一声，顿时清醒过来，很灵活地在床上来回滚着，"踩断了！"

边南没理他，打开柜子拿了衣服出来甩到肩上准备去洗澡，想想又说：

“是不是骨质疏松……”

“要不你趴着让我踩一脚？”万飞从床上跳了下来，扑过来就要拽边南。

“行、行、行，我错了。”边南拉开宿舍门跑了出去，“知道你的骨头硬。”

“滚！骨头硬也是有可能被踩断的！”万飞扒着门喊，“等我，我也洗澡！”

边南回头看了他一眼，手往腰上一叉，拿起衣服边甩边往前扭着跑了几步：“你来追我呀，来追我呀……”

旁边宿舍的门被打开了，王波捧着饭盒边吃边走了出来，看到他呛了一口：“刚过完年就光着膀子不冷啊？今儿跑了二十公里还这么活泼呢！”

“再来二十公里我都还能上广场来段乡村街舞。”边南从他的饭盒里捏了块肉放到嘴里，回头冲万飞吼了一声：“快点儿！抢屎都抢不到热的！”

万飞抓着衣服跑了过来，从王波的饭盒里捏了根青菜：“波波，你吃啥呢？”

王波把饭盒盖子扣上：“没完了是吧！”

澡房里已经没人了，边南拿了水卡插上，把自己扒光了站在喷头下兜头冲着水。

热水冲刷着酸胀的身体，非常舒畅，相当享受，他仰着脸冲了好半天才闭着眼去摸沐浴液。

他刚伸出手，万飞在一边就把沐浴液瓶子递到了他的手上。

“这么殷勤！”边南睁开一只眼睛瞅了瞅万飞，“说，是不是你的水卡又空了？”

“没呢！”万飞啧了一声，停了停，又叹了口气，“不过马上就要没了……”

“去充钱啊！”边南站到一边抹着沐浴液，把喷头让给了万飞。

“没钱充。”万飞有些郁闷地说。

“你的钱都用到哪儿去了？你不抽烟、不喝酒、不打牌，也不追姑娘……”边南一连串地数着，边数边觉得万飞简直能算是他们网球班的道德标杆了。

“谁说我不追姑娘？”万飞打断他的话，“我要攒钱给许蕊买点儿礼物。”

“她过生日？”边南推开他，站到了喷头下面。

“嗯。对了，上回你给张晓蓉买的那条链子是在哪儿买……”万飞说到一半闭了嘴，“算了，那个太贵了。”

“你要吗？要我就拿给你。”边南问。

上个月张晓蓉过生日的时候他买了条项链，结果人家愣是没收，连努力一把的机会都没给他留，直接把他的电话、微信、QQ全拉黑，半个月才放出来。

项链到现在还被他扔在柜子里。

“拉倒吧，万一张晓蓉看到，说：‘这不是上个月我没要的那条吗？’我就全毁了。”万飞摇了摇头，“可惜了，那么贵，要不留着吧，下回有机会再给我……”

“张晓蓉那天连我的脸都没瞅一眼，别说项链了。”边南冲完水，嘿嘿笑了两声，站到一边拿起毛巾擦着身上的水。

“这么帅的脸人家都不看。”万飞看着他，“你悲伤吗？”

“悲伤。”边南点了点头，“你说她怎么这么难追？”

“因为……”万飞犹豫了一下，关掉了水，“你的对手太强大。”

“对手？”边南愣了愣，“我还有对手呢？我怎么不知道？”

“你就是习惯了一呼百应，追个张晓蓉三天打鱼两天晒网，也忒不上心了，都没摸清敌情……”

“别废话！”边南不耐烦地打断了万飞的话。他追了张晓蓉俩月，的确是有一搭没一搭的，还真不知道自己有对手。

“你不知道张晓蓉过生日那天跟谁出去了吗？”万飞还想卖关子，边南手里的毛巾直接抽在了他的背上，他捂着背喊了起来，“哎！邱奕！邱奕！”

“谁？秋衣？我还秋裤呢！”边南对这个名字没什么印象，“邱奕是谁啊？”

“轻点儿！”万飞说，“航运中专二年级的，上学期就挺嚣张了，你一点儿都没听说过？”

边南甩了甩毛巾，万飞迅速躲开了，边南一收手，毛巾在空中抽出了响亮的一声。

“我以为你知道呢。”万飞补充了一句，盯着他的脸。

边南没说话，脸上的表情有点儿不好看。

在这片号称十年内将会发展成第二个城市中心，离市区不远但五年了还是只有两趟公交车能到的伪城乡接合部里，体校和航运中专的学生相互不对付的传统已经保持了很多年。

这一片就仨学校：体校、航运中专和卫校。

卫校的女生多，人漂亮。

体校姑娘本来就少，还有一半姑娘比男生都彪悍，于是几乎所有在这个“第二个城市中心”里的男生都把目标锁定在了卫校的妹子身上。

平时俩学校就吃夜宵、去网吧占机子、逛街互相看不顺眼的问题冲突不断，这几年的关系简直水火不容。

边南从初中起就已经在体校混了，所以对这里边儿够写一本书的恩怨情仇，他知道得很清楚。

一听到这个邱奕是航运的，他心里顿时一阵堵，拿过衣服套上了。

“还有点儿别的，听吗？”万飞边穿裤子边问。

边南看了他一眼没出声，万飞穿戴整齐之后，两人走出澡房，万飞在一边儿小声地做着小道消息播放器：“听说这小子挺嚣张，航运那边自从大广毕业以后不是纠纷不断吗？他来了半学期都给收拾了……”

“跟我有什么关系？”边南看了万飞一眼。

“行，行，行，说点儿跟你有关系的，之前我一直没敢告诉你，就想着你自己能发现的。”万飞顿了顿，等着边南接腔，结果边南没吭气儿，他只好清清嗓子继续说，“听说，是听说啊，张晓蓉在追他。”

边南一脚踢在宿舍门上，门撞到墙上，门板上本来就努力伸展着的裂缝一下子宽敞不少。

屋里正站在窗前眺望的孙一凡和朱斌被吓了一跳，孙一凡把手里拿着的橙子往边南身上砸了过去："有病吧？吃药！"

"你俩还挺活泼嘛。"孙一凡凑到边南跟前儿盯着他的脸瞅了一会儿，"老蒋没把你俩整死啊？"

"晚上出去吗？"边南把换下来的衣服往塑料袋里一塞，扔进了柜子里。

"不去，老蒋刚逮着你们，还去啊？"朱斌摇了摇头。

体校半封闭式管理，平时不让学生外出，周末能出去放一会儿风，但晚上翻墙出去寻找自由奔向夜宵摊和网吧的人不在少数。

"他还能天天逮吗？"边南满不在乎地躺到床上，学校其实很少逮人，要真想逮，去一次网吧能扫出一群包夜的学生来，"我还没吃饭呢。"

"我要不是裤子被钩着了也不可能被逮着！"万飞对墙上那颗破钉子有些耿耿于怀。

"就是。"边南摸出手机看了看，林阿姨给他回了条短信："那明天让老吴过去给你送衣服。"

边南看了看日期，没再回短信，觉得林阿姨大概是希望他不回家的。

边南肚子挺饿，累了一下午，饭也没吃上，隔壁宿舍的人过来打牌他都没情绪，塞着耳机躺在床上听音乐。

一直到快十点时他才拉着万飞出了宿舍，从三楼澡房窗户出去，顺着下水管子溜到了宿舍楼后边儿。

学校两米多点儿高的围墙对这帮体育生来说形同虚设，蹬两下就出去了。

边南跳出围墙的时候才发现墙根儿下面还蹲着几个人，他下去的时候差点儿直接跨在人家的脑袋上。

"谁啊？这么会挑地方跳！"蹲着的人蹦了起来。

"我。"边南应了一声，看清了这是篮球班的潘毅峰，另外几个人边南也都挺熟，篮球班、排球班的都有，全是惹是生非的小能手。

身后的万飞也跳了下来："哟，开会呢？"

"你俩干吗去？"潘毅峰问了一句。

"找东西吃。"边南拉了拉衣领。

他知道潘毅峰这帮人蹲在这儿不会是聊天儿，没多聊就打算直接走人。

虽说他不是什么老实学生，上网比训练上课认真多了，但不想刚被老蒋罚完就又惹出什么事儿来。

但他刚迈出一步，潘毅峰就叫住了他："边南，一会儿你俩来帮个忙吧。"

"哪儿？"边南停下了，潘毅峰开了口，他要再说不去就有点儿不仗义了。

航运那边一般是不拼出个老大来不算完的，体校不同，大家都是练过的，一帮刺儿头谁也不服谁，平时相互看不顺眼，关键时刻却都挺团结。

"冬青网吧。"潘毅峰低头看了看手机，"十点半。"

"蹲谁？"万飞追了一句。

"邱奕。"潘毅峰说。

万飞一听这名字，愣了愣，接着就迅速转脸看向边南。

"嗯。"边南应了一声，没多问，手往兜里一揣就走了。

"要找邱奕。"万飞跟着走了一会儿之后才小声说了一句，声音里透着兴奋，"是不是正合你意？"

"我现在只想吃东西。"边南在兜里摸了半天想找块儿糖吃，结果只摸出张超市小票，转头四处看了看，"去哪儿吃？"

"老乡亲吧，我想吃他家的春饼。"万飞说，停了一会儿又说，"我就知道潘毅峰得是第一个找邱奕的麻烦的，只是没想到他能憋到这学期。"

"这个点儿哪还有春饼……"边南指了指前面的一排餐馆，"随便来个炒面什么的得了。"

"随便，你大少爷都不介意，我更无所谓了。"万飞挥了挥手，倒是不在意从春饼直接凑合成炒面，“炒面的话我请你吧。”

边南和万飞坐在小餐馆靠窗的双人小桌前等着炒面。

这破地方晚上一过九点，还亮着灯的就只有网吧、山寨 KTV 和夜宵馆子。

边南一直偏着头往窗外看，不过看不到什么东西，路灯老远才有一盏，还有不少被打坏了一直没修，外面一片漆黑，玻璃上只能映出餐馆里的景象。餐馆里加上他和万飞一共就四个人，另一桌大概是航运的学生，低着头埋头吃面，连话都没说过一句。

“你这周不回家？”万飞问了一句。

“嗯。”边南点了点头，拿出手机盯着看了一会儿，给张晓蓉发了个信息：“周六有时间出来吃饭吗？”

一般他约女生不会用这样的问句，直接说周六请吃个饭就行了，但张晓蓉不行。

“又不回？上周也没回吧？”万飞摆了个姿势，举着手比了个二。

“回去也没意思。”边南拿着手机对着万飞拍了一张，“边馨语后天过生日，我回去干吗？”

边馨语是边南同父异母的妹妹，只小他半岁，边南从小跟她就没话说，到现在十来年了说过的话加一块儿估计都凑不出二十句来。

相比直接对话，大概两个人间接对话更多些，一般是这样：

边馨语：“爸爸，边南打我。”

边南：“我没有。”

边馨语：“妈妈，边南抢我的娃娃。”

边南：“我没有。”

“你主要还是想躲开边皓吧？”万飞给他倒了杯茶。万飞跟他从进初中体校就认识了，他家那点儿狗血伦理剧万飞门儿清。

“嗯。”边南喝了口茶，“他妹过生日他肯定得回家。”

边皓是边馨语她亲哥，边南跟他一句话都不想说，早两年见了面一个不合适就能打起来。

“去我家吧。”万飞说，“我妈说这周包饺子，你不是爱吃她烙的饼吗？让她给你烙饼。”

“再说吧。”边南晃了晃手机，“张晓蓉要不跟我吃饭我就去你家吃饼。”

“你俩吃饭还能吃两天吗？”万飞啧了一声。

边南笑了笑没说话。

两人吃完炒面，张晓蓉的信息才回过来：“我这几天心情不好。”

“真难伺候，等半天回句废话。”边南看着手机，皱了皱眉，“到底是心情不好不想吃，还是心情不好需要吃？吃不吃一句话的事儿这么费劲。”“她们那帮人不就这德行吗？”万飞凑过来看了一眼，乐了半天。

“胡说，你跟李丹她们那几个说话有这么费劲吗？”边南站起来穿上了外套。

“跟李丹说话不费劲你追李丹啊。”万飞啧啧了两声。

“太凶。”边南龇着牙也啧了一声，低头给张晓蓉回了条信息：“出来吧，我陪你到你心情好起来。”

从面馆出来，离十点半还有一会儿，边南和万飞慢慢地往冬青网吧那边走过去。

这片区因为有三个学校，所以除了饭店，就数网吧最多了，大大小小十几家。

不过网吧也分地盘，冬青那边的几个网吧体校的人一般不会去，航运的学生也不会到体校这边的网吧来。

如果这个点儿有人出现在对方的地盘上，那基本就意味着是来找麻烦的。

像边南和万飞这种一身运动服、连羽绒服都带着白杠的一看就是体校生，走在航运中专附近就特别扎眼。

路上经过两个还没盖好的新楼盘，边南进去转了一圈儿，找到两根木棍，拿在手上掂了掂，递了一根给万飞：“一会儿机灵点儿，别让钉子再钩着裤子。”

万飞接过木棍。

边南不知道潘毅峰叫了多少人，不过就看刚才墙根儿下的那几个，按他们这个年纪中打架斗殴的水平来说已经算是个中高手了，都不是善茬，还得算上个万飞。

虽说万飞翻个墙都能被钉子挂在墙上，但打架的时候相当猛，那劲头绝对超过一般学生水平。

边南没把自己往这里头算。他也打架，幼儿园起就没消停过，就因为老打架才被老爸塞进体校，说是消耗消耗精力，不过他一般不主动挑事儿，只是他脾气不好，碰上找麻烦的人他容易一点就着。

两个人走了没多大一会儿，就看到了闪着光的“冬青网吧”四个字。

边南拿着木棍的手紧了紧，他没看到潘毅峰的人，不过潘毅峰带着人的时候一般不会临阵脱逃，唯一的可能是他们已经进了网吧。

“过去。”万飞加快了步伐走到了他前面。走到离网吧也就五十米的地方时，他俩听到了网吧里传来的喧哗声，接着就看到有人从大门里跑了出来。

“堵门。”边南说了一句，两个人往大门跑了过去。

几个跑出来的人很惊慌，脸上的表情在灯光下让人看得很清楚，这几个都不是他们的目标，几个人就是被打架吓着了逃出来的……

体校这边除了潘毅峰，别的人问题都不大，这些人身体素质都好，挨几下不算什么。

万飞被抽得挺狠，这会儿也看不出有什么太大影响。

有两个人陪着潘毅峰去了三里地之外的医院看急诊，其他的人都散了，有的去了网吧，边南和万飞回了学校。

在澡房里咬着牙用凉水对着肩冲了十来分钟，边南才回宿舍，把衣服脱了，借着宿舍外面的灯光，发现自己的肩膀也青了，用凉水冲过之后没有之前那么肿了。

他咬着牙动了动胳膊，骨头应该没有问题，但肌肉哪怕有一丁点儿牵拉都疼得他想跪下，连肩带脖子那一片都疼得发麻。

上铺的朱斌探出半个身子：“你这是怎么了？”

“能看到？”边南看了他一眼，“眼神儿不错啊。”

边南说着，然后掀开被子倒在了床上。他还是头一回这么没防备地被人揍。

不过要说让他最郁闷的还不是这个事儿。

往回走时，他看到了在路边一家奶茶店门口站着的张晓蓉。

他顿时反应过来，背后那声有些耳熟的尖叫就是张晓蓉发出的，而且当时距离挺近，边南能猜出那会儿张晓蓉没准儿刚从邱奕的车上跳下去。

边南本来对张晓蓉没太多想法，就觉得张晓蓉漂亮，而且不是俗气的漂亮，是特有文艺范儿的那种。

现在一想到邱奕，边南心里就一阵发堵，肩上的伤像火烧一样说不上来地难受。

这张晓蓉，他还非追到手不可了！

边南憋着一肚子气，而且还是越想越气的那种气，居然没多大一会儿就睡着了。

第二天天还没亮被学校大喇叭吵醒的时候，他还感觉这一觉睡得挺香。

翻身下床时肩上一阵拉扯着的疼痛才让他想起昨天晚上的事儿，边南顿时又有点儿火。

“今儿训练要遭罪了。”万飞弓着背拿了毛巾走出宿舍。

每天早上穿着运动服在学校外边顺着人行道跑圈儿的体校学生一直是“第二个城市中心”亮丽的风景线。

附近早起的大妈大叔经常驻足观赏。

边南跑在队伍中间，胳膊摆动的时候跟上刑似的，不过他还忍得了，以前训练拉伤肩也就差不多这感觉了。

刚跑了半圈儿，边南余光扫到了一抹耀眼的绿色。

他猛地转过头看去，愣了愣，爆了一句粗口。

街对面停着辆荧光绿的自行车，车上的人一只脚撑着地，双手插在兜里正往这边看。

万飞正捂着右肋跑步，一扭脸也看到了邱奕，咬着牙骂了一句：“这家伙找抽呢？”

邱奕依然戴着口罩，能看到他左眼旁边露出了半截纱布。

边南没说话，埋头往前跑。他不知道邱奕跑这儿来待着是什么意思，示威？挑衅？

万飞相当不爽地一路小声骂着……

边南听到万飞这动静，抬头往之前的位置扫了一眼，有些吃惊地发现邱奕居然还在那儿，依然双手插兜地看着这边。

“他干吗呢？”边南忍不住问了一句。

“谁知道。”万飞顿了顿，凑到他耳边压低声音道，“他是冲你来的吧？”

边南冲万飞龇着牙笑了笑没说话。

他偏过头盯着邱奕。

这条路很窄，他俩之间的距离并不远，边南甚至能看到邱奕在阳光下略微泛着金色的浅褐色眸子。

邱奕的目光跟边南对上了，他突然抬起手，指了指自己脸上的纱布。

“活该！”边南的肩还扯着疼得厉害，他又不想也指指自己的肩搞得跟友好交流似的，于是骂了一句扭过头继续往前跑了。

跑步的队伍在前面拐了弯，跑出了视线范围后，邱奕低头拿出兜里已经响了半天的手机，看了一眼号码，是张晓蓉。

“嗯？”他摘下口罩，接了电话。

“你在哪儿呢？”张晓蓉问。

“小福超市门口。”邱奕说。

那边的张晓蓉明显愣了一下：“怎么在那里啊？”

“看风景。”邱奕说，“十分钟能到吗？”

张晓蓉没说话，似乎在犹豫，在邱奕准备直接挂掉电话的时候，她说：“好吧，那你等我。”

“嗯。”邱奕挂了电话，把口罩戴好，继续看着街对面。

张晓蓉压着十分钟时间到了超市门口，看到邱奕之后拢了拢头发，笑着说：“怎么跑到这里来了？”

“这儿离你们学校近。”邱奕说。看得出张晓蓉认真打扮过，很漂亮。

“你的脸怎么了？”张晓蓉看着他脸上的纱布，“是昨天……”

“要给我什么？”邱奕打断她的话，问了一句。

“先载我回学校吧。”张晓蓉很识趣地没再问，看了一眼街对面，“我们学校门口的小笼包你吃过没？很好吃。”

“要给我什么？”邱奕又问了一遍。

“吃完早餐给你吧，你先请我吃小笼包。”张晓蓉背着手，笑了笑。

邱奕没说话也没动，还是看着她。

几秒钟之后，她伸出手，把手里的东西放在了邱奕的手里：“我做了几个，送同学被笑手笨，你别笑我啊。”

邱奕看了看手里的东西，是个手工做的黑绒毛钥匙扣。

“谢谢。”邱奕拿着钥匙扣来回看着，“手挺巧。”

“我的手可……”张晓蓉没说完，抬头往街对面看了一眼，脸色突然有些僵地往他身后躲了躲，“笨了。”

邱奕没往街对面看，偏过头看着张晓蓉笑了笑：“怕他看到？”

“啊？”张晓蓉笑着又看了看街对面的人，“谁啊？”

“边南。”邱奕说。

“你说什么呢？”张晓蓉低头拉了拉外套，皱着眉道，“我为什么怕他看见？他又不是我的什么人。”

“是吗？”邱奕勾着嘴角笑了笑，把自行车掉了个头，跨到了车上，“上来吧。”

张晓蓉犹豫了一下，扶着邱奕的腰坐到了自行车后座上。

边南把饭盒往餐桌上一扔，饭盒往对面万飞面前滑过去，万飞伸出一根手指按住了饭盒：“不吃啊？不吃给我。”

“随便。”边南脸色不太好看地把勺子砸进了饭盒里。

饭盒里的粥溅到了万飞的手上，他啧了一声，反手在衣服上蹭了蹭："平时也没觉得你对张晓蓉有多上心，这会儿怎么气成这样？"

"这是两码事儿。"边南没好气地把饭盒拿到自己面前，"你说这人怎么这么幼稚？"

"你为这事儿生气也挺幼稚的。"万飞看着饭盒，"又不给我吃了？"

"想吃自己买。"边南低头狠狠地咬了一口包子，"我幼稚怎么了？我现在正是幼稚的年纪。"

上午的文化课对万飞来说是睡觉时间，他趴在桌上睡得天昏地暗，呼噜都打上了，得亏是坐在最后一排，老师只要没被吵得讲不下去课，一般也懒得管他。

边南拿出手机放在万飞脸旁边录了两分钟，又拍了两张万飞不太对得起观众的睡相，然后靠在椅子上看着老师发呆。

边南上课很少睡觉，就算困得不行也睡不着，一般都盯着老师发呆。

他们新分来的年轻语文老师说过："边南，你要是不想听课可以瞅瞅窗户外边儿。"

边南对着老师发了一上午愣，万飞睡了一上午，最后一节课的时候呼噜打得英语老师实在受不了了，指着万飞说："让他醒一醒，睡觉就算了，呼噜打得赶上广播了！"

边南推了万飞一把，万飞一脸不爽地嘟囔了几句，没醒。

边南拿了张纸巾揉成两团塞在了他的鼻孔里，万飞扛了十来秒，被憋醒了。

中午下了课，边南把手机上的照片给万飞展示了一下："一会儿发给许蕊。"

"你还是不是人！"万飞指着他道。

"不是。"边南笑了笑，正想把录音放出来给万飞听听的时候，手机响了，有电话进来，是他爸。

他接起电话："爸。"

“阿姨说你这周又不回家？”老爸的声音传了过来。

“嗯。”边南站起来走出教室靠在走廊栏杆上，“回去跟边皓打架吗？”

“你这话说的。”老爸叹了口气，“兄弟两个成天说什么打不打的。”

“全家就只有你觉得我跟他是兄弟。”边南说，“你不反思一下吗？”

“你少用这个调调跟我说话，你不回就不回吧，下午我去接你，咱俩去吃个饭。”老爸的语气不是商量，说完也没等边南回话就把电话给挂了。

“饭否？”万飞从教室里出来跟他并排靠着栏杆。

“饭。”边南揉了揉肩，跟万飞一块儿下了楼。

体校就一个食堂，大师傅们每天都气不顺，除了有比赛的时候菜吃着还成，平时做出来的菜倒是不缺肉，但色香味儿全无。配菜的人原来肯定是开养猪场的，搭配凭心情，切成什么样也看心情。边南有一回要了份青椒炒牛肉，一勺菜里一个灯笼椒，整的。

边南看着餐盘里的菜，没什么胃口，有一筷子没一筷子地吃着。

“一会儿去校医室看看？”万飞看着一直用左手吃饭的边南。

“嗯。”边南叹了口气，“记得说我是从上铺摔下来的。”

“然后摔在我身上了……”万飞点了点头，又啧了一声，“你说老蒋能信吗？”

“信不信他都得整我们，一样。”边南说。

边南肩上的伤不算太严重，校医检查了一下，确定骨头没问题，喷了点儿药就完事儿了。

不过下午训练的时候老蒋对从上铺摔下来还顺带砸到一个人的设定并不相信。

“还有别的伤没有？”跑完三公里之后他打量着边南问了一句。

边南活动了一下肩膀，又蹦了两下：“没了，就肩……”

“往返跑六组，负重深蹲六组。”老蒋打断了他的话，“三十米冲刺跑四组。”

边南没说话，转身活动了一下开始往返跑。

十米往返跑其实对肩还是有要求的，平时他不觉得，伤了就深深领悟。

老蒋把训练任务都布置了，站在一边盯着边南。

“打架了吧你？”老蒋在边南冲过他身边的时候说。

“没。”边南刹住，转身往回冲。

“万飞躺地上让你砸的？”老蒋冷笑了一声。

边南再次转身往前冲：“他在伸懒腰。”

“胡扯。”老蒋说。

边南没再说话，六组往返跑完了之后他才小声说了一句：“咱食堂那个没油盐味儿的菜还能让人扛住训练不？”

今天老蒋并没有太折腾他，肩伤对训练影响很大，而且边南伤的是右肩，除了步伐和抢网，老蒋没安排他练发球之类需要大量用到肩的训练。

在训练结束的时候他盯着边南说了一句这两天好好休息，又让他把校规抄三十遍。

“我们还有校规呢？”边南相当惊讶，跟万飞一块儿蹲在学校门口等他爸的时候问了一句。

“传说中是有的，老蒋不是给咱俩范本了吗？”万飞拿着一碗酸辣粉吃得很投入。

“范本是手抄本啊，我这本抄得跟天书一样，我还得先翻译……”边南动了动胳膊，“我要再看到邱奕不揍他不算完！”

“是为他砸你这一下还是为张晓蓉啊？”万飞把纸碗递到他眼前，“吃一口吗？”

“不吃。”边南推开碗，“都为。你说张晓蓉到底看上他什么了？”

“帅吧。”万飞接着吃，“小姑娘不都喜欢他那款的吗？”

“没看清，我就光看见口罩了。”边南拍了拍鞋上的灰，“帅个头，挺装是真的，骑那个颜色的车，还戴个美瞳……”

“美瞳？”万飞愣了愣，“你怎么知道他戴了？”

“他那俩金眼珠子你没看见啊？”边南啧了一声，对邱奕的长相的印象就只有早上跑步时看到的那双眼睛。

“南哥，”万飞放下了筷子，把纸碗放到脚边，转过头看着边南，“邱奕那不是戴美瞳，人家是混血儿。”

“什么？”边南瞪了瞪眼睛，“混什么血？”

“许蕊说邱奕他妈是俄罗斯人，你没看见他的鼻梁很高吗？轮廓也比一般人要明显，还很白……”万飞说。

“我往哪儿看去？他捂那么严实，跟出来抢劫似的。”边南很不爽地站了起来，“白怎么了？白就比我强了？男人要那么白干吗呢？”

“许蕊说那叫玉树临风。”万飞把碗扔进旁边的垃圾桶里。

“那你也挺白的，你追许蕊连吃奶的劲儿都使出来了，为啥就追不着呢？”

边南靠着树，冲他龇牙一乐。

“咱不是混血呗。”万飞回手指了指边南，“有你这样说话的吗，你还能不能好好聊天儿了？”

“混血有什么了不起的？”边南拿了块口香糖放在他的手上，“我也混血呢，我两省混血，我妈……”

说到这俩字的时候边南突然停下了，每次说到“我妈”这个词的时候他都有种说不上来的怪异感觉，对自己亲妈难以总结的感受让他没再继续说下去。

万飞很配合地没再继续这个话题，重新在路边蹲好：“今儿晚上跟你爹吃完饭上我家去呗。”

“再说吧。”边南突然有点儿没心情说话了。

两人沉默着在路边蹲了一会儿，边南看到老爸的路虎开了过来，踢了万飞的屁股一下：“来了，走，送你到你家路口。”

万飞跟边南他爸挺熟，打了个招呼上了车之后还聊得挺热乎，到地方万飞下了车之后，车上只剩下边南和他爸，车厢里莫名其妙地安静了下来。

“想吃什么？”老爸过了一会儿打破了沉默。

“随便。”边南拿过CD包，想放点儿音乐听，翻了半天发现自己之前放在包里的几张 CD 没了，里面全是边馨语喜欢的几个歌手和边皓装格调用的交响乐。

他把 CD 包扔回了后座上，打开收音听着。

“馨语前几天整理 CD 来着，你那几张碟她大概忘放回来了。”老爸看了他一眼，“我回家替你找找吧？”

“不用了。”边南笑了笑，“也不是什么特别喜欢的碟，我难得坐一次车，无所谓。”

家里只有边南住校，平时在车上的基本是其乐融融的一家四口。

老爸对吃什么也有些拿不定主意，开着车满城转悠了一个多小时，最后边南叹了口气。他知道老爸是想找家没带边馨语和边皓吃过的馆子，小时候他为这事儿闹过别扭，现在早不在意这些了，老爸却一直很注意。

“前阵子你是不是跟徐叔去吃蘑菇菌子什么的了？”边南说。

“是啊，新开的一家，还行，野生菌都是从云南运来的。”老爸放慢车速，“想吃？”

“嗯。”边南点了点头。

“那就去。”老爸打了把方向盘往南城开过去，“你不是无肉不欢的吗？改吃素了？”

“蒋教练说我要减重。”边南随便找了个理由。

“打个网球还管体重呢？”老爸皱了皱眉，“上周你阿姨还说你好像瘦了。”

“怎么不管？重了跑不动。”边南笑了笑，老爸这话是想让他觉得阿姨很关心他，但他过完年明明重了快十斤，这话也太假了，“她每天就遛个狗不还喊着要减肥吗？”

“你这个损劲儿从哪儿遗传的？”老爸摇了摇头。

“我妈那儿。”边南说。

这话说完之后，老爸叹了口气，车里的气氛再次诡异地凝固了。

边南沉默了一会儿，觉得自己有点儿傻，于是揉了揉鼻子又说了一句：“我卡上没钱了。”

这个话题能有效转变气氛，边南觉得每次听到自己要钱，老爸都会很高兴。

“我明天给你打钱。”老爸立马说。

“谢谢爸。”边南看着自己的手。

虽然是周末，但饭店里的人不多，老爸想上包间，边南指了指临街的卡座：“那儿吧，在包间里吃感觉跟谈判似的。”

“那行。”老爸笑了笑。

两个人坐定之后，一个服务员拿了两本菜单放在他们面前，问了一声：“两位要什么茶？”

“有什么茶啊？”边南抬头看了一眼服务员。

这一眼看过去，他看到服务员浅褐色的眸子愣住了。

这是什么缘分？

邱奕没有戴口罩，跟边南差不多是面对面的距离，边南总算看清了这人的长相。

邱奕脸上的那一小块纱布拿掉了，眼角下有一个半圆形的伤口，像个月牙儿，皮肤的确白，脸上轮廓很清晰，直挺的鼻子和比普通人深的眼眶。

他很不爽地收回目光，盯着面前的杯子。邱奕说了句什么他都没听清，脑子里就回荡着自己下午的那句话：“我要再看到邱奕不揍他不算完！”

可他怎么也没想到会是在这种场景下再看到邱奕。

“罗汉果茶吧。”老爸先点了茶，低下头开始研究菜单，“上回吃了那个羊肚菌炖排骨不错，来个羊肚菌吧。”

“羊肚菌炖排骨。”邱奕重复了一遍菜名，低头在点菜器上按了几下。

边南听到邱奕的声音时才回过神，反应过来老爸点了他最讨厌的罗汉果茶，但知道老爸爱喝这玩意儿，在老爸眼里什么龙井、碧螺春、铁观音也赶不上两块钱一个的罗汉果。

边南心里不爽，对茶又没法抗议，斜眼儿瞅着邱奕眼角的伤口：“包拯的月牙儿移民了？”

邱奕看了看他，只是笑了笑，没出声。

“你管这么多呢？”老爸对他突然冒出这么一句话有些莫名其妙，“再来个松茸炖汤？”

“不爱喝汤。”边南闷着声音说。

“松茸不做汤还能怎么吃？”老爸抬头问邱奕。

“可以油煎。”邱奕说，“味道不错。”

“那油煎松茸吧。”老爸点了点头。

“好的，油煎松茸。”邱奕按下了点菜器。

“你的手怎么了？”老爸指了指他的手。

“训练摔的。”边南说。

“训练累吗？这学期还没跟你们蒋教练联系过，你没惹什么事儿吧？”老爸有些担心。

“老蒋又不是我的哥们儿。”边南看了一眼老爸，叹了口气，“我要惹了什么事儿他早给你打电话了。”

老蒋的确会隔三岔五地给老爸打电话，但偶尔晚上翻个墙这种事儿对体校学生来说实在没什么可汇报的，肩伤又没证据是打架造成的，边南并不在意。

老爸看着他叹了口气，似乎有些找不到话题了。边南也沉默着，倒是不觉得有什么不自在，跟老爸相处的绝大多数时间里，他们都是这种状态。

没过两分钟，邱奕把罗汉果茶端上来了，边南拿过壶给老爸倒了一杯。

邱奕转身走开的时候，边南回过头盯着他的背影，一直到邱奕走出去老远了，才一扬手叫了一声：“服务员！”

邱奕停下脚步，转身又快步走了回来：“先生有什么事儿？”

“给我杯白开水。”边南说。

“稍等。”邱奕转身走了。

边南继续沉默地跟老爸面对面，手指在空杯子上轻轻敲着。

没多大一会儿邱奕就拿托盘端过来一杯白开水，放在了边南面前：“您的白开水。”

边南看着正冒着热气的水，叫住了要转身走开的邱奕：“开水啊？”

“嗯，开水，白开水。”邱奕看着他。

“我要凉白开。”边南用手指撑着额角，看着邱奕的眼睛。

“没有。”邱奕抱着托盘，“现在天冷，都是热开水。”

“矿泉水总有吧？”边南啧了一声。

“有，稍等。”邱奕看了他一眼，转身走开了。

老爸在邱奕走开之后才问了一句：“你这是怎么了？”

边南脾气不好，但怕麻烦，从来不会这么没事儿找事儿地刁难人，再说他也从来没有吃饭的时候喝凉白开的习惯，老爸有些不能理解。

“没什么，就是想喝凉白开。”边南把热开水推到一边。

“你是不是认识那个服务员？”老爸往他身后看了看，“同学？”

“体校没有服务员专业。”边南说，“我不认识他。”

老爸还想说什么，张了张嘴没说出话来，最后只是叹了一口气。

邱奕拿来一瓶矿泉水，给边南倒了一杯：“先生还有什么别的需要吗？”

“催一下菜，饿死了。”边南说。

邱奕应了一声走开了，不过没走远，看样子他负责的是这几个卡座，就站在离得不远的地方。

不能动手，边南唯一解气的方式就是遛他。

菜上完之后，边南一会儿要加水，一会儿要纸巾，一会儿让换个盘子。

但邱奕始终面带微笑，有求必应，连声音都没提高过。

这让边南相当憋气。边南就等着邱奕扛不住了哪怕有一点儿不耐烦，他就可以顺着发火了，结果邱奕从头到尾没给他一丝机会！

边南第四次抬手准备要纸巾的时候，老爸终于忍不住了，放下了筷子：“你还能不能让我安生地吃顿饭了？”

“你吃你的。”边南抬了抬手，“服务……”

“先生您好，有什么需要？”一个小姑娘快步走到了桌子边。

“员。”边南愣了愣，“换人了啊？”

小姑娘也愣了愣，不知道该说什么，又笑着问：“您有什么需要吗？”

“没了。”边南闷着声音，换人了就算了，他不想遛小姑娘。

服务员小姑娘走开之后，边南突然有些泄气，觉得自己这一通折腾是不是太幼稚了，特别还是当着老爸的面儿，饭也没吃舒服。

“消停了？”老爸看着他，给他盛了碗汤，“尝尝这个杂菌汤，挺鲜的。”

“哦。”边南其实不爱喝汤，就牛肉面的汤他会喝两口，不过这会儿还是低头几口把碗里的汤喝光了。

“这学期有比赛吗？”老爸没话找话地问了一句。

“有，市里的，四月有个排名赛，跟我没什么关系。”边南夹了一筷子不知道是什么的菌子放进嘴里，味道还不错。

“这是什么话？怎么就跟你没关系了？”老爸皱了皱眉。

“你不说送我去体校就是……”边南闭了嘴，就是混日子，这话老爸以前老说，不过这些年边南打比赛成绩都还不错，老爸大概是开始希望他能打出点儿样子来，混日子这话就没再提，他看了老爸一眼，“我尽力吧，看老蒋的安排。”

两人在半沉默半没话找话的愉快氛围里吃完了这顿饭，老爸结账的时候边南回头看了看，店里客人比之前多了几桌，服务员来回走动着，但没看到邱奕。

他跑了？

边南在心里啧啧了两声，跟在老爸身后站了起来，战斗还没有拉开序幕就结束了，没劲儿。

出了饭店，老爸去停车场取车，边南懒得走，站在路边等着。

他正拿了手机给万飞发短信说自己一会儿过去，有人从对面走了进来，边南闻到了很淡的烟草味儿，抬头看了一眼，正好迎上了对方的目光。

缘分啊，边南挑了挑眉，来人居然是邱奕。

跟之前彬彬有礼的微笑服务不同，邱奕跟他对视的这一眼眼神很冷，脸上也没有表情。

“逃难回来了？”边南压着把手机往他脸上砸过去的冲动。邱奕个头儿跟他差不多，身板儿也并不像他想象的那么孱弱，他这么轻易地动手未必能占上风。

邱奕看了他一眼，往饭店那边走过去，跟他擦身而过的时候，离得很近地在他耳边轻声说了一句：“怎么，这就跑了？”

边南的怒火瞬间被邱奕这句话给点燃了。

他左手拿着手机想也没想地反手对着邱奕的脸抡了过去。

邱奕偏过头抬手挡了一下，边南的手砸在他的手腕上，一阵生疼，估计邱奕手上戴着东西。

边南正想咬牙照着邱奕脸上来一胳膊肘的时候，身后有车灯照了过来，几声急促的喇叭声响起，紧接着边南就听到了老爸的吼声：“边南！”

车停在他身边，老爸从车上跳了下来，抓着边南把他拉开了：“干吗呢这是？”

边南虽然感觉自己的头发都快被怒火点着了，但当着老爸的面儿还是用尽了毕生的忍耐力没有再扑过去。

“到底是怎么回事儿？”老爸把边南塞进了车里，把着车门，“就取个车这两分钟你都能跟人打起来！你怎么这么不让人省心？”

边南坐在副驾驶座上没吭声，想起自己的手机还扔在地上呢，伸腿想下车，被老爸一巴掌推回了车里：“还想干吗？”

“手机！”边南喊了一声，“捡手机！”

“你待着！”老爸吼他，转身去找他的手机，“哪儿呢？”

“树那儿呢。”边南靠到椅背上，肩和肋骨都开始抽着疼。他皱着眉盯着饭店的方向。

关于为什么打架，无论老爸怎么问，边南都不再出声。问了几遍都没得到答案，老爸长长地叹了口气，不再费劲儿，发动了车子：“回学校吗？”

“去万飞家。”边南把脑门顶在车窗上往外看着。

老爸应了一声，一路沉默着把车开到了万飞家楼下。边南打开车门下车的时候，他老爸指了指后座：“给你带的换洗衣服。”

“哦。”边南从后座上拎出装着衣服的袋子。

“钱我明天给你转吧？”老爸又说。

“不着急，还有呢，我就顺便那么一说。”边南拿出手机拨了万飞的号码，响了两声之后被挂断了，接着万飞的脑袋从楼上的某扇窗里探了出来：“我下去给你开门！”

万飞家这栋楼楼下大门的锁坏了，也没人管，回回都得打电话然后等着人下来开门再上去。

“我等他下来。”边南关上车门，“爸你回去吧。”

“边南，”老爸放下车窗在车里看着他，想了半天才说了一句，“你这一句话不合适就要动手的脾气实在是……”

“知道了。”边南拍了拍车窗，往后退着走了几步，“知道了。”

“你知道才怪！”老爸狠狠地瞪了他一眼，关上车窗把车掉了个头开走了。

一进万飞家，边南就闻到了一股烙饼的香味儿，愣了愣:“在烙饼呢？”

“嗯，你不是回回来了都要吃吗？”万飞指了指厨房，“我妈听说你来了就去烙了。”

“大晚上的多不好意思。”边南脱掉外套跑进厨房，喊了一声：“大姨！我吃过了，别忙活了。”

“顺手一挥就烙出来了，不费事儿。这几天他爸出差，我做了都没人吃，好容易来个吃饭的。”万飞妈妈笑着说，“你也甭客气了，这饭都蹭多少回了，我还不知道你的食量吗？”

边南也没再推辞。他回回上万飞家都没少吃，加上今天碰上邱奕，饭没吃痛快还动了手，这会儿莫名其妙地胃口大开。

万飞妈妈烙的几张饼他全给吃了，他胡乱洗了个脸就进了万飞的屋里，躺床上摸着肚子喝牛奶。

“此次跟你爸会晤愉快吗？”万飞进了屋，把门关上了。

“哪次会晤都差不多一个德行。”边南笑了笑，又皱着眉把自己的衣服掀开来看了一眼，咬牙骂了一句。

“我的老天爷！”万飞凑过来看了一眼愣住了，跟着也掀起衣服瞅了瞅，“这玩意儿还带传染呢？过给你了？”

“你那脑子有空的时候也拿出来用用行吗？都快生锈了。”边南叹了口气坐起身，喝了口牛奶，“知道今儿吃饭我碰上谁了吗？”

“邱奕？”万飞想都没想就接了一句。

边南盯着他看了一会儿：“你是不是吃成长快乐了？”

“你真碰上邱奕了？”万飞有些兴奋，蹦上床盘腿坐在他对面，“说说，怎么回事儿？动手了？”

“也没怎么动，我爸在呢。”边南皱皱眉，捂着肋骨慢慢地喝了两口牛奶，“今儿我爸带我去吃菌子，他在那儿打工呢，当服务员。”

“打工？”万飞愣了愣，航运学生跑饭店去打工挺少见的，就他们身边那帮人，去发个传单都跟被判了三年似的那么痛苦。

“嗯。”边南低头把牛奶吸得哗啦哗啦响。

“他这是体验生活还是赚钱啊？”万飞抢过他手里的牛奶盒，“能好好喝吗？我最受不了这动静。”

边南没说话，躺回枕头上，脑袋枕着胳膊：“我管他是为什么，反正我跟他算是没完了，以后见一次打一次。”

“打！”万飞对边南的决定没什么意见，反正对打架充满了热爱，比训练上心多了。

他在边南旁边也躺下了，沉默了一会儿，叹了口气：“你说……我觉得吧，就感觉吧……我就想啊……”

“你这心理活动也忒多了。”边南有点儿不耐烦，“没想好憋着！”

“唉！”万飞拍了他的腿一巴掌，“你说张晓蓉看上他什么了？这边要脸有脸、要身材有身材、要钱有钱的帅哥追着，她不要，扭头追着个穷小子满世界跑，你说她是不是……”

“你闭嘴！”边南蹬了万飞一脚，就算他对张晓蓉没什么“噢就是她”的感觉，那也是他在追还追不着的人，“我就喜欢她这嫌富爱贫的精神！”

“那就是神经！”万飞翻了个身。

边南被他说乐了，笑了半天：“我发现有时候你的反应挺快的。”

“废话，成天跟你待一块儿反应不快点儿早让你损废了。”万飞抱着被子，过了一会儿突然回过头，“南哥。”

“嗯？”边南盯着天花板。

“就明儿晚上吧。”万飞在自己青了一大片的肋骨上摸了摸，“去找他。”

晚上十点，邱奕换好衣服，从饭店后门走了出去，站在后门的垃圾桶旁边点了根烟叼着，低头掏出了手机。

手机上有一个十分钟之前打过来的未接来电，是老爸的号，他把电话拨了回去。

电话只响了一声就被接起来了，那边响起一个稚嫩的声音：“哥哥。”

“邱彦？你怎么还没睡？”邱奕皱了皱眉，“刚才的电话是你打的？”

“已经睡了，在床上给你打的。”邱彦小声说。

“我这就回去了，你马上睡觉。”邱奕说，“我到家的时候你要是还醒着，你就完了。”

“我现在就睡着了。”邱彦很快地说了一句，把电话挂断了。

邱奕抽了两口烟，手机上还有几条张晓蓉发过来的废话短信，他删掉了，把手机放回兜里的时候，身后传来了高跟鞋的声音，他回头的时候闻到了香水味儿。

“曼姐。”他跟从后门走出来的女人打了个招呼。

曼姐叫肖曼，三十多岁，是饭店的两个老板之一，平时的运营都是她在负责的。

“今天辛苦啦。”肖曼停下脚步看了他一眼，“你是前阵子张婷介绍来的那个吧，叫邱奕？一直还没跟你聊过呢。”

肖曼没什么架子，跟员工关系很近，喜欢听人叫她姐，没事儿爱找员工聊聊天。

“嗯。”邱奕点了点头，错开一步站在了肖曼的下风，把手里的烟掐了。

“这点儿烟味儿没什么的。”肖曼笑了笑，盯着他又看了两眼，“你家住哪儿？我顺路送你回去吧。”

“不用了，我骑自行车来……”邱奕说。

“这么大的风骑什么自行车。”肖曼打断了他的话，在他背上拍了拍，“自行车扔我的车上就行，走。”

没等邱奕再说话，肖曼已经转身往停车场走去。

邱奕皱了皱眉，跟在了她身后。

肖曼的车是辆丰田皮卡，邱奕连“后备厢放不下自行车”这样的理由都没法找，只得把自己的车扔到了后斗里，上了肖曼的车。

“张婷说你在航运中专上学是吧？”肖曼开着车往他家的方向驶去。

“嗯。”邱奕应了一声。

“这样又上课又打工，辛苦吗？”肖曼又问。

“还成。”邱奕看着窗外，“没感觉。”

“一个学生这么辛苦地出来打工，是家里有困难吗？”肖曼偏过头看了看他。

“嗯。”邱奕转过脸去。

“要有什么困难跟我说，咱们饭店对员工能帮的都会帮。”肖曼说。

“谢谢曼姐。”邱奕笑了笑。

“小伙子不太爱说话嘛。”肖曼挺有兴趣地继续看着他。

“天冷。”邱奕再次把脸转向窗外。

这句话让肖曼笑了半天，最后她说：“你挺逗的。”

邱奕家离饭店有点儿远，在一片有些年头的胡同里，地段不错，老爸一直在等着拆迁，不过等了十几年也没动静。

他回到家的时候，院子里很安静，几户人家都已经关了灯。

他掏出钥匙开了门，家里客厅里的灯也关了，门边亮着一盏小夜灯，老爸的卧室的门缝下隐隐还透出几丝光线。

他没开灯，轻手轻脚地推开老爸的卧室的门，轻声说：“我回来了。”

“比平时早点儿啊。”老爸坐在轮椅上说了一句。

“邱彦睡着了吧？小点声儿。”邱奕进了卧室，把门关上，“你也睡吧，要上厕所吗？”

“上过了。”老爸放低了声音。

“不用老等我，我回家的时间没准儿。”邱奕把轮椅推到床边，把老爸往床上抱的时候肋下一阵疼痛。他咬了咬牙，放下老爸之后才搓了搓被边南用膝盖顶伤的位置。

关好老爸的卧室的门，邱奕进了自己的房间，借着窗外的光线看到邱彦正趴在枕头上，大半个后背露在被子外面。

他走过去弯腰盯着邱彦的脸，小家伙闭着眼睛，睫毛轻轻颤着。

“装呢。”邱奕说。

邱彦没动，还是闭着眼睛，只是睫毛一下子颤得更厉害了。

“下回再让我看到你十点之前没睡觉，你以后就都不用睡了。”邱奕说。

“那你早点儿回来不行吗？”邱彦睁开了眼睛，有些委屈地说。

“不装了？”邱奕在床边蹲下，“我早点儿回来成啊，以后没钱了你推着爸出去要饭吗？”

邱彦咬了咬嘴唇，把脸埋进了枕头里，过了一会儿，肩轻轻抽动了几下。

“哭了啊？”邱奕起身把衣服脱了，换了件T恤，拉开门走了出去，“我去冲个澡，给你十分钟哭。”

邱奕洗漱完回到屋里的时候，邱彦还趴在枕头上，不过已经不哭了。

邱奕关掉灯，上了床，躺到邱彦身边，伸手往他的屁股上拍了一巴掌：“过来，哥抱抱。”

邱彦迅速翻了个身钻进了邱奕的怀里，抱住了他的腰。

“哎，”邱奕躲了躲，“别压我的肋骨，疼。”

“哥哥，”邱彦把脸埋在他的胳膊里，声音带着鼻音，“你又打架了。”

“不是我先动手的。”邱奕搂了搂邱彦，眼前晃过边南愤怒的眼神，笑了笑道，“我就是嘴欠了一下。”

“我今天得了一朵小红花，数学测验我得了满分。”邱彦小声说，声音里透着得意。

“是吗？真厉害。”邱奕坐了起来，从床边搭着的外套里摸出钱包，拿了个钢镚儿出来，放进床头的存钱罐里，在邱彦的脸上弹了一下，“赶紧睡。”

周末两天的上午，是邱彦最开心的时间。平时邱奕白天上课，晚上打工，周末两个下午还得给几个初中小孩儿补课，能跟邱彦待着的时间只有周末上午了。

从早上邱奕起床出门买早点开始，邱彦就像影子似的跟在邱奕身边说个不停，说学校的事儿，老师说了什么，同桌说了什么，絮絮叨叨没有停下来的时候。

邱奕一般不搭话，时不时嗯嗯两声算是回应，邱彦就能继续说下去。

一个上午邱奕都坐在院子里陪着他玩，一会儿捏橡皮泥，一会儿画画，快中午的时候邱彦揉了揉鼻子，犹豫了一下，说：“哥，我想吃牛肉干。”

“行。”邱奕拿出手机看了看时间，平时他不让邱彦吃零食，不过周末会放松些，“带你去买吧。”

胡同口就有个小超市，邱彦站在零食架子前有些纠结，对牛肉干和豆腐皮无法取舍。

“都想吃，都买行吗？”他仰着脸问邱奕。

“不行，挑一个。”邱奕回答得很干脆。

“那你不吃吗？”邱彦有些郁闷。

“不吃。”邱奕说。

“我都想要。”邱彦拉了拉他的裤子。

邱奕转身往超市门口走去。

“牛肉干、牛肉干、牛肉干……”邱彦赶紧在他身后一连串地喊。

“大的小的？”邱奕走回架子前。

“大的。”邱彦指了指大袋的那种。

“中午还吃不吃饭了？”邱奕笑了笑，拿了大袋的牛肉干去交了钱。

“吃啊。”邱彦很开心地跟在他身后蹦着。

边南和万飞一直睡到中午才被万飞的妈妈拍着门叫醒了：“吃饭了！别睡了！真不知道你们平时在学校睡不睡觉。”

“睡啊……”边南伸了个懒腰，还打了个哈欠，“就是睡不够……”

万飞叹了口气，坐了起来。

“有信息吧？”万飞看到边南扔在床头柜上的手机闪着灯，拿过来看了一眼，“哎哟，张晓蓉！”

“拿来！”边南一把抢过手机。

张晓蓉半个小时前给他发了微信，边南想听，将手机举到耳边又停下了，看着万飞。

万飞正等着呢，一看他这样子就很不爽地把他身上裹着的被子一掀：“怎么了，怕让我听到人家拒绝你啊？”

“别闹，还没闹够吗？”边南扯了扯衣服，又嘿嘿乐了两声，“小爷要真被拒了也算人生头一遭，你见证一下吧。”

“行。”万飞抠了抠耳朵。

边南按了接听，手机里传来张晓蓉很温柔的声音：“你的伤怎么样了啊？”

万飞爆了一句粗口。

边南也愣了愣，这句温柔的问候瞬间把他之前对张晓蓉的不爽一扫而空。他看了万飞一眼，对着手机说了一句：“没事儿，你干吗呢？”

“今儿出的是太阳还是月亮啊？”万飞跑到窗边一把拉开了窗帘，“是太阳啊。她是不是那天被你看到心虚啊？”

“她心虚什么？我又不是她的什么人。”边南把手机扔到一边，跳下床，套上衣服跑进了客厅，冲着万飞的妈妈喊了一声：“大姨！”

“快洗个脸吃饭，这都已经省了一顿了，我要不叫你俩，今儿都不准备吃饭了吧？”万飞的妈妈笑着说。

吃完万飞的妈妈做的一大桌菜，边南半躺在沙发上，手里拿着手机一下下抛着，抛了十来下，张晓蓉的回复过来了：“被同学放鸽子了，一个人逛街好无聊啊……”

边南拿着手机，想了想，直接把电话打了过去，响了好几声张晓蓉才接。她有些懒散地喂了一声。

“在哪儿逛呢？”边南问。

“步行街呗，还能在哪里逛啊？”张晓蓉说，“干吗？”

“我过去。”边南站起来，进万飞的屋里拿了外套，边穿边说，“你二十分钟以后在满记等我。”

万飞家离步行街很近，打车过去也就十来分钟，边南到满记的时候时间正好。

他往里扫了一眼，没看到张晓蓉，于是打了个电话过去。

“啊，我正从影城这儿往那边走呢。”张晓蓉的声音不紧不慢的，“你等我两分钟吧，我拿着东西走得慢。”

“你原地等我吧，我过去。”边南说，这也就是张晓蓉，换个姑娘他还真没这么好的耐心。

他挂掉电话，把手机放回兜里正要往影城那边走，一抬头，停下了脚步。

呵呵！呵呵……

缘分来了真是挡都挡不住啊。

而让边南最意外的不是在步行街随便走两步就能碰上邱奕，而是邱奕身边居然站着边馨语！

邱奕居然能跟边馨语扯上关系！

这是怎么回事儿？

边南站在原地看着邱奕，愣了半天也没想好是该装没看见走开还是上去给对方一拳，或是继续愣着，或者跟边馨语说声生日快乐？

邱奕显然也挺意外的，站着没动。

“哟，边南？”边馨语打破了沉默，挑了挑眉，发现边南的视线并不在她身上时，扭头看了看邱奕，有些茫然：“哎，你俩认识啊？”

“算是吧。”邱奕笑了笑。

“走吧。”边馨语睨了边南一眼，拉了拉邱奕的袖子，径直往前走，想从边南身边过去。

邱奕没动，还是看着边南。

边南现在的感觉有些难以形容，甚至跟邱奕结下的那些梁子都已经不重要了。邱奕跟张晓蓉、邱奕跟边馨语，这都是怎么回事儿，他这会儿都已经不关心，面对邱奕带着挑衅的眼神他都没什么感觉了。

他脑子里只有一个念头：边馨语认识邱奕，她会跟邱奕说吗？会说什么？

他沉默着跟边馨语擦身而过，头也没回地往前走去。

“走吧！”边馨语提高声音又冲邱奕叫了一声。

邱奕回头看了边南的背影一眼，跟上了边馨语的脚步。

往前走了一段之后，邱奕问了一句：“你跟边南是什么关系？”

“我跟他？”边馨语冷笑了一声，声音里全是不屑，“我跟他能有什么关系？说出来吓死你。”

“哦。”邱奕笑了笑，没说别的。

边馨语又冷笑了一声：“你是不是以为边南跟我是兄妹什么的？”

“不是吗？”邱奕看了她一眼。

“算是吧，不过说出来不够丢人的。”边馨语皱了皱眉，“他是我爸跟别的女人生的。”

邱奕的脚步顿了顿，边馨语转过身退着走了几步，声音有些冷：“是不是觉得很可笑？”

邱奕没说话。

边馨语说完这话之后也没再继续，换了个话题：“你说我把发梢烫一下怎么样？”

“你们学校让学生烫头？”邱奕问。

"就烫发梢有什么啊？"边馨语甩了甩头发，"你觉得烫了好看吗？"

"不知道。"邱奕说。

"哎，就寒假你给陈婷婷补课的时候，我不是去找她吗，那时发梢就是卷的啊。"边馨语提醒他。

"不记得了。"邱奕想了想道。

"这都不记得了？"边馨语有些失望地看了他一眼，"那我那时的头发比现在长很多呢，你不会也不记得吧？"

邱奕用手遮着嘴轻轻咳了一声："你剪头发了？"

"喂！"边馨语瞪着他提高了声音，"你是不是连我长什么样都不记得啊？"

"不至于。"邱奕说，"看到你的时候会想起来。"

边馨语还想说什么，邱奕指了指右边的路："你是要去做头发吧？我走了，补课时间快到了，生日快乐。"

没等边馨语再说话，邱奕转身顺着右转的路大步走了。

边南看到张晓蓉的时候，她正坐在路边的长椅上低头玩手机，长发挡住了半张脸，看上去安静而舒服。

不过本来会让边南心动的画面现在却没什么特别的感觉了，他走到张晓蓉旁边一屁股坐了下去。

"你吓我一跳。"张晓蓉扭头看到是他，拍了拍胸口，"怎么不叫我一声呀？"

"叫你一声不也一样吗？"边南说，"吃饭了没？"

"我减肥。"张晓蓉摸了摸自己的脸，"我的脸都圆了一圈儿了。"

"看不出来，挺好看的。"边南看了她一眼。

"怎么都这么说？"张晓蓉笑了起来。

"都？还有谁这么说啊？"边南追问了一句。

"没谁。"张晓蓉笑了笑。

边南觉得张晓蓉这笑容提示得太明显，也笑了笑："邱奕？"

“别乱猜。”张晓蓉收起笑容，过了两秒钟又皱着眉说，“他也没有别的意思。”

边南本来就不是个很有耐心的人，加上现在心情跟刚掉进河里特别没面子地被人捞起来之后又被一脚踹下去了似的，张晓蓉这不知道是有意还是无意的话让他相当不爽：“我说他有别的意思了吗？”

张晓蓉愣了愣，这是边南第一次用这样的语气跟她说话。她拢了拢头发：“我也没说什么啊，你们两个都是我的朋友，我只是不希望你们因为我弄得跟有仇似的……”

“朋友？”边南靠在椅背上看着她，“邱奕是怎么回事儿我不知道，但我是在追你，你别说你不知道。”

张晓蓉低了低头，脸上还是带着微笑：“边南……”

“我这人脾气不好，也没什么耐性。”边南打断了她的话，烦躁得不行，“你愿意就愿意，不愿意就直说，这么吊着我有意思吗？过瘾？”

“你说什么呢？”张晓蓉的笑容僵在了脸上。

“没什么。”边南站了起来，“就字面儿意思，愿意不愿意一句话的事儿，你想两边都吊着，我不陪着。”

说完这句话他就转身头也不回地走了，张晓蓉在后面还喊了句什么他也没听清。

边南脾气不好，不过对女生能收敛点儿，跟女孩儿约好了见了面说几句话后把人一扔扭头就走的事儿他是头一回干。

他对张晓蓉其实挺能忍的，换了平时他肯定不会发火，今儿算张晓蓉倒霉。

一直走出了步行街，他才放慢脚步顺着路漫无目的地溜达着，外面风很大，这阵子空气也不太好，不过周末街上的人还是挺多的。

边南没有逛街的习惯，感觉没什么可逛的，一年四季都穿运动服，训练紧的时候只想睡觉，有点儿空闲也就在网吧待会儿，逛街对他来说没什么实际意义还浪费时间。

不过今天他逛了挺久，万飞的短信发过来的时候，他拿出手机看了看时间，居然已经这么转了一个小时，离万飞家已经很远了，再往前努力一把能走回学校。

万飞的短信很简短，就四个字："什么情况？"

边南没回复，把手机塞回兜里，进了路边的一家小咖啡店，要了杯牛奶，靠窗坐着发呆。

什么情况？

情况简直太复杂了。

了解他最不愿意示人的秘密的边馨语居然认识邱奕。

而且这两人都跟他相当不对付。

边馨语走开时的眼神和语气让边南几乎可以确定，她会将他的事儿告诉邱奕……

边南喝了口牛奶。他不介意边馨语从小到大对他的满满的恶意，不介意她说话永远夹枪带棒，不介意她张嘴就能自然地撒谎给他栽赃。

他唯一介意的就是边馨语说出实话。

除了万飞，无论多熟的朋友，都不知道看上去家境优渥什么都满不在乎的边南的真实背景。

他亲妈是个"小三儿"，这是板上钉钉的事实。

边南对自己的亲妈的感受无法形容。

他对老爸和亲妈之间的事情并不了解，是怎么开始的，老爸又是如何回头是岸的，他都不清楚。

总之他跟亲妈待在一块儿的时间很短，也许一岁多，也许是两岁的时候，因为听说亲妈出去打麻将的时候会把他锁在厕所里整整一天，他被老爸带回了现在的家。

边南对被关在厕所里这事儿没有印象，直到现在他想起亲妈的时候直观的印象就是钱。

他偶尔会去看看她，见了面说不到两句话，她就会提到钱。边南不明白她从老爸手里拿走的那些钱、房子、铺面都去哪儿了。

边南叹了口气，看着窗外。

咖啡店外面有个小男孩儿蹲在树下抹着眼泪，自己以前也爱蹲着哭，莫名其妙地被边皓揍了的时候，他就会蹲在后院哭。

不过他不会哭这么长时间，他觉得自己其实心挺大的，很多事儿郁闷几分钟也就过去了。

他喝完一杯牛奶，门外的小孩儿还在哭，路过的行人有停下脚步问小孩儿的，小孩儿只低头抹眼泪，也不出声。

边南看着有些不忍心，放下牛奶杯子出了咖啡店，在旁边的小超市里买了两块巧克力，走到小孩儿旁边蹲了下来。

"吃巧克力吗？"他剥开一块儿巧克力，咬了一口。

小孩儿抬头看了他一眼，脸上还挂着眼泪。

这小孩儿长得很漂亮，眼睛很大，头发有点儿自来卷儿，看着跟洋娃娃似的。

边南把另一块儿巧克力递给他："我请客。"

小孩儿犹豫了一下，接过了巧克力，想了想从自己的口袋里摸出半包牛肉干来："那我请你吃牛肉干，不过我已经吃掉一半了。"

"我吃一块儿就行。"边南不爱吃零食，尤其是牛肉干，但还是从袋子里捏了一块儿放进了嘴里，"你在这儿哭半天了，是被人揍了还是找不到家了啊？"

小孩儿本来已经不哭了，正低头剥开巧克力准备吃，一听边南的话，手上的动作停了下来，头也没抬，大颗大颗的泪珠就滴在了地上。

"哎，"边南赶紧抓过巧克力往他嘴里塞，"你别哭啊，一会儿别人以为我怎么着你了……"

"我的……我的……"小孩儿抬手在眼睛上抹着，"我的钱没了……"

"钱？"边南顿时松了口气，拍了拍他的背，"嘿，我以为多大事儿呢，没了多少钱啊？"

"三百多块。"小孩儿一提钱数就哭得更伤心了。

三百多块对一个看上去也就小学一二年级的小朋友来说是挺多的，边南啧了一声："你带那么多钱出来干吗？怎么弄丢的啊？"

小孩儿边哭边吃巧克力："我把存钱罐带出来了。"

"你真不嫌累。"边南头一回听说出来玩还带个存钱罐的，"带出来买东西？"

小孩儿摇了摇头："我说……我存了三百……多块钱啦，方小军说想看看，我就拿出来给他看了。"

"那看完了呢？在哪儿看的？"边南想了想，"要不哥哥去帮你找找？"

"在那边的树洞里……"小孩儿指了指咖啡店旁边的小街。

"树洞？"边南愣了，"你把存钱罐放树洞里？"

"嗯。"小孩儿点了点头。

"然后就没了？你没事儿把存钱罐放树洞里干吗啊？"边南觉得自己简直无法理解这小孩儿的思维。

"方小军说带在身上不安全，让我把存钱罐藏在洞里。"小孩儿咬了咬嘴唇。

"这个方小军他妈生他的时候是不是没接住掉地上了？"边南有点儿无语，"那藏洞里以后你俩干吗去了？"

"回家了。"小孩儿说，"方小军回家了，我也回……"

"你的钱罐子还在树洞里呢，你就回家了？"边南忍不住喊了起来，"你妈生你的时候也磕你的脑袋了吧！"

"不知道。"小孩儿轻声说，"我妈死了。"

"对不起。"边南叹了口气，在小孩儿的头上摸了一把。

"我没回家呢，走到一半，方小军追过来，告诉我钱不见了，可是我放进去的时候没有人看到啊。"小孩儿说到这儿又开始哭，"我去看，真的不见了，罐子还在，可是里面的钱没有了，我哥哥知道了会打我的……"

边南听到这里终于做出了判断："问方小军要啊，他拿了。"

"他说没有拿啊。"小孩儿继续哭，"我哥哥会打我的……"

"行，行，行，你别哭了，鼻涕都出来了。"边南拿了纸巾在他脸上胡乱擦了几下，又拿出钱包抽了四张一百的钞票出来，"我给你补上吧。"

小孩儿猛地抬起头，看到他手里的钱时眼神又一下淡了："我的钱都是一块一块的，不是整的。"

"是钱就行了呗。"边南把钱放到他的口袋里。

"可是哥哥会发现的，他会打我的。"小孩儿很执着。

"你哥有病啊？钱又没少，还多了，他打你干吗？"边南都快没耐心了。

"他每天给我一块钱，我攒了很久……他知道我把钱弄丢了会……"

"会打你是吧？你哥怎么这么暴力，打这么小的小孩儿？"边南无奈地站起来往四周看了看，"那我还得找个银行给你换成钢镚？银行的人肯定觉得我中午吃咸了。"

边南先带着他去树洞里把存钱罐拿了出来，还真是倒得一个钢镚不剩了，再拉着他去找银行的时候，小孩儿才反应过来，猛地停下了："我不能拿别人的钱，哥哥知道了会打我的。"

边南皱着眉道："你哥绝对有病，有本事让他来打我！"

"不能拿你的钱。"小孩儿停下了脚步，死也不肯动了。

"算我借你的，等你以后有钱了还给我。"边南蹲下，伸出小手指，"拉个钩就行了。"

小孩儿盯着他看了一会儿，伸出小手指跟他拉了钩。

这片儿就俩银行，边南带着小孩儿进去问了，没有四百的钢镚，凑了半天只凑出两百的。

"就这么着吧。"边南帮他把钱放进存钱罐里，又晃了晃，"你哥不至于打开帮你数吧？要是他真打开了，你就跟他说你拿了两百去换成整钱了，懂吗？"

小孩儿犹豫着点了点头："谢谢哥哥。"

"行了，快回家吧，直接回家，别再弄个什么墙洞、树洞的往里藏了啊！"边南交代他。

"嗯。"小孩儿抱着存钱罐扭头就跑，跑了几步又停下了，跑回边南身边，"哥哥，你给我留个电话吧，我有钱还你了就打电话告诉你。"

边南从旁边的商店里借了支笔，把电话号码写在了小孩儿的手上。

小孩儿一路跑着走了之后，边南伸了个懒腰，之前郁闷的心情因为这事儿缓解了不少。

他拿出手机给万飞打了个电话："在哪儿呢你？"

"在家呗，你约完会了？"万飞在吃东西，含混不清地问，"怎么这么快？"

"约个头的会。"边南皱了皱眉，今天就不该来见张晓蓉，"你出来吧。"

"行。"万飞说。

边南和万飞出门一般就三个目的地：网吧、饭店、电玩城。

平时在学校，翻墙出来的选项只有网吧和饭店，所以周末他俩要是一块儿出来就会在电玩城里泡着。

"邱奕认识边馨语？"万飞坐在游戏机前听完边南简短的总结之后有些诧异，"他俩居然认识？"

"嗯。"边南盯着屏幕。

"她会不会把你妈的事儿告诉邱奕？"万飞一个分神，被边南一个连击 KO（击倒）了，"我觉得她肯定会说。"

"估计会。"边南拿过放在旁边的饮料喝了一口。

"真是见鬼了，这要换个人也就算了，偏偏是邱奕！"万飞往机器上踢了一脚，"这要是让他说出去了……要不今儿晚上咱过去趁热揍他一顿得了。"

边南笑了笑没说话。

晚上他俩吃完饭之后边南拉着万飞继续泡在电玩城里，快十点了才打车回万飞家。

万飞几次提议去饭店找邱奕，边南都没表态。

虽然他跟邱奕肯定没完，但如果边馨语真说了他妈妈的事儿，他在这个时候去找邱奕的麻烦，会显得有点儿蠢，再让张晓蓉认为这是因为她就更蠢了，虽然他看邱奕不顺眼的确有张晓蓉的原因。

况且四月还有比赛，他不想在比赛之前惹出太多麻烦，反正潘毅峰肯定得为他的下巴报仇，自己可以先看看戏。

回了学校没几天，边南就在食堂看见了潘毅峰，他的下巴还包着，这地方伤了连藏都没法藏，老远就能看见，对潘毅峰这种一直坚信自己是体校旗帜的人来说简直丢人丢到家了，他对谁都没好脸色。

边南的伤倒是好得很快，训练什么的都恢复正常了，不过老蒋明显给他加了量，本来一周两次大运动量的素质训练变成了三次，技术训练也增加了，光一个高压球都能练得边南腿发软。

边南身体素质一直很好，平时的训练他顶多觉得有点儿累，但现在被老蒋折腾得连续两周训练完了饭都吃不下，只想喝水。

晚饭吃不下，可没过一个小时就又饿得两眼发绿，食堂那时已经没东西吃了，但他连翻墙出去找东西吃的劲儿都没有了。

“我感觉我要饿死在床上了。”边南捂着肚子趴在床上。

“想吃什么？”万飞的训练倒是照常进行，他还把边南吃不下的那份饭都给收拾了，“我出去帮你买。”

“什么都行，能吃就行……”

“要不我一会儿上网回来给你带吧？”孙一凡在换衣服，他和朱斌准备翻墙去网吧，“小飞飞别又挂墙上了。”

“滚！”万飞骂了一句，“等你带回来都明天早上了，边南得饿成标本。”

宿舍的人都出去了，边南拿了耳机塞上躺床上听音乐，听了没两首就关掉了，肚子叫的声音都快盖过音乐了。

他坐起来看了看时间，半小时了，皱了皱眉。学校周围全是卖吃的地儿，连小超市里都能买着面，万飞去的时间有点儿长。他又被逮了，还是被人找麻烦了？

边南活动了一下胳膊，下床套了件外套出了宿舍。

现在天气有点儿转暖，各路人马就跟发芽了似的特别朝气蓬勃。

体校跟航运中专的小冲突时不时就来一次，出去吃个饭都能为了一盘炒面是该先给谁上而剑拔弩张，就连体校自己学校里打架的事儿都明显比冬天的时候要多了。

就万飞那种一打架脾气比谁都火暴还打死也不逃跑的劲儿，边南有些不放心，出了宿舍楼悄悄往围墙边走了过去。

这个时间学校里人不多，有积极点儿的人在教室里上晚自习，偷懒的人就回宿舍享受人生了。

边南先看了看围墙那边，确定没有人被挂在钉子上，然后往四周瞅了瞅，准备助跑一下。

平时出去他不需要助跑，到墙边跳起来手一攀蹬两下就能出去，但今天太累，他怕自己会一脚蹬空啃墙皮上。

助跑了几步，他蹬了一下墙，手扳住了围墙顶上。

往上探出去的时候他听到墙外传来了一阵急促的脚步声。

有人往墙边跑了过来。

万飞？

边南蹬着墙刚往外探出脑袋，就听到了万飞的吼声，声音离这边还有一段距离，但听得出中气特别足："站住！"

没等边南开口问是怎么回事儿，紧接着他就看到一个身影猛地跃上了墙头。

"谁？"边南吓了一跳，压住了自己往上冲的惯性，以免自己的脸撞这人的腿上。

翻上墙的这人一条腿已经踩在墙头上了，听到他的声音似乎也吓了一跳，身影顿了顿。

这一瞬间边南看清了这人的脸，居然是邱奕！

他顿时感觉一股血冲上了脑门，这也太嚣张了！

边南骂了一句，虽然他现在的姿势并不太适合发起进攻，但还是松开了攀在墙头的左手，往邱奕的腿上抓了过去。

邱奕迅速收回腿躲开了他的手，在他准备跳下墙堵人的时候，邱奕从墙头跳了下去。

他猛地将胳膊伸出来，砸在了边南的脸上。

边南来不及避开，被这一膀子直接从墙上砸了下来，背向下重重地摔在了地上。

邱奕觉得自己今天就不该跟人换班。

下月初是邱彦的生日，虽然时间还早，但他想抽空先去买个礼物，所以同组的小姑娘说要换班的时候他就同意了，想着买完礼物正好去饭店。

从学校出来的时候申涛还想跟着，邱奕没让他一块儿，体校的人这会儿都刚训练完，吃饭的吃饭，休息的休息，应该碰不上。

结果他刚走到公交车站，就碰上了潘毅峰。

看到潘毅峰从旁边的奶茶店里冲出来的时候，邱奕在心里骂了一句。

这人也太执着了。

潘毅峰就带了三个人，如果有准备，邱奕也未必会吃什么亏，但今天他空着手，也不想浪费时间，于是选择了跑。

跟体校生赛跑，邱奕没什么优势，边跑边飞快地往路边扫，想看看能不能找到木棍什么的。

不过没等他找到适合的东西，万飞就从左前方迎着他冲了过来。

路被断了，邱奕只得转身两下蹬上了体校的围墙，打算先翻进去再想办法脱身。

会在墙头上跟边南面对面地撞上实在有些出乎意料，在眼神交会的一瞬间，邱奕甚至考虑过要不要嘿一声。

不过翻围墙这条路要再被边南给堵了，他今天会有麻烦。

边南的姿势不太有利，邱奕跳下去的时候带那一下没用太大力气，但落地的时候还是听到了边南摔在地上发出的闷响。

他没回头看，直接往体校操场那边跑了过去，穿过操场翻出围墙就是一条小街，很黑，而且地形比较复杂。

邱奕从小街穿出去回到航运中专的后门的时候，身后已经看不到追兵了。

他给申涛打了个电话："把我的自行车骑到后门来吧。"

“被人堵了吧？”申涛一听就喊了起来，“我带人过去！”

“不用，没人了。”邱奕摸了根烟出来，刚想点上，班主任从后门走了出来，看到他手上的烟就停下了脚步，也没说话，就盯着他看。邱奕笑了笑把烟放回兜里：“赶紧拿车出来，我还要买东西。”

班主任走开之后，申涛带着几个人推着邱奕的自行车从学校里出来了：“你是不是去体校那边的车站了？”

“嗯。”邱奕点了点头。

公交车在三所学校这片儿有两个站，一个离体校近些，一个在卫校门口。

航运去哪边都得走一段路，邱奕不骑自行车的时候一般不愿意倒着走到卫校门口等公交车。

“要不……”申涛还想说什么，邱奕没等他说完，在他肩上拍了拍，跨上车就走了。

万飞翻墙跳进来的时候，边南正好从地上爬起来，两人没顾得上说话，蹦起来就往邱奕跑的方向追过去，但一直追到那边的围墙，也没见到人。

边南相当恼火，对着旁边的树踹了一脚。

“人呢？”潘毅峰紧跟着跑到了，指着边南吼着问了一句。

“跑了呗！”边南没好气地说，本来被摔了一下就挺窝火的，再被潘毅峰莫名其妙地指着鼻子吼，简直是气不打一处来，瞪着潘毅峰，“你再跑慢点儿，带仨警犬都闻不着味儿了。”

“你怎么说话呢？”跟着潘毅峰跑过来的人顿时炸了，潘毅峰再怎么说在体校也算横着走了三年。

“我怎么说话？我就这么说话，说十几年了，你第一天认识我啊！”边南扔下一句，转身就往回走。

万飞跟在他身后，手里还拎着袋吃的，看样子是牛肉粉，不过估计汤都没了。

两人走了没两步，边南被人从身后重重地推了一把，他回头看都没看对着那人的胸口一拳砸了过去：“没完了是吧？”

“想打架？”万飞指了指体育馆，“要不在那儿等你们？”

偷袭挨了一拳的是田径班的周伟，踉跄了一步瞪着边南还想扑过来，被潘毅峰拦住了。

潘毅峰跟边南的关系算不上好，一致对外的时候还成，内部斗争时也就能维持个表面和平，边南犟起来软硬不吃。

不过让邱奕冲进体校转了一圈儿还跑了这种丢人的事儿就算再想找个人撒气，潘毅峰也不能冲着刚才还帮了忙的边南和万飞撒。

两边的人都没再说话，沉默了一会儿之后边南拉了拉万飞：“走。”

“你看着吧，以潘毅峰这脾气，咱三天之内一准儿得有麻烦。”万飞回头看了一眼，“我今儿就不该去帮着堵邱奕！”

边南没说话，拿过万飞手上的袋子打开看了看，还真是汤已经没了的牛肉粉，难为这一通折腾万飞居然还没把袋子给扔了。

“你怎么回事儿啊，不是躺宿舍里吗？怎么跑出来了？还……”万飞啧了一声，没继续说下去，“这牛肉粉一会儿你兑点儿开水放包方便面调料凑合着吃吧。”

“你都一去不复返了，我不得去看看啊。”边南闷着声音说道。

“我碰上许蕊，就多聊了两句。”万飞有些不好意思地抓了抓头发，“你没事儿吧？”

“嗯。”边南摸了摸自己的后背，这一下摔得倒不算太重，只是现在天气没那么冷，穿得少了，后背被地上乱七八糟的石头硌得很疼。

被人一膀子从墙上掀得四脚朝天地摔地上这事儿，一细想就窝火得不行，边南感觉小火苗在脑门儿上噌噌地往外冒着，他抬手抹了抹脑门儿。

现在在谁跟前儿丢了面子他都能忍，就邱奕面前不能。

万飞的预言并不准确，三天之内，潘毅峰没找他俩的麻烦。

这倒不意外，潘毅峰轻易不敢再在学校里惹事儿。

边南这阵子跟潘毅峰碰面的机会也少，他们网球班下月参加排名赛的几个人每天跟老蒋泡在网球场上，挥汗如雨，累得不行了，连上课时间睡觉都觉得不够睡。

“好久没去网吧了。”万飞坐在边南边上说，听声音挺郁闷。

“嗯。”边南正坐在地上压腿，脸埋在膝盖上，“你是不是长胖了？”

“没。”万飞叹了口气，“我跟许蕊刚有点儿希望，就让老蒋活活给灭了。”

“你脑子里就一个许蕊了。”边南弓了弓背，“起来。”

“不止，还有你呢。”万飞嘎嘎地笑了两声。

边南站起来，活动了一下胳膊腿儿，训练的人都放松完去吃饭了，边南正想拿上衣服走人，老蒋在那边喊了一声：“边南，你去哪儿？”

边南说：“完了。”

“去吃饭啊。”万飞也喊了一声。

“边南半小时定点反手！”老蒋喊。

“过分！”边南咬着牙小声说。

边南反手力量不够，老蒋一直盯着他练，经常是别人都走了，一句边南留下，就把他扔给助教和发球机了。

边南对提高自己的反手力量和技术并没有什么热情，对训练也没什么热情，总的来说对网球就没热情。

老爸让他来体校他就来了，让他练网球他就练了，几年下来老蒋觉得他能有发展，就算他并不积极，但还是老蒋怎么安排就怎么练……

边南看着飞过来的球，反手抽了一拍。其实严格说起来，他都不知道自己对什么有兴趣，就连对女孩儿的热情也就两三个月，追到了觉得没劲儿，追不到的像张晓蓉那样的，也觉得没劲儿。

助教没有老蒋那么严，卡着半小时让边南休息了。

在一边等着的万飞拿着他的手机冲他晃了晃：“刚才有个你没存的号码打进电话来，我没帮你接。”

边南拿过手机看了一眼：“骚扰电话吧，走。”

两人刚收拾好东西走出球场，手机又响了，还是之前那个号码。

“骚扰电话还挺执着。”万飞凑过来看了一眼，“不骚扰成功不罢休啊。”

“喂？”边南接了电话。

“哥哥，你吃完饭了没？”那边传来一个很稚嫩的声音。

“哥哥？”边南愣了愣，“你打错了吧？”

“没有啊，你借给我四百块钱……”

“哦，想起来了，是你啊。”边南笑了笑，都把这小孩儿给忘了，“我还没问你的名字呢。”

小孩儿沉默了一会儿道：“我爸和我哥叫我二宝。”

“二宝啊？你哥是不是天天见啊……”边南乐了，感觉这小孩儿的警惕性还挺高，让人骗着把钱藏树洞里的时候怎么没这觉悟呢，“那我叫大虎子。”

“我有钱还你啦。”二宝对边南的名字并没有什么感觉，挺开心地说，“我爸给了我五十块钱，可以先还你……三十块。”

“你爸很大方嘛。”边南啧了几声，“你先攒着吧，不着急。”

“不能攒。”二宝有些着急地说，“攒一攒就攒没有了。”

“那你就花掉呗。”边南觉得有点儿好笑，本来也没打算让这小孩儿还钱。

“不行。”二宝变得挺严肃，“你今天就过来拿钱吧，这个钱是我生日的时候爸爸给的，哥哥不知道，所以可以还你。”

“你过生日啊？今天？”边南问。

“不是今天，还有好多天呢，下个月。”二宝提到生日有些兴奋，声音里都带着笑。

“那行吧。”边南想了想，今天是周五，现在训练紧，他周末都不回家，“我过去找你。”

边南没坐公交车，直接打车去了那天碰到二宝的地方。

他在旁边的商场里买了支卡通笔用礼盒装好了，走出商场的时候就看到了在咖啡店门口站着东张西望的二宝。

“生日快乐。”边南走过去，用礼盒在他的肩膀上轻轻敲了敲。

“啊！”二宝转过头，看到礼盒时很意外，“谢谢哥哥！是礼物吗？还有礼物啊！”

“生日礼物，不知道你喜不喜欢，”边南蹲下看着他，“过完生日满几岁了啊？”

“喜欢！”二宝低头打开盒子，看到笔之后很开心地笑了，“我八岁了。”

边南本来想跟二宝把还钱的话题岔开了就走人，但没说两句，二宝就拉着他的手拽着他往街另一边走：“哥哥去我家，我没把钱拿出来，我怕弄丢了……”

“那下次呗，不着急。”边南说。

“下次还是一样啊。”二宝扭过头看着他，“趁我哥哥不在家，他不知道。”

边南有点儿无奈地被他拉着走进了对街的胡同里。

这片儿都是胡同，四合院挺多，边南跟着二宝慢慢往里走着。

他挺喜欢这种环境，虽然没有独院儿，都是几户人住一起，但感觉很有生活气息，哪怕院子里乱七八糟的，也比自家别墅打理得整整齐齐的前后院强。

“你家院子里种东西了没？”边南问。

“嗯，我哥哥种了葡萄，还有好多别的东西。”二宝在胡同里的一个院子门前停下了，推开门走了进去，“就这儿。”

院子里果然搭了架子，葡萄藤抽出不少新绿的叶子，到夏天的时候应该能爬满架子，在架子下面一坐，拿壶茶、一盘小点心，这就是老爸最喜欢的状态了。

“爸爸——”二宝带着边南穿过葡萄架，扯出挂在胸口的钥匙打开了自己家的门，“爸爸，我带了个朋友回来玩。”

“叔叔。”边南赶紧跟着喊了一声，屋里没开灯，他连人在哪儿都没看清，“晚上好。”

“晚上好、晚上好。”里屋有个男人应了一声，“二宝的朋友啊？”

边南正想说话的时候，一个男人坐在轮椅上从里屋出来了。

“二宝还有这么大的朋友呢？”男人笑着冲边南点了点头，“这是你哥哥的朋友吧？”

“不是！是我的朋友，”二宝很严肃地说，拿了杯子倒了杯热水给边南，又再次强调了一遍，“是我的朋友，叫大虎子。”

“是。”边南接过水。

“大虎子，”二宝招了招手，走进了另一间屋子，“来。”

“哦。”边南应了一声，又冲二宝他爸笑了笑，“叔叔，打扰了。”

“不打扰不打扰。”二宝他爸看着他，“吃饭了没有？”

“吃过了，吃过了。”边南赶紧说，揉了揉鼻子笑了笑，“我正好路过就来陪他玩一会儿。”

二宝把门关好，又贴在门上听了听才小声说：“我爸回屋了。”

“你爸腿不好？”边南也小声问。

“嗯。”二宝点了点头，拉开床边柜子最下面的抽屉，拿出了一个红包，“我哥说爸爸出了车祸，腰往下都动不了……”

“哦。”边南在椅子上坐下，这间屋不大，放了一张双人床，一个一人多高的书柜占掉了很大空间，还有张书桌，上面整齐地排着两列泥人，有人，有动物，有的上了颜色，有的还是白的。

“这个是还给你的钱。”二宝从红包里抽出三张十块的钞票递给他。

“好的。”边南不忍心再拒绝，伸手接过钱放进了口袋里，又指了指桌上的泥人，“这是谁捏的？”

“我哥捏的。”二宝顿时来了兴致，拿过一个小泥人，“这个是我。”

边南接过泥人看了看，是穿着背心、裤衩的小男孩儿，怀里还抱着一个球，不能说有多精致，但还是挺让边南惊讶的。

“你哥的手很巧嘛。”边南把泥人放到二宝的脸旁边比了比，“挺像。”

“还有这个，这个是妈妈。”二宝又拿过一个泥人，“我不记得妈妈什么样，哥哥就捏了一个给我看。”

边南看了看，发现这个泥人比之前那个捏得明显要细致些，头发和眼睛都还挺传神。

“你妈妈是个美女啊。”他说，又看了看泥人，“像外国人。”

二宝听到这话笑着躺到了床上，举着泥人来来回回地看着：“嗯！”

二宝心情很好，拿了个大拼图出来让边南替他拼，边南耐着性子拼了半天，只拼出了一个角。

“你不行啊！”二宝盘腿坐在床上，“我哥一个小时可以全部拼完。”

边南拼得眼睛都花了就得了这么个评价，斜眼瞅了瞅二宝：“你哥天天拼，当然一个小时就拼完了。”

“才没有呢，我哥买回来第一次就拼完了！”二宝很得意地仰了仰头。

“那是还没拆呢。”边南龇牙。

“拆了的！”二宝哼了一声，“你就是没有哥哥厉害。”

“行，行，行……”边南看着他的样子乐了，“你哥天天揍你，当然厉害了。”

二宝笑了起来，在床上滚了滚：“不过你的脾气比我哥哥好多啦。”

“我的脾气也不怎么好。”边南伸了个懒腰，把没拼完的拼图都扒拉乱了，敲了敲旁边的书柜，“这都是你哥的书？”

“嗯。”二宝点头，“他的宝贝。”

“看得完吗？还宝贝呢，”边南扫了一眼，对书有种莫名的抗拒感，一眼过去连一个书名都没扫下来，“我要有这么一柜子宝贝估计早疯了。”

“我哥现在都没时间看书啦。”二宝看着书柜叹了口气。

边南在二宝的屋里待了一个多小时，陪这么小的小孩儿挺累人的，边南看了看时间：“二宝，我得回学校了。”

“就走啊……”二宝明显有些郁闷，但很快又问了一句，“你什么时候再来玩？我晚上一个人可没劲儿了。”

“不一定呢。”边南站起来伸了个懒腰，“你哥不陪你玩吗？”

“他上班呢，要快十二点才回家。”二宝低头想了想，“那你有空过来玩好吗？”

“好。”边南摸了摸他的脸，“等我比完赛。”

“什么比赛？”二宝很有兴趣地问。

“网球。”边南说。

“我能去看吗？”二宝眼睛一亮道，“我觉得打网球很帅啊！”

“行啊。”边南想了想道，“不过得有人带你去，我比赛没空照顾你。”

“我让我哥带我去。”

邱奕今天下班比平时晚，怕回家不方便又在员工宿舍洗了个澡，出来刚骑上车就碰上了肖曼。肖曼直接把车拦在了他跟前儿：“上车，我送你。”

“不用，今儿也不冷。”邱奕骑在车上腿撑着地没动，这老板天天跟员工一块儿熬到这个点也真够拼的。

“别废话了，上来。”肖曼皱了皱眉。

邱奕跟她僵持了两分钟，肖曼没有走的意思，他只得再次把自行车扔到了肖曼的车的后斗里，坐到了副驾驶座上。

“又不是个小姑娘，这么不干脆。”肖曼看了他一眼，“拿着那么大个盒子怎么骑车啊？”

邱奕笑了笑没说话，盒子他一块儿放在后斗里了，是给邱彦买的一辆遥控小跑车，邱彦想要这车想了快一年了。

“是送人的吗？”肖曼又问了一句，“给女朋友的礼物？”

“我弟的生日礼物。”邱奕回答。

“弟弟过生日啊。”肖曼笑了笑，“我以为买给女朋友的呢。”

“嗯。”邱奕应了一声，肖曼大概是想问他有没有女朋友，但他懒得多解释。

路过一家二十四小时营业的超市时肖曼突然停了车，扔下一句“等我几分钟”就下车进了超市。

邱奕皱了皱眉，看看时间，今天回家比平时晚，不知道老爸睡了没有，虽然老爸自己也能上厕所上床睡觉，但他还是习惯回去帮老爸弄好。

过了一会儿肖曼拎着个袋子从超市里出来了，上车之后把袋子往他面前一递："送给你弟弟的，这会儿也买不到什么好东西了，小孩儿应该都爱吃巧克力吧？"

邱奕愣了愣，犹豫了一会儿接过了袋子："谢谢曼姐。"

"谢什么，员工的亲属过生日送份小礼物很正常。"肖曼笑着说。

回到家的时候，老爸屋里的灯已经关了，邱奕轻轻地推开门，老爸已经躺在了床上："我睡下了，你赶紧睡吧。"

"嗯。"邱奕还是进去把老爸的被子整了整才拿着遥控车回了自己屋里。

邱彦今天很老实地睡了，不过邱奕摸黑拿衣服的时候他还是听到动静醒了过来："哥哥。"

"睡你的。"邱奕脱掉上衣换了件T恤。

"是我的礼物吗？"邱彦揉了揉眼睛，坐起身打开了床头的小台灯。

"不老实睡觉什么礼物都没有。"邱奕脱了外裤，把小车的盒子拆了，拿出车放在邱彦身边，"先看看，明天再玩吧。"

"车！"邱彦一掀被子喊了起来。

"睡不睡？"邱奕在他光着的腿上弹了一下。

"睡。"邱彦马上缩回了被子里，伸手在车上来回摸着，"明天你陪我去玩吗？"

"好好睡觉我就陪你玩。"邱奕从书柜里随便抽了本书坐到桌子旁边，刚翻开书，就看到了桌上放着的笔，"哪儿来的？"

"我朋友送我的生日礼物。"邱彦有些得意地说，"朋友"两个字还加了重音。"哟。"邱奕乐了，瞅了他一眼，"你都有朋友了啊？我以为你只有同学和邻居呢……这笔不便宜，你这朋友给你买礼物，他家里人知道吗？"

"我朋友不是小孩儿。"邱彦把车放到枕头边，一只手摸着，"他跟你差不多大吧。"

"跟我差不多大？"邱奕看了他一眼，"哪儿认识的？"

"街上。"邱彦说，"他人挺好的，他过几天要打比赛，还让你带我去看呢。”

“比赛？什么比赛？”邱奕坐到床边。

“网球比赛。”邱彦把胳膊伸到被子外面挥了挥，“哥你会带我去吧？”

“是周末就能带你去。”邱奕听到网球比赛的时候皱了皱眉，“你的朋友叫什么名字？”

“大虎子。”邱彦想了想说，似乎已经看出邱奕的不快，讨好似的小声说了一句，“他说妈妈好漂亮……”

邱奕猛地站了起来：“你带这人回家了？”

邱彦哆嗦了一下，迅速拉过被子把脑袋埋了进去：“哥哥我错了，但是我没有告诉他我叫什么名字……”

邱奕一把扯开被子：“你连家在哪儿都让人知道了，人家还需要知道你的名字吗？”

“我错了。”邱彦带着鼻音，一连串地说，“哥哥我错了，我错了，再也不敢了……”

邱奕没说话，转身快步走了出去，推开了老爸那屋的门。

“邱彦今儿带人回来了？”邱奕站在床头，弯腰看了看老爸的脸。

“嗯，带了个朋友。”老爸睁开眼睛，“你是不是骂他了？”

“还没，一会儿再收拾他。”邱奕皱着眉，“那人叫什么名字？干吗的？你都弄清了没？”

“干吗的不知道，看着就是个学生，还穿着运动服，在家待了没多久就走了。”老爸叹了口气，“你弟高兴得不行，我就没多问……”

“那人叫什么名字？”邱奕问。

“大……大虎子。”老爸回答的时候明显底气不足。

邱奕冲他竖了竖拇指：“你还真是邱彦他亲爹。”

“你也别老这样，管邱彦管那么严，他才八岁，一个小孩儿……”

“爸，”邱奕在床边蹲下，“不是我严，我平时都不怎么在家，家里就你和邱彦，正宗的老弱病残，你俩的战斗力加一块儿再乘以十也就够我一个手指头的，这么随便带个街上认识的人回来，连名字都不知道，你说我能放心吗？”

老爸沉默了一会儿重重地叹了口气，闭上了眼睛：“爸对不起你。”

“你有劲儿没劲儿啊说这个。”邱奕给老爸拉了拉被子，“行了，你睡吧。”

回到自己屋里的时候，邱奕看到邱彦已经没在床上了，就穿着背心、裤衩冲墙站着，低着头，听到他进来，偏过脑袋悄悄地瞅了他一眼。

“你跟大虎子是怎么认识的？”邱奕拿了件小外套披到邱彦身上，在旁边的椅子上坐下，看了看手机上的时间。

“街上聊天儿认识的。”邱彦低声说。

邱奕皱着眉：“然后你就把人领家里来了？”

“没有。”邱彦用手背抹了抹眼睛，“我打电话和他聊天儿，他听说我过生日，就过来了……”

“打电话？”邱奕站了起来，“用爸的手机吗？”

“嗯。”邱彦点了点头。

邱奕到客厅里把老爸的手机拿了进来，今天这手机只拨了一个电话，是个没存过的手机号，他把号码记在了自己的手机上。

“二宝同学，”邱奕在邱彦身边蹲下，搂了搂他，“我跟你说过，不要随便带人回家，不要在街上跟不认识的人说话，对不对？”

“我错了。”邱彦的眼泪从脸上滑了下来，一颗接一颗地挂在下巴颏上。

“这么着吧，”邱奕用手指勾了勾他下巴上的泪珠，“下回你要还想带这个大……大……虎子回来，周末我在家的时候带，怎么样？我也见见你的朋友。”

“嗯。”邱彦用力点了点头，又扭脸看着他，“你带我去看他的比赛就能见到啦。”

“那得是周末我才有空。”邱奕拍了拍他的屁股，“去洗脸，睡觉。”

还有两天比赛，这次比赛在本市，他们不用往外跑。

边南挺失望，不过万飞莫名其妙地很兴奋，场地适应训练的时候万飞跟打了鸡血似的，一个劲儿地往边南的反手抽。

“反手！”万飞吼着抽了一拍，下一拍接着吼，“帅！”

边南趁着万飞抽完球上网的机会回了个反手高吊球，带着上旋，万飞没追到，又吼了一声：“漂亮！”

“神经病。”边南小声骂了一句，看台上不少工作人员，还有小姑娘，按说他们比赛训练什么的被小姑娘围观是常事，万飞这反应有点儿让他受不了。

训练完了换衣服的时候，边南忍不住说了一句：“你今儿吃错药了吧这么兴奋。”

“嗯！吃了！”万飞嘿嘿乐着点了点头，“下回给你匀点儿。”

边南有些无奈地盯着他看了一会儿：“就你这样的，许蕊瞎了眼都看不上……”

“哎！话不能说这么满！”万飞没生气，乐呵呵地在他肩上一拍，“知道为什么我心情好得跟吃错了药一样吗？”

“看出来了。”边南一看他这反应就猜到了，啧了一声，“她答应来看你比赛了？”

“没错！”万飞一拍巴掌，拎起球包往背上一甩，一路乐着出了休息室。

万飞对许蕊是真喜欢，而且特别持久，到今年夏天都该满一年了，跟边南不同，边南对张晓蓉已经算是破天荒了，但自打那天在步行街把她甩下之后，就没再搭理过她，张晓蓉发过来的几条试探短信，边南一条也没回过。

没兴趣了，这是他分析之后给自己找出来的理由。

所以比赛当天万飞拍着他的肩说“这种期待的感觉你不明白”的时候，边南很诚恳地点了点头：“是。”

可期待归期待，万飞快上场的时候转着圈往看台上瞅时，没瞅到许蕊的人影。

“确定答应你了？”边南也跟着瞅。

“确定。”万飞把短信都翻出来给他看了，“她该不会连个小孩儿都不如吧！”

边南没说话，二宝倒是来了，坐在看台的第一排，刚才还特别起劲儿地冲他挥手了。

之前二宝给边南打了个电话，说他哥带着他到体育场了，不过这会儿边南也没工夫仔细看二宝身边到底哪个是大宝。

万飞的情绪明显有些低落，跟之前适应训练时的状态天差地别。

“估计是迟到，姑娘不都这样吗？不迟到半个小时显不出她是女的。”边南拍了拍他的肩，“一会儿就来了。”

“嗯。”万飞的声音很闷。

边南和万飞的比赛在两个场地同时进行，这次的积分少，没有太牛的选手参赛。

边南对自己的比赛不怎么担心，开场之后发现对手挺弱，打得还算轻松。

倒是万飞的情绪让人不放心，中间休息的时候，边南看了看万飞那边的比赛，对手并不强，以万飞的水平，比分有点儿难看。

“二傻子。”边南擦了擦汗，小声骂了一句。

他的确不太能理解万飞因为一个许蕊就直接影响发挥是种什么样的感受。

老爸对林阿姨很好，看上去挺深情的，但扭头就能跟老妈在一起，号称遇到真爱，还差点儿因此离婚，最后真爱也就那么回事儿，再扭头还是回了林阿姨身边，一家人其乐融融。

至于老妈……那更没什么可说的，尽管老妈也强调过和老爸是真爱，但最后也就那样了。

真爱还真是不值钱，爱得死去活来的这几个人居然都能收放自如。边南喝了口水，收回了思绪。

“你不是来看比赛的吗？”邱奕坐在体育馆外面的长椅上，看了看一直坐在他旁边的许蕊。

“算是吧，不过应该还没轮到他吧。”许蕊笑了笑，弯腰揉了揉自己的脚踝，“哎，疼死我了。”

邱奕没说话，站起来到旁边的超市里买了两根冰棍递给她：“冰敷一下吧。”

许蕊大概是因为来晚了着急，从公交车上跳下来的时候姿势太别扭，邱奕一开始差点儿以为她是被人推下来的，她的脚刚着地就拧着劲儿一屁股坐在地上了。

邱奕本来不想管这事儿，但许蕊一抬头直接喊了他的名字，他只得过去把许蕊拉了起来。

“这阵子你有没有跟晓蓉联系啊？”许蕊问了一句。

“没。”邱奕想走开，但附近的长椅上都坐着人，他也不好当着人的面儿就这么走到另一张椅子上去坐着。

“你们是不是吵架了啊？”许蕊大概是有点儿尴尬，停了一会儿才又问了一句。

“我跟她有什么可吵的？”邱奕说。

“也是。”许蕊笑了笑，“她平时那么臭的脾气在你面前都没一句高声的话……”

邱奕站了起来，走到旁边的垃圾桶边上点了根烟，背对着许蕊抽着。

“哎，邱奕你……”许蕊在他身后又开了口，但话还没说完就被邱奕打断了。

“比赛要打完了，”邱奕把烟灰弹到垃圾桶里，转过头来，“你不看比赛了啊？”

“哎，”许蕊皱着眉揉了揉脚踝，“不就跟你聊几句嘛，你干吗老操别人的心啊？晓蓉这阵子因为你心情都不好了……”

“我就是觉得要是答应了别人就别随便放人鸽子。”邱奕继续背对着她，“再说，张晓蓉心情不好不是因为我。”

许蕊被他这句话说得卡壳了半天才有些不好意思地说了一句：“哎，

那我去看比赛了。”

“嗯。”邱奕侧过身冲她挥了挥手，“再见。”

“这个……谢谢啊。”许蕊捏着已经化了的冰棍，“帮我扔一下吧，我懒得蹦过去了，还得蹦去网球场……”

邱奕走到她面前接过冰棍袋子，正要转身去扔的时候，看到体育馆大门里走出来几个人。

体校的运动服邱奕很熟，在左胸上转圈儿地印着白字。

之前陪邱彦进去转了一圈儿确定了让邱彦心心念念要来看比赛的大虎子就是边南之后，邱奕就出来了，现在再次看到边南那张永远带着嚣张和一丝不耐烦的表情的脸，突然有点儿感慨万千。

“估计不用蹦了。”邱奕笑了笑，“这是打完了吧。”

“啊？”许蕊有些吃惊地转过了身。

“你大爷的！”万飞猛地停下了脚步，盯着路边的邱奕和许蕊，眼里跟皮卡丘发功了似的电闪雷鸣。

边南正东张西望地想看看二宝在哪儿，怕一会儿人多他找不到他家大宝，听万飞吼这一嗓子才顺着往路边看了过去。

他眯了一下眼睛，以便确定自己没有看花眼。

在万飞要往那边冲过去的时候，边南一把抓住了他的胳膊：“你干吗呢？”

“你说干吗？”万飞瞪着他。

“为一个女的你至于吗？老蒋就在后头，你有病也不着急这会儿犯吧？”边南压低声音吼了一句，“换个时间我陪你！”

万飞被边南拉上了老蒋的面包车，塞在了最后一排的座位上，始终阴着脸不出声，跟要债没要成还被欠债的人揍了一顿的倒霉债主似的。

另外几个队员也没多问，都在前面聊着。万飞今天虽然赢了比赛，但赢得很吃力，不爽也挺正常。

“一会儿去吃一顿呗。”李丹坐在前一排，回过头看着边南。

边南扫了万飞一眼：“不吃了。”

“至于吗？”李丹笑着伸手在万飞眼前打了个响指，“打赢了就行，想那么多干吗呢？”

“别烦我啊！”万飞瞪了她一眼。

“哎哟！”李丹也瞪圆了眼睛，“万飞，你别顺杆儿上啊，老娘今儿心情不好还没找着人发火呢，信不信我一拍子把你抽到车外边儿挂着去！”

万飞看着她，沉默了一会儿乐了：“你说你长得挺好看的一个女的，怎么一张嘴这形象就毁天灭地……”

后面半句话万飞说得很小声，还把脸偏开了。

“我听见了！”李丹盯着他看了一会儿，叹了口气又转头看着边南，“你俩不吃就不吃吧，你回去给这人顺顺毛，扎手，简直没法玩了。”

边南拍了拍万飞的肩，笑了笑没说话。

万飞相当不爽，回到宿舍往床上一躺就不再说话了。

边南没提之前的事儿。他能理解万飞的憋屈，这事儿无论是当时冲过去还是单独找许蕊问都特丢面儿，现在万飞就憋了一肚子莫名其妙的火无处发泄。

边南换了套衣服，站到他床边：“出去转转？”

“南哥，我问你一个问题。”万飞枕着胳膊看着他。

“问。”边南从桌上拿了根棒棒糖放嘴里叼着。

“你除了运动服没别的衣服了啊？”万飞坐了起来，指着他身上的衣服，“你训练穿运动服，平时也穿运动服，在学校待着穿运动服，出门还穿运动服，你烦不烦？”

“没了，一水儿运动服，怎么着吧？”边南笑着说。

“不怪张晓蓉看不上你！”万飞恶狠狠地咬着牙道。

“你没地儿撒气了吧傻子。”边南乐了半天，转身从柜子里重新拿了套衣服出来，慢条斯理地换着，“看上我的人多了，一个张晓蓉算什么？”

万飞哼了一声没说话。

“今天吧。”万飞盯着他的脸，“就今天晚上。”

“还要先找许蕊问问吗？”边南马上反应过来万飞在说什么，不过许蕊和张晓蓉一个班的，平时关系还不错，理论上许蕊应该不会跟张晓蓉喜欢的人有什么事儿。

万飞从床上跳下来，在宿舍里转了两圈：“没这事儿我也要找他呢！”

他正想继续转，宿舍门被打开了，朱斌和孙一凡拎着两袋零食回来了，万飞扑上去抢了一筒薯片，塞了几片到嘴里咔咔地咬着。

边南扯过袋子看了看，没有感兴趣的零食，于是从万飞手里拿了薯片，没滋没味儿地嚼着。

他讨厌邱奕，相当讨厌。

如果他俩之间仅仅是一个张晓蓉，他也未必会盯着邱奕不放，为一个女的不值当。不过如果换成是万飞，别说万飞是为了一个姑娘，就是为了只母猴儿，他也会出手。

现在他和邱奕之间也是新仇旧恨一堆，那天在停车场外面，邱奕挑衅时的表情和声音，边南一想起来就火冒三丈。

再联想到这混血小子有可能知道了他那些不愿意被人知道的秘密……

“哥哥，”邱彦靠在厨房门边，“我想打网球。”

“别想一出是一出，上个月你还想拉小提琴呢。”邱奕正在提前给老爸和邱彦准备晚上的饭菜。他每天都争取提前把饭菜准备好，老爸他们随便热一热就能吃，实在来不及的时候就只能留钱让邱彦出去买。

“锻炼身体嘛，你说要锻炼身体的嘛。”邱彦跑到他身边挨着他的腿站着。

“想锻炼身体早上起来去跑步就行。”邱奕说。

“那你也不陪我啊。”邱彦挺不开心地蹲到地上，“还说陪我看比赛，才进去一分钟就跑了。”

“我看到大虎子是什么样就行了。”邱奕从锅里捏了块肉放到邱彦的嘴里，对大虎子居然真是边南这件事，到现在还觉得有些意外。

“我让大虎子教我打网球！”邱彦吃掉肉之后喊了一嗓子，转身跑出了厨房。

下午邱奕要去给陈婷婷补课，陪着邱彦玩了一会儿遥控车之后就压着时间出了门。

他补课的几个学生都是以前的同学和老师介绍的，班主任给他介绍学生的时候每次都要加上一句：邱奕你可惜了。

邱奕听这句话都快听出毛病来了。可惜不可惜的他并没有多大感觉，虽然如果有条件，他应该会像同学和老师展望的那样，中考高分，高考高分，上双一流大学……

但事实就是他不能，他的路就是上个中专迅速挣钱，而且还得搭上休息时间弄钱。

他能做的就是面对现实。

说起来面对现实应该算他的长项，从老妈没了那年开始，他就熟练掌握了这项技能。

陈婷婷的父母都没在家，桌上准备了不少吃的，每回邱奕到她家来都觉得是来参加茶话会的。

家里除了陈婷婷，邱奕还看到了正团在沙发上逗猫的边馨语。这俩小姑娘虽然一个初三一个高一，但关系挺好，他经常能在陈婷婷家看到边馨语。

“嘿，又见面啦帅哥。”边馨语冲他招了招手，“不介意我又来蹭课吧？”

“能闭嘴不出声就行。”邱奕在桌子旁边坐下，拿过陈婷婷放在桌上的卷子低头看着，准备先给她讲讲错题。

“我先吃点儿东西。”陈婷婷伸手去拿桌上的凤爪。

“开始了。”邱奕一把按住了凤爪，把零食都推到了一边，要是由着陈婷婷来，她可以一会儿吃东西一会儿上厕所一会儿玩手机折腾一下午，“休息的时候再吃。”

陈婷婷还算配合，半死不活地趴在桌上听他讲题，倒是没走神。

讲完两份卷子，邱奕看了一眼墙上的钟：“休息一会儿吧，五分钟。”

“你比我们的老师还烦人。”陈婷婷拿了凤爪跟边馨语一块儿挤在沙发上，“刚才还没说完呢，这个周末你哥要带你去哪儿啊？”

“野营踏青什么的。”边馨语说，听起来没什么兴趣。

“那有什么意思啊？”陈婷婷撇了撇嘴。

“那也比待在家里强。”边馨语往邱奕那边看了一眼，“边南这周末肯定回家，不回家我爸也得去接他回来，不够烦的！”

“你哥在家呢，怕什么？他敢怎么样啊？说起来这又不是他家。”陈婷婷边吃边说。

“唉。”边馨语皱着眉，声音有些颤，“他跟我哥打架也不是一回两回了，下手可狠了，我哥的头都被他打破过，上次要不是我爸拦着，他都拿椅子砸我哥了！我就没见过这样的人……”

邱奕低头看着手机，耳朵里都是边馨语委屈的声音。

边南脾气差，除了她爸，对谁都没有好脸色，随时能跟她哥哥动手，还踢过她养的小狗，明明是“小三儿”的儿子，在家却很嚣张，还把她妈妈气哭过很多次……

刚进航运中专的时候，邱奕就听说过边南，也见过对方几次，只是那时还是大广的“天下”，他并没参与过两所学校之间的各种纷争。

那个时候的边南并未给他留下太多印象，他大概就觉得对方是个刺儿头，但独来独往，体校的抱团斗殴他出现的次数不算太多。

邱奕眼前晃过边南的脸，他打架时嚣张的表情和比赛时认真的样子，邱奕还顺便脑补了一个在家里身份尴尬却还能这么跋扈的形象。

虽说跟那个能陪着邱彦玩还被邱彦认真当成了朋友的大虎子形象不太吻合……

“继续。”邱奕看了看时间，掐着五分钟准时打断了聊得正欢的陈婷婷和边馨语。

“再来两分钟嘛……”边馨语抱着猫冲邱奕拉长声音说道。

“你跟猫说吧。”邱奕看了她一眼，把英语书翻开放在了陈婷婷面前。

边馨语很漂亮，平时也不算招人烦，邱奕对她的印象不差，不过虽然邱奕能理解她对自己的家庭被破坏的感受，却还是不太愿意听到耳边全是边南这个那个、那个这个的抱怨。

自己每天都挺累，也够心烦的，再听到这些内容，心情都变差了。

给陈婷婷补完课，邱奕看了看时间，没多耽误，开始收拾东西准备去饭店。

“邱老师，”陈婷婷拿过鱼片边吃边看着他，“你有女朋友吗？”

邱奕没接她的这话，指了指她的练习册：“有空把错的题重新做一遍。”

“要没有关系好的女同学，我给你介绍一个吧？”陈婷婷笑着说。

“得了吧，他们学校旁边是卫校，美女多着呢，都挺漂亮的。”边馨语啧啧了几声。

邱奕的手机响了一声，他拿出来看了一眼，是邱彦用老爸的手机发过来的，很得意地汇报他正准备给老爸弄晚饭。

“也许邱老师不喜欢漂亮的女生呢！”陈婷婷冲邱奕晃了晃手，“邱老师，你觉得馨语怎么样？”

“喂！”边馨语喊了一声。

邱奕回了条短信过去，抬眼看了看边馨语：“挺好的。”

“当然挺好的啦！”边馨语瞬间红了脸，低头把脸埋到猫毛里，“这还用说吗？”

“这样的行不行啊？”陈婷婷又说了一句。

“神经啊你！”边馨语喊了起来，随手抓了个靠垫扔过去。

“走了，记得复习。”邱奕笑了笑，拿了自己的包转身打开门出去了。

到了饭店刚在后门把自行车停好，手机响了，邱奕看了看，是申涛。

“嗯？”他接起电话，申涛知道他晚上要打工，一般没事儿不会打电话过来。

“你这两天小心点儿。”申涛说，“潘毅峰那帮人这两天晚上都在外边儿，咱好几个人落单的时候被他们堵了。”

“哦。”邱奕应了一声。

“我们要不要动手？”申涛问，“他还没完了。”

“等我休息再说。”邱奕看到领班从后门走了出来，“挂了。”

潘毅峰最烦人的是永远不会单独出现，绝不跟人单挑，找人麻烦的时候一直都带着人，一方面能彰显他的老大范儿，另一方面比较安全。

虽然没什么可说的，但邱奕始终看不上他这点，说白了就是怕死。

邱奕跟领班打了个招呼，跑进饭店更衣室换了制服。

饭店环境好，来的客人素质相对高一些，待遇还不错，而且工作时间可以都调整在晚上，还能有轮休的时间，所以虽然离家不近，一晚上的活儿干下来挺累人，邱奕还是愿意安心地先在这儿待着。

快打烊的时候，邱奕看到肖曼从楼上办公室出来离开了饭店，心里松了口气。

他实在有点儿怕路上再碰着肖曼，坐肖曼的车回家一路没话找话都找不出话的状态让他觉得很受罪。

今天把店里都收拾完了，他又心情不错地陪着领班在后门抽了根烟聊了几句才骑着车离开饭店。

“不会是换了路线吧？”万飞蹲在路边的树影里，手里拿着根棍子在地上轻轻地敲着。

“你之前不是看着他从这边儿来的吗？”边南掏了根烟出来点上。他没有烟瘾，但偶尔会抽一根配合一下气氛。

“是啊。”万飞皱着眉道，“他不会是提前走了吧？我说了早点儿过来，你非得上电玩城……”

“你闭会儿嘴。”边南抽了口烟，低头咳嗽了两声。

“呛了？”万飞看着他。

“闭不闭？”边南瞅了他一眼。

万飞不再出声，眼睛盯着邱奕有可能出现的方向。

又过了十来分钟，路那边有人骑着自行车过来了，绿色的车在路灯下很显眼。

邱奕估计被突然冲出来的人吓了一跳，下意识地捏了捏闸，车速慢了下来。

但很快他就看出是怎么回事儿，没停车，直接往旁边转了转车头，看样子是打算加速绕过去。

边南这时才从路边冲出来，在邱奕加速蹬车之前弯腰猛地一挥手，手里的木棍几乎贴着地面飞了出去，准确地穿进了邱奕的自行车前轮的辐条之间……

第二章
伺候伤员

从万飞冲出来到邱奕倒地不起，前后不超过两分钟，后面的一辆电瓶车骑过来的时候，边南和万飞已经顺着路拐了个弯跑了。

“要报警吗？”电瓶车停在邱奕旁边，有人问了一句。

邱奕手撑着地坐着，半天才开口：“不用，谢谢。”

“哦。”那人犹豫了一下，骑着电瓶车走了。

邱奕咬了咬嘴唇，试了几次想站起来，都没成功，右小腿完全使不上劲儿，钻心的疼痛让他额角冒出了细细的汗珠。

他摸出手机，想拨申涛的号时，发现手机屏幕裂了，折腾了半天也没弄亮，皱着眉躺回了地上。

几分钟之后又一辆小电瓶车停在了他身边，车上的人惊叫了一声：“小邱！你是……小邱吧？”

邱奕认出这是饭店另一班的服务员，咬牙坐了起来：“哥哥，手机借我用一下。”

车上的人赶紧拿了手机递给他。

“睡了没？”邱奕拨通了申涛的电话号码。

“邱奕？这都几点了啊……”申涛的声音带着睡意，但说第二句话时他就已经清醒了，“你出事儿了？”

“过来接我一下。”邱奕说。

“要带人吗？”那边的申涛一下提高了声音。

“不用，真有事儿等你带人过来我早让人干废了。”邱奕笑了笑，试着动了动腿，疼得厉害，他只好扶着腿，“把你那小破车开过来就行。”

“等我。”申涛挂掉了电话。

边南和万飞没回学校，在路边找了个烧烤摊坐下来。

塞了一肚子肉之后，两人起身打了车回了学校附近。其实吃烧烤的那儿就有网吧，但玩游戏这事儿，还是得在熟悉的环境里才顺手。

边南对游戏并不执着，什么都玩。万飞不同，相当专一，开了机鼠标就直奔主题而去。

“来，”万飞瞅了他一眼，“陪我玩两把这个。”

“我想斗地主……”边南有点儿困。

“斗什么地主啊！”万飞推了他一把。

“还能不能别闹了？”边南很无奈，“我玩这个一半儿肯定得睡过去……”

“你这人真没劲儿。”万飞叹了口气，“早知道不让你喝酒。”

边南酒量奇差，啤酒一斤的量，而且一直无法突破，喝两罐就打瞌睡。

万飞不再理他，专心玩游戏去了。边南对着电脑屏幕犯困，手机响的时候他都没反应过来，响好几声才拿出来看了一眼。

屏幕上显示的号码居然是二宝，边南愣了愣，这都快两点了。

“喂？”边南赶紧接起电话，“二宝？”

“哥哥，”二宝的声音传了过来，听上去还挺平静，“哥哥你睡觉了吗？”

“还没呢。”边南喝了口水，“这都几点了你还没睡吗？是不是有什么事儿？”

“没什么事儿。”二宝有点儿不好意思，“我就是睡不着，又不知道给谁打电话。”

“哟，八岁就失眠，十八岁你得成仙了。”边南笑了笑，“赶紧睡吧，明天起不来去学校了。”

“我哥哥还没回来，我睡不着。”二宝小声说，“他今天到现在还没回来。”

“他加班吧？要不就是跟朋友喝酒去了。”边南看了看电脑上的时间，“你先睡呗，不困吗？”

“他不加班，也不出去喝酒的，他的电话打不通。”二宝说这话的时候挺成熟的，“我有点儿担心。”

“别担心，你哥都是大人了，不会有事儿的。”边南被他这么一说都有点儿没底了，“你爸在家吧？”

“在的，爸爸睡觉了。”二宝说。

“这样吧，”边南想了想，“你再等等，要是再晚……”

“回来了！有人敲门！哥哥晚安！”二宝突然打断了他的话。

“哎！”边南愣了愣忍不住喊了起来，“别随便开门！”

没等他再说“你哥有钥匙怎么会敲门”，那边二宝已经把电话给挂掉了。

边南骂了一句赶紧把电话拨了过去。

“怎么了？”万飞看着他，边南这一嗓子把网吧里昏昏欲睡的人全都给喊精神了。

“小傻子。”边南皱着眉说了一句，大半夜的有人敲门，家里就一个小孩儿和一个坐着轮椅的大叔……

电话拨过去没人接，边南顿时汗都下来了，站起来就往网吧外走。

“干吗去？”万飞将鼠标一扔追了上来。

“去二宝家。”边南一路小跑着到了路边，东张西望半天也没瞅见有出租车，“你那古董电瓶车呢？”

“在学校里呢，怎么了？”万飞转身往学校那边跑去，“二宝是谁啊？”

边南顾不上给万飞解释，一边跑一边继续给二宝打电话，跑到学校围墙边上正要往上翻的时候，电话接通了。

“喂！”边南喊了一声，“二宝？”

“你是谁？”那边传来一个陌生的男声。

边南愣了愣：“你是谁啊？”

那边的人被他说愣了，过了两秒钟才说：“你找谁啊？”

“我找二宝。”边南反应过来这有可能是二宝他哥大宝，放缓了语气，“你是大……二宝他哥？”

“不是。”那人说完这句话之后似乎把电话拿开了。

接着听筒里传来了二宝的声音：“喂？”

“二宝？我是大虎子，是不是你哥回来了？”边南赶紧问。

“是哥哥的同学。”二宝的声音里突然带上了鼻音，“我哥哥在医院。”

电话那边二宝的爸爸似乎也起床了，加上屋里有人，有点儿乱糟糟的感觉，边南没再细问，只能安慰了二宝两句。

挂掉电话之后他靠着墙舒了口气，只要不是入室抢劫就行。

这一着急，之前喝的那点儿啤酒上来的劲儿全散了，边南感觉自己目光如炬，一拍万飞的肩膀：“走，回屋睡觉。”

万飞甩开他的手：“遛我这一通跑完了说睡觉？老子要玩！”

“你……”边南没说完，万飞一把抓着他的胳膊就往网吧那边拽，他只得跟着走，“你玩，我在边儿上睡。”

“别废话！陪我玩两把。”万飞说。

“反了你了……也就是今儿晚上心情好，我不跟你计较这态度。”边南踢了他一脚，“撒手。”

“你心情好？”万飞笑着问。

“嗯。”边南啧了一声，“你心情不好啊？”

“好啊！必须好，好得不得了！”万飞扯着嗓子冲着天嗷嗷叫了两声。

“爽了？”边南斜眼儿瞅着他。

“嗯。”万飞想了想又转过头，“咱俩会有麻烦的，邱奕那人跟别人不一样，估计打不服，而且挺阴的。”

“怕什么。”边南满不在乎地说了一句。

邱奕受伤住院的消息第二天下午就传到体校了，中午吃饭的时候万飞满食堂转着打听了一圈儿，回到边南对面坐下的时候脸上的表情有些微妙。

“怎么？”边南扒拉了两口饭。

“潘毅峰还真是面若铜盆啊……铜盆啊……”万飞从边南的餐盘里夹了块鸭肉，又用手比了比，“我看得有这么大！”

“说正题。”边南往潘毅峰那边看了一眼，潘毅峰刚坐下，他今天的状态的确有些与众不同，一扫前阵子的萎靡不振，整个人都意气风发的。

“邱奕被打住院，大家都说是潘毅峰干的。”万飞说。

边南呛了一口汤，咳了半天才抬起头：“什么？”

“潘毅峰潘老大把邱奕打进医院了。”万飞又说了一遍。

潘毅峰好面子，为了面子这东西什么都可以不要，这回边南算是领教了他这方面深厚的功力。

把人揍进了医院让边南有些意外，他没觉着那一下有多重，不过虽说这事儿并不光荣，也没什么值得炫耀的，但莫名其妙地被人截和的感觉也并不美好。

边南听着隔了几桌传来的潘毅峰大帅般的笑声，连饭都没好好吃，胡乱扒拉了几口就拉着万飞出了食堂。

两人回到宿舍的时候，孙一凡和朱斌也聊着天儿回来了，朱斌进屋就一拍桌子道：“听说没，邱奕被潘毅峰打进医院了。”

万飞冷笑了一声：“他自己说的吗？”

“他好像没说，”孙一凡躺到床上，“别人传的。”

“他那人，这么牛的事儿居然没到处说？”万飞继续冷笑。

朱斌想了想道：“转性子了？”

“真逗。”边南笑了笑，“他转性别了也不会转性子。”

“这事儿没准不是他干的。”孙一凡抬腿蹬了蹬上铺的床板，“我反正是不太相信。”

“必须不是他啊！”万飞喊了一声。

孙一凡转过头看着他：“这位兄台如此激动，莫非……”

“你俩昨天没回宿舍！”朱斌一指边南，“是你俩干的吧！”

边南没出声，这事儿上赶着说是自己干的，在他看来是很丢面儿的事儿，反正早晚会露馅，到时丢人的是潘毅峰。

他是不能理解潘毅峰这种默认的态度，下巴被打歪就算了，脑子都被震松了？

万飞看边南没有解释的意思，也没再多说，往床上一倒，戴上耳机听音乐睡觉了。

连着两天，边南走哪儿都能看到潘毅峰那张春光满面的脸。

不过最近大家都挺消停，航运那边跟着邱奕混的那帮人都被老师盯死了，晚上也没见出来晃悠，体校这边没了目标，也暂时安静了。

万飞倒是一直憋着火，要不是这两天潘毅峰没出过校门，他估计早在外面跟潘毅峰干架了。

“明天你回家？”万飞跟他一块儿蹲在学校后操场边上。

“嗯，挺长时间没回了，再不回去阿姨又该说我总不回家了。”边南说。

“她说的又不是真心话。”万飞啧了一声。

“我爸觉得她说的是真心话就行。”边南笑了笑。

“唉。”万飞叹了口气，不再说话。

两人对着跑道发了一会儿呆，边南的手机响了。

二宝打来的，边南接了电话：“二宝？”

“哥哥。”二宝的声音传过来，“大虎子，你会做骨头汤吗？”

“啊？”边南愣了，“骨头汤？你要做骨头汤啊？”

“嗯，我买好骨头了，就放进锅里煮吗？还要放别的什么东西吗？”二宝问。

“等等，你爸呢？让你爸教你啊。”边南拿过万飞的手机，打开了网页，低头搜着骨头汤的做法。

“姑姑带我爸去医院检查啦，没有人在家，你不会吗？”二宝似乎有些失望。

“我正查呢，别急。”边南点开一个骨头汤的菜谱，“你做汤给谁啊？”

“给我哥，他骑车摔伤啦，在医院呢。”二宝提到他哥情绪有些低落。

“哦。”边南看着手机，“你听着啊，先将洗净的骨头砸开，然后放入冷水，冷水一次性加足，并慢慢加温……砸开？水烧开后可适量加醋，因为醋能使骨头里的磷、钙溶解到汤内……炖上两三个小时，汤就做好了……要两三个小时呢？”

“我听不懂。”二宝很诚实地回答，“好久啊。”

别说二宝听不懂，边南自己念完了也没个概念。他看了看时间，二宝这会儿才做，弄完送到医院估计都该九点了。

“算了。”边南站了起来，想到一个只有八岁的小孩儿要自己在家做骨头汤，他有点儿不放心，“我帮你买一罐拿过去，你在家等我。”

挂了电话之后，万飞盯着他：“没看出来你这么有爱心啊？”

“那换你呢？”边南说。

“让他别做了呗，让邻居教也行啊。”万飞笑着说，“反正我不会买了送过去，你是想起你自己了吧……”

“你闭嘴。”边南指了指他，“留神抽你。”

万飞没说错，从第一次看到二宝蹲在路边哭的时候，边南就莫名其妙地想到了自己，尽管自己的童年在有记忆的片段里算不上多悲惨，起码在外人看来，住着别墅，家里有几个保姆，穿着漂亮的衣服，出入车接车送……

他就是一想到二宝可能一个人对着灶台和大棒骨手足无措就很不忍心。

他在汤城打包了一罐筒骨汤赶到二宝家的胡同时，二宝正站在胡同口等着，一见到他就跑了过来："大虎子！"

"我送你去医院吧，家里门锁好了没？"边南指了指身后送他过来的出租车。

"锁好了。"二宝摸了摸胸口挂着的钥匙，跟着他上了车，"谢谢你。"

"我反正闲着没事儿。"边南把二宝的脑袋上支起来的几撮头发扒拉顺了，"你哥要住几天啊？"

"半个月吧。"二宝低头凑到汤罐子旁边闻了闻，"好香。"

"那你每天都要送饭吗？"边南问。

"嗯，医院的饭好贵，我做好了送过去就可以了。"二宝一脸严肃地说。

"你会做吗？"边南很怀疑，"直接买现成的……"

"那比医院的还贵呢。"二宝看着他，"笨。"

"你才笨。"边南乐了，"我除了不会做骨头汤，炒几个菜还是会的，西红柿炒蛋、蛋炒西红柿、青椒炒蛋、蛋炒青椒。你什么都不会吧？"

"我明天就学会了！"二宝很不服气。

二宝他哥不知道是哪儿摔伤了，不过住的是骨科医院。

边南本来想把二宝送到病房，但下车的时候一抬眼，看到了院子里门诊大楼前站着俩航运中专的人。

这两人他见过，知道其中一个是申涛，跟邱奕关系极好。

他停下了脚步，市里就这一个好点儿的骨科医院，邱奕八成也在里边儿躺着呢……

“我进去啦，你快回家吧。”二宝拿过他手里拎着的骨头汤，冲他挥了挥手。

“慢点儿。”边南也挥了挥手，“有事儿给我打电话。”

“嗯，谢谢！”二宝很响亮地说，扭头小跑着往医院大门里去了。

边南趁着申涛那两人没往这边看的时候钻回了出租车里。

申涛和姜凯带着邱彦走进病房的时候，邱奕正躺在床上看电视，右腿被吊在半空中。

“很有气势嘛。”申涛摸了摸他腿上的石膏，“你的车我帮你弄了一下，掉的漆没法补了，找不到一样颜色的漆，要喷就得全换。”

“没事儿。”邱奕看着邱彦把一罐汤放在了床头的小柜子上，伸手摸了摸他的脑袋，“这汤哪儿来的？”

“我做的，筒骨汤。”邱彦说，“吃骨头补骨头。”

“胡扯。”邱奕的手指在罐子上敲了敲，“咱家没有这样的罐子。”

“李奶奶家的罐子。”邱彦皱着眉，不敢说汤是买的，更不敢说是别人买的，“快喝。”

“二宝去打点儿热水。”申涛晃了晃旁边的暖水壶，“会打吗？”

“会。”邱彦拎起暖水壶转身跑出了病房。

“你管得也太多了，给你弄了骨头汤就喝呗，问那么多。”申涛打开罐子闻了闻。

“我说了不许他乱花钱。”邱奕看着电视，“还说过不许说谎。”

“他看到你的腿都哆嗦，买骨头汤不是为你好吗？”姜凯啧了一声，“不许说谎，你当哥的都带头说谎了呢。”

“我说什么谎了？”邱奕看了他一眼。

“这是谁干的？”申涛指了指他的腿，又敲了敲石膏，“潘毅峰？”

“不是说他已经认了吗？”邱奕笑了笑。

“那你出院了我们跟谁找回来？”申涛盯着他。

“潘毅峰呗。”邱奕拿过旁边的汤罐子，勺都是一次性的，还李奶奶家的罐子呢，李奶奶家还用一次性勺子吃饭呢……

申涛和姜凯在病房里没待多久就走了，得回学校，现在班主任每天来查一次房，除了没住校的那几个人，其他只要报了住校的，全都要清点。

邱奕把邱彦拿来的骨头汤喝光了，把一次性勺子放到他眼前晃了晃，扔进垃圾桶里："行了，你回去写作业吧，明天别弄骨头汤了。"

"哥哥，"邱彦叫了他一声之后沉默了很长时间才转过头看着他轻声问，"你是不是打架了？"

"说了是摔沟里了。"邱奕说。

"不信。"邱彦皱着眉头。

邱奕看着一脸严肃的邱彦没说话，过了一会儿才没忍住笑了："为什么不信？"

"你没有那么笨。"邱彦趴到床沿上，把脸贴着他的胳膊，"哥，你是打架了吧？"

邱奕轻轻叹了口气："嗯。"

"为什么总打架呢？"邱彦也叹了口气。

"我没打架。"邱奕看了看旁边床的人，轻声说，"我就是被人揍了。"

"你要不先揍人，人家也不会揍你。"邱彦的逻辑还挺清晰，"你为什么总打架呢？"

邱奕捏着邱彦的头发轻轻搓着："你为什么有时候偷偷在院子里踩毛巾？"

邱彦猛地抬起头："你看到了？"

"还踩过衣服。"邱奕笑着说。

"你偷看我！"邱彦有些不好意思地低下头，"我不高兴的时候才踩。"

"不用偷看也知道。"邱奕啧了一声，"我的衣服后背上都是你的脚印……"

"我不开心才会踩，平时不会踩的。"邱彦捂住脸，闷着声音说。

“所以啊，”邱奕笑了笑，“我也是。”

邱彦过了很久才抬起头看着他：“哥，你是不是很累？”

“还成。”邱奕看了看手机，“行了，你赶紧回去，一会儿公交车没了，回去写完作业就睡觉，我会打电话问老爸你有没有睡。”

“嗯。”邱彦把汤罐用袋子装好，走到病房门口又回过头，“等我长大就好了。”

“那你快点儿长大。”

二宝第二天打电话给边南让他去拿汤罐子的时候，边南刚被老蒋虐得差点儿跪着爬出球场。他坐在场边看着自己脚下成串滴下来的汗珠子。

“什么罐子？”他一下没反应过来二宝说的是什么。

“汤罐子呀，那个罐子不是饭店里的吗？”二宝有些着急地说。

“哦，没事儿，交二十块钱押金就拿出来了。”边南笑了笑，“你搁家里用吧，我懒得跑去还了，不是还得继续给你哥送汤吗？”

“不送啦，我哥看出来是买的汤了，今天不要汤啦。”二宝很郁闷地说。

“你哥什么毛病，买的怎么了？非得让一个八岁小孩儿在家做骨头汤吗？”边南很不爽地喊了一嗓子，“也不怕出事儿！”

“他不喝汤了。”二宝小声说，“爸爸说给他煮点儿粥。”

“你爸煮？”边南问，二宝他爸坐在轮椅上的样子在他眼前晃过。

“我爸教我，我煮，煮粥又不难。”二宝挺有信心地回答。

边南觉得自己可能是有病，训练完了洗了个澡就翻墙出了学校。

打车去帮二宝煮粥这种事儿打死他一百回他也想不到自己会做。

二宝家经济条件大概不太好，所以他哥不在医院吃饭，更不同意去饭店买吃的，于是就在家随便弄点儿吃的应付了。

边南不知道二宝家平时是怎么做饭的，但他到二宝家时，二宝的爸爸正坐着轮椅指挥二宝淘米。

“大虎子！”二宝蹲在院子里的水池边，一抬头看到边南，惊喜地喊了一声，“你怎么来了？”

“叔叔好。”边南先跟二宝的爸爸打了个招呼，走到二宝身边把他鼻子上的两粒米扒拉掉，“我路过……就来看看。”

二宝的爸爸对边南要动手煮粥很过意不去，跟在后头一个劲儿地说不用了。

“叔，真没事儿。”边南的动作其实比二宝熟练不了多少，他从小到大就没在厨房里待过，“您指挥我就行，我也是‘声控’的。”

淘米、放水、剁肉末，边南在二宝的爸爸的指点下手忙脚乱地在厨房里忙活了一通把粥煮上了。

煮粥不像煮骨头汤那么费劲儿，没多久就煮好了，边南拿了个饭盒把粥装好：“我打车送你过去。”

“不用，不用。”二宝的爸爸相当过意不去，赶紧拦着，“我跟胡同口老李家的大小子说了，他开出租车的，一会儿正好上晚班可以把二宝送过去。”

“哦。”边南点了点头，把粥罐子放进一个布袋里系好了，“那我也走了，我……明天再过来帮忙吧。”

边南看出来了，二宝家条件不好，二宝虽然看上去挺愿意干活的，可毕竟还小，干不利索，二宝的爸爸更没法干活，就胳膊能动。

本来边南还想说让院里的邻居帮着弄弄，结果一锅粥煮出来的时间里，他看到了三个邻居，除了一家长期没人住的，另外两个屋里一个寡居的老太太、一对老夫妻……估计平时还得二宝他哥照应着。

边南长这么大，还是第一次这么按时按点儿地上门给人做饭，虽然做得不怎么样，但水平提高得还挺快。

一开始他就是煮粥，然后开始往粥里加东西，接着就开始炒菜了，炒煳了两天，但接下来就突飞猛进能炒出花样了。

“我觉得我可以去开个饭馆了。”他一边翻着锅里的排骨一边跟站在身后打下手的二宝说。

“那我天天去吃。”二宝笑得很欢，“要不你会赔钱的。”

“谁说的！”边南从锅里铲出一块排骨放到嘴里尝了尝，“我觉得还不错啊。”

“我哥明天出院了。”二宝凑到灶台边，“到时让他给你做一顿尝尝，你就知道啦。”

“出院？”边南愣了愣，他哥也就住了一个星期的院，“骨折一个星期就出院？”

“一星期零两天啦。”二宝点了点头，“石膏还没有拆呢，我哥说回家休息，换药再去医院就行。”

边南没出声，他哥这估计是为了省钱，住一天医院费用不少。

“你还来吗？”二宝突然拉了拉他的衣角。

“啊？”边南看着他，“什么？”

“我哥出院了你还来炒菜吗？”二宝抓着他的衣角。

二宝挺黏他的，每次他过来，二宝都会缠着他说半天的话，边南摸了摸二宝的头：“你哥能动吗？不能动我就再来两天呗。”

“不知道能不能动。”二宝低下头，“腿还是吊起来的呢。”

“那我明天来看看吧。”边南蹲下搂了搂二宝，“是不是你哥平时都不陪你玩啊，寂寞的小朋友？”

“他没时间。”二宝搂住他的脖子，“我哥上班上学很忙的。”

“你哥还上学？”边南愣了愣，一直以为大宝已经正式工作了。

“嗯。”二宝点了点头，又扭头看了看锅，“是不是又煳了？”

边南赶紧蹦起来把火拧小了，扒拉了几下锅里的排骨：“没煳、没煳，差点儿……只煳了一点儿……”

第二天边南又打算翻墙出去的时候，万飞拉住了他：“南哥，你不会每天都是去约会吧？”

“跟谁约？”边南把手伸到他眼前，展示了一下手上被油星子燎出来的俩水疱，“黑岩吗？”

“你这明显是小智的喷火龙……”万飞叹了口气，“你要有个亲弟估计都没这么上心吧。”

“不知道。”边南想了想，边馨语看到他就乌云密布的脸从眼前飘过，他顿时一阵郁闷，“没感受过。”

“晚上网吧等你？”万飞躺到床上。

“嗯。”边南拿过外套出了宿舍。

边南打车到了二宝家的胡同口，在小超市里顺手买了瓶可乐和几包零食，二宝挺爱吃这些，不过估计平时不总吃，每次边南给他买了他都两眼发光。

二宝家对边南来说已经很熟悉，进了院子他熟门熟路地就推开了二宝家的房门。

“大虎子来了啊。”二宝的爸爸正在客厅里，看见他马上招了招手，“还想着你今儿来不来呢。”

“答应二宝要来的。”边南笑了笑，听到了二宝屋里有人说话，估计是二宝他哥。

他走过去刚要敲门，二宝已经从屋里扑了出来：“大虎子！”

“哎，刹车。”边南摸了摸他的脑袋，把零食袋子递给他，“给你的，慢慢吃。”

“我哥哥回来了。”二宝拉着他的手往里屋拽，又冲里面喊了一声：“哥，大虎子来了。”

“哦。”里面有人应了一声，“大虎子来了啊？”

这声音不高，不过边南听得很清楚，整个人都愣了一下。

他并没有过耳不忘的能力，但对某些声音却能记得很清楚，比如某个贴着他耳朵挑衅的声音。

二宝并没有注意到他的变化，把他拽进了里屋。

边南看清床上躺着的人时，有种想扭头出门往胡同里那口已经干了的井那儿跳下去的冲动。

邱奕！

居然是邱奕！

居然是邱奕这个家伙!

那么可爱的二宝，居然是邱奕的弟弟!

边南瞪着在床上躺着的邱奕，半天没说出话来。

“你好。”邱奕见到他倒是挺平静，看上去就跟头一回见面似的，“谢谢你这段时间照顾我弟弟和我爸。”

我还想照顾你大爷呢!

边南咬着牙，尴尬，恼火，丢脸，还有那么一丝说不上来是内疚还是不好意思的情绪来回折腾着，他费了好大劲儿才挤出个干笑：“不谢。”

然后他一把抓住了正想出去给他倒水的二宝，咬牙保持着脸上的笑容：“二宝，我一定是智力有问题了才一直没问，你学名叫什么？”

“邱彦。”二宝看了一眼邱奕，仰起头看着边南，“我叫邱彦，我哥哥叫邱奕，我也没有问过你叫什么。”

“我叫边南。”边南盯着邱奕，“边南。”

说完了他又扳着邱彦的下巴有些难以置信地盯着看了好一阵：“你跟你哥怎么长得一点儿也不像？你怎么是黑眼珠子啊！”

边南这句倒是实话，邱彦长得很漂亮，跟个洋娃娃似的，但跟邱奕那张有着明显混血特征的脸完全不同，但凡长得有两分相似，他也不至于跟头驴似的为邱奕忙活了这么久!

“可是我的头发是卷的呀。”邱彦一边喊一边跑出去倒水。

邱奕嘴角一直挂着的礼貌笑容换成了一丝戏谑：“不好意思，吓着你了。”

“邱奕！”边南指着邱奕压低声音道，“你是不是早就知道了？”

邱奕往门口看了一眼：“你猜。”

边南脸上挂不住，一下没压住火，冲过去一把揪住了邱奕的衣领：“你别再撩火，以为我不敢在你家揍你吗？”

“大虎子。”邱彦棒着一杯水进来了，看到边南这动作吓了一跳，“怎么啦？”

“没……没……没……没怎么。”边南赶紧松了手，假装整了整邱奕的衣领，“你哥的衣服上有脏东西。”

“哦。”邱彦把杯子递给他，很开心地拉过一张椅子让他坐，“一会儿还一块儿做饭吗？”

“别让大虎子做饭了。”邱奕的爸爸把轮椅推到了门口，“一会儿我弄吧，大虎子在家吃个饭，之前做完了就跑，今儿一块儿吃吧。”

“我吃过了才来的。”边南简直没法形容自己的感受，面前是他最讨厌的人，自己却还得堆着一脸愉快的微笑，“叔叔您别管我。”

“我随便弄点儿。”邱奕的爸爸笑着推着轮椅往厨房去，“你随便吃点儿，别客气。”

“我先去煮饭，”邱彦跟着往外跑，一边跑一边喊，“哥，我会煮饭了！”

“真厉害。”邱奕说，眼睛还看着边南，听到老爸和邱彦都去厨房了，他才冲边南说了一句：“辛苦了啊。”

“你别跟我说话，我怕我忍不住揍你。”边南心里堵得就差吐出来了，自己这一个多星期见天儿地跑来做饭，闹了半天居然是给邱奕做的！

这事儿怎么想他都干得跟个傻子似的！

邱奕也不再说话，腿架在被子上，拿了本书翻开了开始看。

边南坐了两秒钟，站起来打算去厨房看看，跟邱奕这么待着他怕自己一会儿压不住火把人连石膏带腿都给砸了。

到门口的时候他停下了，看了邱奕一眼：“我差点儿忘了查询一下我的战果，怎么样，揍得专业吗？”

“还不错。”邱奕放下书，“腓骨骨折，拍片子见骨折线，无明显位移，查体见多处软组织损伤，建议住院观察，同时石膏固定，一个月后复查片子拆除石膏……”

“不错。”边南突然有点儿说不上来的滋味儿，伸手在石膏上敲了敲，冲邱奕龇了龇牙，“想找回来吗？我等你。”

边南扔下一句话就去厨房帮忙了，邱奕靠在床上翻开书继续看。

“哥哥，”邱彦过了几分钟跑进里屋，“牛肉要炖多久啊？”

厨房那边传来边南的喊声："说了不用问，我知道要炖多久！"

"半小时就行，用高压锅炖。"邱奕笑了笑，伸手在邱彦的鼻尖上抹了抹。

邱彦鼻尖上都是汗珠，整个人看上去很兴奋。

家里别说平时，就连过年也基本没有客人，邱彦能开心成这样，一刻不停地跑出跑进地打着下手，邱奕很少见到。

"大虎子，"邱彦跑进厨房，"我哥说高压锅炖半个小时就可以啦。"

"哦。"边南很郁闷。他的确不知道牛肉该炖多久，但他可以查，从邱奕嘴里说出来他怎么都觉得别扭，当着邱彦的面儿又不好发作，只能点点头，"那炖肉的时候先把别的菜弄了吧。"

"嗯！"邱彦又转身跑到院子里，把洗好的菜捧了进来，"先炒菜吗？"

"好。"边南拿过菜，放到案板上随便切了两刀，一想到自己在厨房这么忙活着，邱奕在床上躺着看书，就特别想撂挑子走人。

"真好。"邱彦扒着案板看着他，脸上全是笑。

"什么真好？"边南随口应了一声。

"什么都好！"邱彦很响亮地回答，又有些不好意思地转身跑了出去。

"家里没什么客人来，他哥哥在家时间少，平时就我跟他两人。"邱奕的爸爸在厨房门口笑了笑，"现在一下这么多人一块儿吃饭，这孩子高兴呢。"

"他哥哥这么忙啊？"边南也挤了个笑容出来。

"是啊，要上学，要打工，我这个情况……"邱奕的爸爸说着声音就低了下去，接着叹了口气，"家里什么事儿都是他哥哥扛着，辛苦啊。"

边南沉默着没有说话，一时半会儿不知道该说什么了。

边南用了快两个小时折腾出四菜一汤，看着摆在桌上的盘子，有点儿百感交集。

在家里他虽然不受待见，但从小到大也是少爷待遇，从来没干过活儿，现在居然做出好几个味道不知道怎么样但卖相算是凑合的菜，还外加一个汤……

而他能取得如此重大的“进步”，居然是因为邱奕。

不，不是因为邱奕。

他要是没把邱奕打进医院，也不至于会连锁反应出这个收都收不住的局面。

邱奕的腿还不能动，邱彦进屋扶他下床的时候，他跳得有些吃力。

“轮椅。”邱奕简单地说了两个字。

邱彦马上明白了，跑到爸爸身后，打算把轮椅推过去让邱奕扶着过来。

边南一看这情况自己站着不动说不过去，只得咬牙说了一句：“我来吧。”

邱奕没说话，靠在床边看着他。

边南走到邱奕身边，先伸了伸左手，不知道该扶还是该搀，于是又伸出右手，但发现伸右手拧着劲儿了，于是又伸出左手。

邱奕啧了一声，一抬胳膊钩在了他的肩上，借着劲儿往门口蹦了一下。

边南定了定神才控制住自己没直接拽着邱奕的胳膊把他抡到地上，跟着邱奕往前迈了一步。

但这个跟木桩子一样的姿势让两人都行动不便，边南探着脖子走了两步之后，咬着牙半拖半架地把邱奕扯到了桌子边，甩到了椅子上。

这还不算完，邱奕的腿放不下去，边南还得弯着腰把一张凳子放到桌子下边让邱奕搁腿，好在邱奕没让他动手，自己扳着腿放了上去。

边南坐回椅子上，邱奕要敢支使他扳腿，他就敢把邱奕一拳抡出门去。

“我喝一杯这个吧。”邱彦心情很好地拿起可乐。

“渴了喝水。”邱奕看着他。

“我想喝这个……”邱彦小声说，又低头瞄了爸爸一眼。

“让他喝点儿吧。”那边老爸说了一句。

“牙要坏了。”邱奕的语气没有松动。

“可是……”邱彦垂下眼皮咬了咬嘴唇，没再说话。

边南本来不想出声，别人管教孩子的时候不多插嘴是起码的礼貌，但邱彦可怜巴巴的样子让他心里一阵发软，对邱奕的火顿时跑偏了，他没忍住开了口："又不是天天喝，喝一杯牙就坏了啊？"

"他昨天刚喝了一瓶。"邱奕扫了边南一眼之后继续看着邱彦，话却还是对边南说的，"也是你买的吧？"

"我……"边南张了张嘴没说出话来。

"我过几天再喝吧。"邱彦起身拿起可乐放进了冰箱里，又扭过头，"行吗？"

"嗯。"邱奕点了点头。

邱彦很快忘了没可乐喝的郁闷，这么多人一块儿在家里吃饭给他带来的喜悦超过了喝可乐，他吃得很香。

"大虎子的手艺还不错嘛。"邱奕的爸爸边吃边笑着说，"一开始还总煳锅，现在也很有样子了。"

边南跟着呵呵笑了两声，埋头吃了块牛肉，发现盐好像搁少了，有点儿淡。

"这段时间多亏大虎子了，要没他帮忙，我这儿可就麻烦了。"邱奕的爸爸又说了一句。

"谢谢。"邱奕放下筷子说了一句。

边南正埋头吃饭，听了这句话，也放了筷子转过头，发现邱奕正看着他。

"没事儿。"边南应了一句。

邱奕这话总算是很难得地没有附带着戏谑和挑衅意味，边南也就配合着了，毕竟这事儿要一定掰开了说也是因为他那潇洒的一棍子才让人家里乱成一团的。

这顿饭吃得不算太尴尬，虽然边南心里很不爽，估计邱奕心里也差不多，但邱彦心情很好，话很多，扒拉完两口饭就一直说个不停，邱奕拦了几回都没拦住。

边南干脆放了筷子说吃饱了陪着邱彦说话，反正实话实说这菜要不是自己做的，他还真吃不下去。

吃完饭邱彦很麻利地收拾了碗筷拿到院子里的水池边洗去了，边南坐在屋里浑身别扭，没话找话他并不难受，他难受的是得当着邱奕的面没话找话。

坚持了没两分钟，他起身走出了屋子，打算陪邱彦洗完碗就走人。

“我会洗碗。”邱彦看到他出来，有些得意地说，“以前都是我洗碗。”

“摔了多少碗学会的？”边南蹲到他身边，跟邱彦聊天儿要自在得多。

“没摔，一个都没摔过！”邱彦举起一个碗在他眼前晃了晃。

“好厉害。”边南笑着说。

“大虎子，”邱彦低头把洗好的碗冲了冲，有些犹豫地小声问了一句，“你明天还来吗？”

边南正要站起来，听了这话，停下了动作，弯着腰不知道该怎么回答。

“你说我哥要是不能动，就、就再来几天……”邱彦的声音还是很低，带着些试探，“你是不是不想来了啊？”

边南没出声，没错，他当然不想来了，他看到邱奕就有火，都佩服自己一晚上从见到邱奕到现在还没发作。

但尽管这样，他还是没把不想来这话说出口，邱彦很敏感，会问出这句话，明显是已经感觉到了自己和邱奕之间紧张的气氛。

小孩子有时候比成年人更敏感，就像自己很小的时候就能感觉到哪怕林阿姨对他跟对边皓和边馨语没什么不同，他依然是这个家里不受欢迎的那个多余的人。

“不要这么随便麻烦别人。”邱奕的声音突然从身后传来。

边南猛地直起身，扭过头看到邱奕不知道什么时候单腿站着靠在门边。

“没有麻烦。”邱彦有些不好意思地看了边南一眼，“我不是要麻烦大虎子……”

“你让人家来做饭的，这不是麻烦吗？”邱奕的声音不高，他也没有生气，语气却很严肃。

“可是……可是……”邱彦可是了两声没再说下去，低头抱起洗好的碗转身走进了厨房。

“你有病吧？”边南看了一眼邱奕，跟着邱彦往厨房走。

“别哭。”邱奕又补了一句。

边南正觉得莫名其妙，谁哭呢？进了厨房他就发现邱彦已经把碗放好了，低头站在灶台前没动。

“二宝，”边南蹲到他身边，拍了拍他的肩，“你……”

“没有哭。”邱彦抬手抹了抹眼泪，冲他笑了笑。

邱彦不笑还好，这眼睛里还全是泪、脸上挤出个笑容的模样顿时让边南气不打一处来，他站起来转身出了厨房。

邱奕还靠在门口，边南走到他面前，往屋里看了看，邱爸爸已经推着轮椅回自己屋里看电视去了。

“我告诉你邱大宝，你有病就吃药。”边南压着声音，手指都快戳到邱奕的脸上了，“我是邱彦的朋友，不是你的，我爱来就来不爱来就不来，你管不着，懂了吗？”

邱奕笑了笑没出声。

“别笑。”边南继续指着他，“你笑起来特别欠揍知道吗？”

“哦。”邱奕应了一声，嘴角挂着的一抹微笑瞬间消失了，再抬眼看着边南的时候眼神有些冷。

边南头一回看到变脸能变得如此迅速和得心应手的，顿了顿才转过身，看到邱彦已经从厨房出来了。他走过去摸了摸邱彦的脑袋：“我明天过来，不过要晚一点儿，我明天下午有场地训练。”

“真的吗？”邱彦眼睛一亮，又偏过头往邱奕那边看，“哥？”

“你的朋友你做主。”邱奕靠着葡萄架摸了根烟出来点上，“但不能总麻烦朋友。”

“知道。”邱彦很开心地回答。

边南憋着一肚子火回到宿舍的时候发现宿舍里空无一人。

洗完澡他打了个电话给万飞，万飞表示正在网吧玩游戏让他带夜宵过去。

“你三叶虫的脑子里除了夜宵还有别的没？”边南躺到床上。

“还有游戏和南哥。”万飞很干脆地回答，“所以你带着夜宵过来，我就圆满了。”

“吃什么？”边南看了看时间，在宿舍躺一会儿再过去时间差不多。

“炒饼，大份的。”万飞说。

“嗯。”边南枕着胳膊，“告诉你件事儿。”

“来了再告诉我，我这儿忙着呢。”万飞那边乱糟糟地喊着。

“二宝他哥是邱奕。”边南说。

万飞那边没了声音，过了好几秒才传来一句变了调的喊话：“你说什么？”

“我一会儿去了再说吧。”边南说，没等万飞再说话，把电话挂了。

万飞的电话马上打了过来，边南没接，躺在床上闭目养神，今天在邱奕家伤神太多，得好好休息一下。

万飞的第七个电话打进来的时候边南才接了，那边万飞劈头就喊：“你狠！我到围墙这儿了，出来！”

边南乐了，笑了半天：“傻子，以后还忙吗？”

“不忙了，你说什么我都立马有空听。”万飞啧了几声，“出来吧，吃炒饼去。”

边南起身拿了钱包溜出宿舍，翻出围墙落地的时候，万飞正蹲在路边等他。

“快说，怎么回事儿？萌萌的二宝他哥怎么会是邱奕？”万飞一看他出来就蹦了过来，“这么说你这阵子上赶着做饭手上都起泡了全喂邱奕了？这都什么事儿啊？那边好不容易揍爽了这边营养餐一顿不落地做……”

“听你说还是听我说？”边南看着他。

“那你说。”万飞马上闭嘴了。

“没了。”边南叹了口气，“都让你说完了。”

“那他什么反应？有没有抡着石膏腿扑面而来？”万飞莫名其妙地

挺兴奋，就好像找着一个以后继续找麻烦的理由似的，“打石膏了没？”

“打了。”边南想了想，“说是什么腓骨骨折，什么骨折线的，听不懂，管他呢，反正就是骨折了……邱奕是怎么把这一大通背下来的？”

“听说他成绩特别好，估计背书背习惯了。”万飞啧啧了几声，又一拍大腿，“不对，跟这没关系！他能记得这些只能说明他记仇呢！我要让人这么揍了，也得拿着病历本背。”

“你拿着病历本念都未必能念顺，你还背呢。”边南睨了他一眼。

“南哥，”万飞拍了拍他的肩膀，“你有个特别不地道的毛病你知道是什么吗？”

“别处憋回来的气都撒你身上了。”边南说完就乐了，从兜里摸了根烟出来叼着，也没点，就用牙咬着一上一下地晃。

“知道我活得多不易了吗？”万飞叹了口气，“这炒饼还吃不吃了啊？”

第二天边南早上起来跑步的时候，有点儿后悔自己一时冲动跟邱彦表了个非去他家不可的决心，一想到自己上课训练累了一天还要送上门去找不开心就有点儿堵得慌。

他一早上好几次拿起电话想打给邱彦说有事儿去不了，最后又都放下了。

邱彦特别黏他，每次看到他时眼里那种开心和期待让边南有种说不上来的温暖，他开不了口。

邱奕平时是怎么跟邱彦相处的，边南不是很清楚，只知道邱彦挺怕他哥的，哥哥不让做的事情，他就不敢做……

“你说邱奕为什么会有一个这么可爱的弟弟？”边南趴在桌上，小声跟万飞说，“应该说这么可爱的一个小孩儿怎么有这么一个哥哥？”

“你晚上真去啊？”万飞问他，“是不是有点儿过意不去？”

“谁过意不去了！我要是不去怎么跟二宝说？”边南皱着眉，“去就去，我不光揍人，揍骨折了还天天上跟前儿参观去！”

下午训练的时候万飞强烈要求晚上一块儿去邱奕家。

“这都快半个月了。”万飞特潇洒地一甩头说道，“我还没好好观赏一下咱俩的大作呢！”

边南抹了抹甩到自己脸上的汗水：“你赶紧去花圃那边抖抖，花工三天都不用浇水了。”

“一块儿去吧。”万飞把毛巾盖在自己的脑袋上，“让我也体会一把热血沸腾的感觉。”

“你得了吧。”边南擦擦汗，拎了包往宿舍走，“那天晚上他躺地上动不了的时候你怎么不体会？”

不过万飞说得热闹，回宿舍洗完澡往床上一躺就不乐意动了，边南换了衣服准备走的时候，他已经躺床上脑袋冲着床尾睡着了。

边南从抽屉里找出个本子，撕了一页空白的下来，写上了“这边是头”几个字，又描了半天加粗了盖在万飞的脸上，这才走出了宿舍。

学校这边出租车很少，边南看了半天没等着车，只好上了辆“三蹦子”。

市区“三蹦子”限行，他下了车之后离邱彦家还有一小段路，站在原地想了半天，又拦了辆出租车。

打个车出门还得倒车挺逗的，但今天训练累，他是真懒得走最后这十分钟了。

路过胡同口的小超市时，边南本来打算进去给邱彦买点儿吃的，但想到邱奕那个态度，犹豫了一下还是没买。他宁可带着邱彦出来买，现买现吃。

进了胡同他还没走几步，迎面走过来一个人。

边南低着头正看着脚下的砖，感觉到有人过来了，就往旁边让了让，正想往前走的时候，发现那人拦在了他面前。

他皱着眉抬起头，发现站在自己面前的人居然是申涛。

“你上这儿来干吗？”申涛脸上的表情不太好看。

“我遛弯有你什么事儿？”边南将双手往兜里一插，看着申涛。

“那你遛。”申涛盯着他，让开了路。

边南扫了他一眼，继续往胡同里走，走了几步发现申涛跟在他身后。

他没回头，看着地上的影子，虽然不是人人都跟潘毅峰那伙人似的那么爱干偷袭的事儿，但保不齐会有偶尔兴起的情况，他自己就刚偷袭完邱奕没几天。

不过申涛跟在他身后没什么动作，边南推门进了院子，他也跟了进来。

院子里只有那个邻居老太太正坐在葡萄架下听收音机，边南叫了声奶奶好，接着就看到厨房那边跑出来一个小小的身影。

他赶紧弯腰张开了胳膊。

“大虎子你来啦！”邱彦扑进他怀里大声喊着，往他身后一看，又喊了一声：“小涛哥哥你没走吗？”

“我落东西了。”申涛冲邱彦笑了笑，走进了厨房。

“在做饭吗？你爸爸在屋里？”边南打算进屋去跟邱爸爸打个招呼，把邱彦抱起来之后看到邱奕正在厨房门口靠着。

“爸爸今天不舒服，吃了药先睡觉啦。”邱彦搂着边南的脖子，“我跟哥哥正要做饭呢。”

“不舒服？病了吗？”边南往屋里看了一眼。

“不是病了，爸爸有时候会不舒服的。”邱彦说。

边南怕吵到邱爸爸，就没进屋，在葡萄架旁边坐下了。邱彦从兜里掏出一个红色的塑料五角星递给他：“这个是今天我得的奖，送给你。”

“谢谢，你这么能干啊，还能得奖。”边南接过五角星，在自己的口袋里摸了半天除了钱包什么也没摸着，“一会儿我带你去买东西吃。”

“不是周末我不能吃零食。”邱彦在他耳边小声说，“我哥不让。”

“那我带你去买玩具。”边南往邱奕那边看了一眼，邱奕没看他，倒是跟一脸不爽的申涛对上了，眼神跟霹雳闪电似的。

“我不走了。”申涛也往厨房门边一靠，抱着胳膊。

“那你去院子门口蹲着。”邱奕看着他，“我这儿还做饭呢，你别给我找麻烦。”

“那儿还蹲着一个找麻烦的呢，你让他先走。”申涛没动。

“随便你。”邱奕往灶台边蹦了两下，“你要让邱彦看出什么，你别想从我这儿站着出去。”

“有事儿给我打电话。”申涛犹豫了一会儿说。

“嗯。”邱奕点了点头。

申涛走出院子的时候回头盯了边南一眼，边南也没客气，满脸不耐烦地盯了回去，要不是邱彦还靠在他身上，就申涛这态度，他早抡椅子上去了。

“我去帮哥哥做饭。”邱彦说了一句“小涛哥哥再见”之后打算往厨房跑。

“你会吗？你哥做得了，你帮倒忙呢。”边南拉住他，看着邱奕在厨房里单脚蹦着很过瘾。

“医生说了他还不能下地呢。”邱彦皱着眉，“我不放心。”

邱彦这话说得跟个小大人似的，边南一时间无言以对，只得松了手。

邱彦跑进厨房之后，边南在院子里坐着，抬头看着已经长出不少的葡萄叶子，老太太在边儿上一直看着他。

边南顶着她执着的目光坐了两分钟之后实在坐不住了，转过头：“奶奶，您有事儿啊？”

“你去帮帮忙啊。”老太太伸手在他肩上拍了一下，一脸不解地看着他，估计是觉得之前他做饭挺积极的，怎么这会儿袖手旁观上了？

“哦。”边南挺无奈地站起来，慢吞吞地往厨房走去。

他刚走到厨房门外，就看到邱奕蹦着想去拿盘子，结果邱彦正好拦在身边，邱奕一个踉跄，打着石膏的腿条件反射地直接就往地上落了下去。

“哎！”边南吓了一跳，这一下要戳地上了肯定得摔，他赶紧冲过去架住了邱奕的胳膊。

邱彦也吓了一跳，往边上连退了好几步。

“说你帮倒忙吧。”边南冲他偏了偏头，“出去等着吧。”

邱彦一溜烟地跑出了厨房，在门口站着：“我是想去拿盘子。”

“我来吧。”边南看了邱奕一眼没好气地说，“你什么桩子站都站不稳。”

“改天让你试试。”邱奕挺平静地回答。

边南明白了他的意思，压低声音道：“怕你吗？我话放这儿了，你有本事就来！”

邱奕没出声，边南也没再多说，站在门外的邱彦让他俩连狠话都不敢大声放。

“行了，我弄吧。”边南架着邱奕的胳膊把他拖出了厨房。

扶着邱奕进了屋之后，边南把他往床上一扔：“待着吧。”

“劳驾……”邱奕躺到床上，指了指床脚的被子。

边南压着一肚子不耐烦过去把被子放好，犹豫了一下又把邱奕打了石膏的腿扶着放到了被子上。

“谢谢。”邱奕说了一句。

“你非得自己做饭吗？”边南皱着眉道，“我发现你真的挺有病的，叫个外卖就能穷死你了？”

“我得卧床一个月，一天三顿，早饭我爸凑合着能弄，还得点两顿外卖。”邱奕枕着胳膊，不紧不慢地说，“胡同口最便宜的盒饭是十块，我家三口人，一天六十，邱彦就算半个人吧，一天五十，一个月是多少？你知道我晚上在饭店打工一个月挣多少吗？哦，现在这份钱是没了的……”

“行了，行了！”边南打断了他的话，邱奕这么一说，让他突然莫名其妙地有点儿负罪感。本来他就想着出出气，根本没考虑过后边儿这一大堆连锁反应。

但一想到邱奕可能知道自己的那些破事儿，他就又总有点儿带着恼羞成怒的不爽。

“算明白没？”邱奕依旧不紧不慢地问。

“你别没事儿找事儿啊。”边南指了指他，“我给二宝面子不跟你废那么多话，你别顺杆儿上！”

“一千五。”邱奕说。

边南骂了一句转身出去了。

邱奕伸手拧亮床边的台灯，拿过一本书翻开了。

他并不意外边南今天真的会来，他看得出来边南很喜欢邱彦，答应了就会来。

边南不想看见他，他也不想边南总在自己跟前儿转悠，如果让他现在每天躺床上连起来尿个尿都得想五分钟下个决心的人不是边南，就算他和边南之前干过架，他也不会这么烦躁。

可偏偏就是边南让他这一个月出不了门，不能打工，不能补课，老爸和邱彦都没人照顾，那就得另说了，这是他不能忍的。

怎么不爽他就怎么来。

边南在厨房折腾了半个小时，把邱奕已经切好的菜炒了，不过因为不知道哪个菜该配哪个菜，他是估计着随便搭配着炒的。

把菜在桌上摆好之后，邱彦跑进了里屋：“哥哥吃饭啦，我扶你吧。”

因为没有邱爸爸在场，边南也就没装样子，站在客厅里没动。

过了两秒钟，邱彦跑出来进了邱爸爸的屋子，把轮椅推了出来，之前在厨房里，邱彦也一直在打下手，这会儿又跑出跑进的，鼻尖上全是汗。

“我来吧，你盛饭。”边南拍了拍他，过去把轮椅推进了屋里。

邱奕已经起来了，扶着桌子站在床边。

边南把轮椅推到他身后，转身准备走开。

“哎，”邱奕跳着退了一步，腿碰到轮椅的时候，轮椅往后退开了，“把刹车弄一下。”

“刹车？”边南过去看了看，“轮椅还有刹车呢？哪儿啊？往哪儿捏闸呢？”

“你以为是自行车呢？”邱奕指了指轮子后面，“那个黑色的把儿，往下扳。”

“你那辆自行车哪儿去了？”边南把黑色的把儿扳了下去，晃了晃轮椅，还真不动了，“是不是也摔骨折了？”

“杂物房里。”邱奕坐到轮椅上。

边南站在他身后，看到邱奕坐稳了之后，对着轮椅推了一把：“飞！”

轮椅并没有如边南所愿地噌噌往门口冲出去，而是只往前滑了半尺就停下了。

“什么破轮椅！非得推着走吗？”边南忍不住又伸手推了推，没推动。

邱奕转过头看着他，过了几秒钟才说了一句：“拉着手刹呢。”

边南顿时有点儿恼火，弯腰把那个黑把儿扳开正想再来一次如来神掌的时候，邱彦从门外探了个脑袋进来：“哥哥你好了没？”

“好了。”邱奕推了推轮椅的轮子，轮椅慢慢往前滑了出去，“饿了吧？”

“还好。”邱彦有些不好意思地笑了笑，又看着边南，“大虎子做的菜很香！”

“当然香。”边南跟在邱奕的轮椅后头，“我十年功力……”

边南累了好半天才做出来的菜其实实在不怎么样，除了样子还成，别的一无是处。

不过也算是用尽他的全力了，这还得算上这段时间的培训成果。

“要给你爸留点儿吗？”边南问邱彦。

“不用，他下午喝了粥睡的。”邱奕在一边回答，低头喝了口汤，“我家盐没了？”

“有啊……”边南顺嘴说了一句，接着又睨了邱奕一眼，“淡了就说淡了，绕什么弯子。”

“只淡了一点点。”邱彦捧着碗喝了一口，“也很好喝的。”

“你想喝可乐就喝吧。”邱奕说。

“真的？”邱彦跳下椅子，跑到冰箱前拿出了可乐，“真的？”

“嗯，奖励你会说话，越来越有礼貌了。”邱奕点了点头。

边南小声骂了一句，让邱奕别绕弯子，这弯子还越绕越大了，自己辛苦半天做的菜一句好话都没换着，他站起来拿过邱奕的碗：“加点儿盐吧，病人口淡。”

“不用。”邱奕刚想拿回碗，边南已经把他的手一把按回了桌上。

“没事儿。”边南龇牙冲他笑道，“我伺候你。”

边南拿着邱奕的碗进了厨房，打开盐罐子，舀了满满一勺盐，犹豫了一下又倒了点儿回去，再想想又舀出来一丁点儿，然后放进了汤里。

“谢谢。”邱奕看着边南放回自己面前的碗。

“尝尝咸淡合适了没？”边南坐下，很认真地看着他。

“合适了。”邱奕夹了一块排骨。他之前想做的是豆豉排骨，但现在盘子里只有排骨：“你这排骨里的豆豉……”

看到旁边大白菜盘子里的豆豉时他没再说下去，沉默地嚼着排骨，还好排骨咬得动。

“我这是酱油排骨，”边南说。他做排骨的时候都起锅了才看到旁边还有豆豉，只好把豆豉扔大白菜里了，“你喝点儿骨头汤啊。”

“一会儿喝。”邱奕说。

“二宝，”边南喝了口汤看着邱彦，“汤是不是很难喝？你哥哥都不愿意喝。”

“不难喝呀。”邱彦马上埋头把碗里的汤喝光了，又偏过头对着邱奕小声说：“哥哥，大虎子做了好久的。”

邱奕突然有些后悔一直教育邱彦要尊重别人的劳动成果什么的，笑了笑，拿起碗咬牙喝了一口。

“好喝吗？”边南也偏过头，学着邱彦一脸期待地看着他。

邱奕捂着嘴咳嗽了一声：“好喝。”

“那多喝两口。”边南笑着说，笑得他自己都觉得会不会乐得太明显。

“一会儿再喝。”邱奕放下了碗，汤齁得他眉毛都拧一块儿了，赶紧夹了一筷子豆豉大白菜放到嘴里嚼着。

边南没再继续劝，邱奕这人太不动声色，不定会怎么报复回来，爽一把就跑比较合适。

不过吃完饭后边南一直在应付话痨的邱彦，邱奕又盛了碗汤的时候他挺惊讶的，不知道什么时候那碗能齁死驴的汤已经被邱奕喝光了。

“要加盐吗？”边南突然有点儿过意不去，这句话是真心实意地问的，汤的确淡了。

邱奕皱着眉看了他一眼，压低声音道：“你还没完了？”

“我是真心的！”边南啧了一声，“爱信不信。”

“真心的啊。”邱奕笑了，“记着了。”

边南愣了愣，反应过来之后忍不住骂了一句：“去你妈的。”

这句话他刚说出口，邱奕突然把手里的筷子往桌上一摔，没等边南反应过来，邱奕已经一拳砸在了他的脸上。

边南觉得自己之所以能忍气吞声在邱奕家待着，除去故意硌硬邱奕之外，还因为喜欢邱彦，不想让邱彦失望。

当然也有那么一点儿内疚，之前他完全没想过自己那两棍子会让本来就困难的邱奕家雪上加霜……

再说抛开偶尔一两句话之外，邱奕并没有什么让边南特别火大的举动。

所以他怎么也没想到邱奕会当着弟弟的面儿在饭桌上一拳砸到自己的脸上，还那么准确地砸在了鼻子上。

他引以为傲的鼻子，溜直、挺拔的鼻子。

“你发什么疯！”边南捂着鼻子吼了一声，吼完这声之后就说不出别的话来了，鼻子上延迟了两秒传来的酸麻胀痛让他眼泪都下来了，别说出声，就弯个腰捂鼻子都找不到合适的姿势。

“哥哥你干吗呀？”邱彦被吓着了，瞪大眼睛半天才喊了一句，声音里带着哭腔。

“怎么了？出什么事儿了？”里屋传来了邱爸爸的声音，先是询问，接着就转成了斥责，“邱奕，你干什么了？”

边南站了起来，椅子倒在一边儿他都没顾得上扶一把，直接冲到了院子里。

他脑子里除了莫名其妙的愤怒和窝火再也没有别的情绪，怕自己一冲动再把桌子给掀了。

在水池边蹲下之后，他拿开手看了一眼，掌心里一团血红。

“大虎子！”邱彦跟着他跑了出来，因为着急，经过葡萄架下边儿的时候差点儿摔一跤。

“没事儿，没事儿，你别急。”边南皱着眉，一只手捂着鼻子，忍着酸疼，“我没事儿。”

“对不起。”邱彦脸上还挂着眼泪，急急忙忙地跑到他身边一连串地小声说，“你别生气，对不起，对不起……”

“你对不起什么啊？又不是你干的！”边南看到邱彦这样子简直火大得不行了，他拧开水龙头，“我先洗洗。”

“我帮你。”邱彦马上挽起袖子，伸手接了点儿水，然后轻轻地在他的脑门儿上拍了拍，“我以前爱流鼻血，知道怎么能止血……”

“哦。”边南没动，让邱彦一下下地接了水在他的脑门儿上拍着。

“你别生我哥哥的气。”邱彦吸了吸鼻子，眼泪还挂在脸上，院子里的小灯一照，还挺晶莹透亮的，看着让人心疼，“他不是故意的。”

“他还不是故……”边南忍不住喊了一嗓子，但屋里邱爸爸生气的吼声让他没把话说完，他回头瞅了一眼，“把你爸吵醒了吧？”

“我爸会骂他的。”邱彦低着头，抹了抹脸上的泪水，继续拍着边南的脑门儿，“我哥是因为……是因为……你说‘去你妈的’了……”

“小孩儿别说脏话！”边南条件反射地说了一句，接着愣了愣才反应过来，“我？我就顺嘴一说，我说‘去你妈的’怎……”

我妈妈死了。

边南猛地想起邱彦曾经说过的这句话。

也就是说，邱奕他妈妈死了。

“我那就是一句顺嘴的话，不是要骂你妈妈。”边南皱了皱眉，“他这反应也太大了吧……”

“他这段时间心情不太好。”邱彦咬了咬嘴唇，从口袋里掏出块小手帕递到边南面前，“大虎子你擦擦脸吧。”

边南指了指他的脸："你先擦擦你自己的脸吧。"

"我不用。"邱彦用手在脸上胡乱地抹了几下，"手帕干净的，我今天还没有用呢。"

边南只得接过手帕，在脸上擦了擦，鼻子下边还有点儿血迹，他特别不能忍受自己的血，站起来在水龙头下边儿把手帕搓了搓："行了，没事儿，我走了。"

边南顺手把手帕往邱彦脑袋上一扔，转身看着邱奕："你还想干吗？"

"二宝你进屋收拾一下。"邱奕没坐在轮椅上了，从门口慢慢蹦了几步，蹦到了葡萄架子下边儿，把石膏腿搁到了旁边的小凳子上，"我跟大虎子聊聊。"

"哦。"邱彦看了边南一眼，顶着手帕跑进了屋里。

边南没什么兴致跟邱奕聊天儿，也觉得这事儿不知道该怎么回转，正想干脆地转身走人的时候，邱奕清了清嗓子："刚才我太冲动了。"

这话让边南已经迈出去的脚步停下了。这人是来道歉的？

边南突然有点儿不好意思，虽然鼻子还不太舒服，但并不想把事儿闹大，特别是这一拳的前提是他说错了话。

"算了。"边南摆了摆手，犹豫了一下又说了一句，"不过我那话也真没特别针对谁，就顺嘴一说。"

"我妈去世了。"邱奕说，"这话我听着不舒服，再说本来我看着你就挺心烦的。"

"我平时一般不这么骂。"边南看了他一眼，"其实我看着你也并不是多么愉快，我吃饭的时候都看着二宝。"

"好巧。"邱奕低头调整了一下腿的姿势，指了指旁边的凳子，"坐下聊会儿吧。"

边南看了看他的腿："你这脚踩凳子睥睨众生的架势我就不坐了。"

"二宝，"邱奕回头冲屋里喊了一声，"帮我把轮椅推过来。"

"哦——"邱彦放下正在收拾的筷子，推着轮椅小跑着出来了，熟练地把轮椅在邱奕身后放好，扶着邱奕坐下了。

“去洗碗吧。”邱奕摸了摸他的头。

“嗯。”邱彦又看了看边南，才低头又跑回了屋里。

“我爸让我好好给你道个歉。”邱奕说。

“不用了，这没什么可道歉的，我揍你的事儿也没道歉呢。”边南在水龙头下洗了个脸，鼻子已经不出血了，他在旁边的小凳子上坐下，“这事儿算我嘴欠，而且我……反正别人要这么说我，我肯定没什么感觉。”

“是吗？”邱奕手指顶着额角，轻轻地应了一声。

“嗯。”边南从架子上揪了一片葡萄叶子拿在手里，扯着嘴角笑了笑，“边馨语不可能没告诉你吧？”

“说了一点儿。”邱奕从兜里掏了烟盒出来，拿了一根烟，“要吗？”

“不要。”边南摇了摇头，“业务不熟练，总呛。”

邱奕笑了笑，点着了烟叼着。

说是要聊会儿，沉默了好一会儿两人都没找着可以说的话。

邱彦捧着一摞碗出来蹲在水池边开始洗了，他俩还是在无声中挣扎。

“给我拿杯水，渴死了。”邱奕突然开口说了一句。

“哦。”邱彦应了一声，伸手冲着手上的洗洁精。

“我去吧。”边南啧了一声，站起来往屋里走，“支使个小孩儿支使得挺利索。”

“凉白开不加盐。”邱奕在身后说。

“你有完没完？”边南停下脚步。

“谢谢。”邱奕说。

边南进屋给邱奕倒水，第一次注意到饮水机旁边就黑、白、红仨杯子，平时邱彦都用黑色的杯子给他喝水，他也没多留意。

现在猛地反应过来，这仨杯子应该是他家一人一个，那黑的是谁的？

“是大虎子吗？”里屋传来了邱爸爸的声音。

“是我。”边南赶紧应了一声，走到里屋门边，看到邱爸爸正靠坐在床上，“叔叔没睡？”

“你没事儿吧？”邱爸爸打开了屋里的灯，盯着他的脸，“邱奕太不懂事……他平时也不会这样，受了伤脾气不好，我这阵子身体不太好，他可能是……"

"没事儿，没事儿。"边南摸了摸鼻子，"我真没事儿，叔叔您别担心。"

"我刚才骂了他。"邱爸爸叹了口气，"你没吃好饭吧？"

"吃好了，我都吃撑了。"边南摸了摸肚子，"都圆了……"

"爸！"邱奕在院子里喊了一声。

"叔叔您休息吧。"边南退出了屋子，把门带上之前又问了一句，"叔叔，邱奕是用哪个杯子喝水的？我给他倒水呢。"

"黑的那个是他的。"邱爸爸说。

"哦。"边南关好门，看着饮水机旁边的三个杯子有点儿无语。

他居然一直在用邱奕的杯子喝水！喝得还挺愉快！

他倒了杯水回到院子里递给邱奕："给。"

"你知道这杯子是我的？"邱奕在杯子上轻轻敲了敲。

"我他……刚知道！"边南没好气地说完往凳子上一坐，刚坐下去又想起自己似乎又说了敏感词，马上看了一眼邱奕，"我就是顺嘴。"

"嗯。"邱奕喝了口水，脸上表情很平静。

"我这个没戳到你敏感的脾气？"边南试探着问。

"没。"

"明白了。"边南点了点头，"前边儿加动词不行。"

"你还知道什么是动词呢？"邱奕笑了笑。

"揍你，砸你，打得你满地找牙，这前面都是动词。"边南也龇牙笑了笑。邱奕这笑容并不太友善，带着几分嘲弄，边南没跟他计较，对一个小学的时候考试就老不及格的人来说，被人觉得成绩不好早就已经不是打击了。

邱彦几个碗洗了二十来分钟才洗完，他捧着碗进厨房里放好，出来的时候仰着脸看着天喊了一声："下雨啦！"

"不能吧？"边南也抬头，只看到了被叶子盖满的葡萄架子。

邱奕把胳膊伸到架子外面停了停："下雨了。"

“下雨啦！”邱彦又喊了一声，很兴奋地在院子里仰着脸来回跑着。

“我得走了。”边南站起来，把邱奕的轮椅迅速地掉了个头推进屋里一扔，“走了。”

“大虎子，”邱彦跑过来往他身上一扑，拉着他的手往外拽，“我们去看雨吧。”

“你是不是成天看韩剧啊，哥哥我们去看雨，多么美的雨，噢噢……”边南被邱彦拉到了院子里，弯腰抱住邱彦，“二宝，我得走了，要不一会儿下大了我就得淋着雨回学校了。”

“哦。”邱彦抬头看了看天，又抱着他的脖子，“那你再过两分钟，不，一分钟，过一分钟再走好不好？”

“好。”边南拍了拍他的背。

边南陪着邱彦蹲在院子里“看雨”，过了立夏，雨就变得很有活力，没多大会儿工夫雨点儿就密集起来，边南赶紧拉着邱彦回了屋。

正想在雨正式咆哮起来之前借把伞回学校，还没开口，手机响了，他掏出手机看了一眼，是万飞。

“干吗？”他接起电话。

“你在哪儿呢？”万飞问。

“还能在哪儿……”边南看了邱奕一眼，“什么事儿？说！”

“你今儿晚上别回来，不是要考试了吗？老蒋和老吴逮人呢。”万飞压低声音，“刚从网吧抓出一堆来，现在挨个宿舍清点人数呢，我跟老蒋说你家里有事儿回家了，你别一会儿回宿舍啊，那咱俩都完了！”

边南愣了，外面的雨就在这会儿跟下雹子似的稀里哗啦地砸了下来，邱奕正指挥邱彦出去把外面晾着的几件衣服收进来：“那我去哪儿啊？”

“你回家呗！就睡一宿还怕把边皓打残了怎么的？”万飞小声说。

“行了，行了，一会儿我看着办。”边南把电话挂了。

他顾不上想别的，先跑进院子里，院子里还有别人家的衣服，邱彦收完自己家的又跑出去踮着脚收隔壁老头、老太太的。

“进屋去！”边南一出屋就被浇了个透心凉，在邱彦的肩上拍了一巴掌，“我来收！”

“哦！”邱彦脑袋上的自来卷儿都被淋得贴脑门儿上了，但他似乎很开心，声音特别响亮，一路又笑又叫地跑回屋去了。

“你到底兴奋个什么劲儿啊？”边南抱着衣服进了屋。

“见雨就这样。”邱奕推着轮椅进屋拿了两条毛巾出来，将一条扔到了邱彦的脑袋上，一条扔给了边南。

边南接过毛巾没动。

“新的。”邱奕说。

边南把毛巾放到一边，拉过正笨手笨脚地擦头发的邱彦：“我帮你擦。”

其实边南的动作比邱彦好不了多少，也就是拿着毛巾兜头胡乱地揉，照着揉面的手法来的，不过邱彦还是很享受地靠在他身上，眼睛都闭上了。

“让他自己擦，他会。”邱奕在一边说。

“他自己擦得擦到什么时候？一会儿感冒了。”边南皱了皱眉，进屋的时候邱彦已经打了一个喷嚏了。

“什么都有人帮，他就什么都不会。”邱奕说。

边南就受不了邱奕对邱彦的这个态度，也许是因为自己从来没有在边皓和边馨语那里感受过兄弟姐妹之间正常的情感，也许是因为邱彦特别黏他，也许就单纯因为这话是邱奕说的……

总之他顿时就有点儿来气，又担心邱爸爸听到，只得压着嗓子道：“那也得分场合，你要锻炼要折腾得挑个他不会生病的时候。”

邱奕没再开口，边南也没理他，把邱彦的头发擦干之后又把他身上淋湿的衣服脱掉了，进屋让邱彦找了衣服出来换上。

“知道吗？”边南看着他，很感慨地说，“我这辈子长到现在十来年，从来没这么伺候过别人，你是头一个。”

“头一个是我哥哥啊。”邱彦低头提好裤子。

“我……”边南让邱彦这头也不抬地接的一句话顶得话都没说出来。

邱彦跑到客厅，贴着窗户往外看着。

边南跟着走出来，站了几秒钟：“我走了。”

“回家？”邱奕看着他。

“没想好。”边南估计邱奕听明白了刚才的电话，站在门口，雨已经开始下了，俩炸雷响过之后边南脸上被糊满了雨水，“网吧也行，你们这附近有网吧没？”

“没，最近的走路也得二十分钟。”邱奕指了指门，“先关上。”

边南关上了门：“你家有伞吗？”

“有。”邱奕推着轮椅往旁边的柜子靠过去，从里面拿了把伞出来。

“邱奕！”邱爸爸在里屋喊。

“嗯？”邱奕应了一声，“你怎么还没睡？”

“让大虎子别走了，这么大的雨，打伞也得浇透了。”邱爸爸在里面说。

邱奕没出声，转脸看着边南。

“雨没多大，叔叔您休息吧，我走了。”边南说了一句，拿着伞打开门走了出去。

“大虎子，”邱彦隔着窗叫了他一声，“雨很大啊。”

边南没来得及说话就被泼了一脸水。他撑开伞，大步走进了院子里：“没多大，二宝你关上窗。”

从邱奕家到院子门口大概二十步，边南拉开院门的时候全身已经湿透。

这雨下得一点儿规矩都没有，四面八方欢聚一堂。他皱着眉，裹着一身贴在身上的衣服又走了几步，最后还是跑回了院子里。

敲开门的时候，邱奕看到他没忍住乐了：“你不是掉井里了吧？”

“有雨衣没？”边南站在门外哗啦啦地滴着水。

“没有。”邱奕摇了摇头。

“你别诓我。”边南指了指他。

“真没有，邱彦幼儿园的时候买过一件，现在小了。”邱奕眯了一下眼睛，“你要试试吗？”

“你有病。”边南小声骂了一句，身后一道闪电划过，接着是一声炸雷，他蹦进了屋里。

“大虎子，你也怕打雷啊！”邱彦看着蹦进屋里的边南笑得很响亮。

“我不怕，你怕啊？”边南啧了一声。他不能说是怕打雷，只是打雷的时候会觉得很没安全感，不太踏实。如果是睡觉的时候打雷，他会觉得自己睡在大街上。

“我才不怕打雷。”邱彦把窗户关好，指着邱奕，“我哥怕！”

“闭嘴。”邱奕靠在轮椅里说。

“哎哟，是吗？”边南一下来了精神，乐了半天，“邱大宝，你怕打雷啊？”

“你还走不走了？”邱奕看着他。

“我等雨小点儿了再走不行啊？”边南走到窗边往外看着，“这雨横着就出来了，练的都是扫堂腿。”

“邱奕。”邱爸爸在里屋叫了一声，接着是一阵剧烈的咳嗽。

“爸吃药了没？”邱奕问邱彦，把轮椅往里屋推过去。

“晚上的还没有。”邱彦看了看墙上的钟，跑到桌边拉开抽屉拿出一个小药盒跟在邱奕身后进了屋。

边南在客厅里坐下了，有点儿口渴，想用邱彦的杯子喝水，但剩下的一白一红俩杯子他也分不清哪个是，又怕用错了不礼貌，犹豫了半天只得拿黑色的杯子接了杯水喝了。

“一会儿让大虎子别走了，二宝跟我睡，你俩睡你那屋就行。”老爸吃完药看着邱奕，“这雨没几个小时停不了。”

“好呀。”邱彦扑到老爸身上趴着，“我睡爸爸这儿。”

“你别管了。”邱奕把药盒收拾好，“人也不是小孩儿了，爱淋就淋呗，管那么多呢。”

“你这话说的。”老爸皱了皱眉，“这是二宝的朋友，又不是你的朋友，你朋友上家来的时候你是怎么做的？”

“知道了，睡吧。”邱奕把毛巾被盖到老爸身上，拍了拍邱彦的脑袋，“去刷牙，都九点了。”

“嗯。”邱彦很听话地跑了出去。

邱奕把老爸屋里的窗帘拉好，关上灯正要出去的时候，屋里突然被闪电照亮，跟着就是一个炸雷，雷声听着就跟在屋顶上炸开似的。

邱奕手抖了一下，啪地把灯又打开了。老爸躺床上没动，闭着眼没出声，但脸上的笑很明显。

“别笑。”邱奕再次把灯关上，“你以为闭着眼笑别人就看不到了吗？”

老爸嘿嘿笑了两声没再说话。

邱奕推着轮椅回到客厅，把电视声音调小了，拿起杯子在饮水机上接了杯水，正要喝的时候，边南突然在旁边轻轻清了一下嗓子：“我刚才用你的杯子喝水了。”

“哦。”邱奕应了一声，眼睛看着电视。

“用的是那……”边南还没说完，邱奕已经拿着杯子喝了一口，他顿了顿，“算了。”

邱奕转过头：“用的是哪边？”

“你喝的那边。”边南有点儿幸灾乐祸地笑着，“不好意思啊，本来想提醒你的。”

“你很介意这个？”邱奕没什么反应地看着他。

“你不介意吗？”边南啧了一声，别人的他可能不介意，但邱奕他绝对介意，他俩有仇呢。

“不介意。”邱奕把杯子举到嘴边，转着圈儿用牙把杯子磕了一遍，然后看着他，“我没你那么讲究。”

“你的脑子是盐碱地吧！”边南忍不住压着嗓子吼了一声，“有病吃药别耽误治疗你懂吗？”

“红的是二宝的。”邱奕转过头继续看电视。

边南跳起来拿了红杯子灌了一大杯水才又重新坐下。

邱彦洗漱完进屋换上了背心裤衩跑到客厅往边南腿边一靠：“大虎子，还在下雨，好大啊。”

“我知道。”边南把他抱到腿上搂着，扭头看了看窗外，其实不用看听也听得见，雨声大得屋里的电视声都听不清了，“屋里会不会进水？”

“不会。”邱彦晃着腿，“我们这片儿地势高，不容易淹。”

“懂得还挺多。”边南在邱彦腿上捏了捏，要说虽然家里经济条件不好，不过邱彦还是被养得挺好的，身上软乎乎的，肉不少。

“睡吧。”邱奕说了一句。

“哦。”邱彦从边南身上扭着滑下了地，到里屋拿了自己的小毛毯出来，“大虎子，我刚才看了一下，雨可大了，你不要走啊，会感冒的。”

“你快睡吧。”边南有些尴尬地回答。

邱彦进了邱爸爸的屋之后，客厅里就剩边南和邱奕了，两人沉默地盯着电视。

边南裹着一身湿了的衣服，偏偏今天出门穿的还是牛仔裤，湿了之后难受得无法忍受。

电视里正重播一部不知所云的偶像剧，他没头没脑地看了半天也不知道讲的是什么内容，演员还都长一个样子。

不过邱奕一直盯着屏幕没动，边南也不好说换个台，只得走到窗边赏雨，赏得无聊了又坐回去看几眼。

他赏雨赏到第三回的时候，邱奕终于拿起遥控器换了个新闻台。

“你总算换台了……”边南回头感叹了一句，坐回了椅子上。

“嗯？”邱奕偏头看了他一眼，“我以为你在看。”

“我从来不看这玩意儿。”边南拿过邱彦的杯子喝了口水。

邱奕笑了笑没说话，两人继续沉默地对着新闻发呆。

边南一直盯着电视屏幕百无聊赖地在心里哼着歌。

雨一直下，气氛不算融洽……

这是入夏之后的第一场暴雨，老天爷像是要过瘾似的一直下个没完，过了十一点还没有一点儿要停的意思。

边南正愁该怎么办时，邱奕突然扔下了遥控器，推着轮椅往门口走去。

“干吗去？”边南顺嘴问了一句。

“上厕所。”邱奕说，拿过了旁边的伞。

边南看着邱奕的腿愣了愣，厕所在院子里，他还真没想过邱奕这个样子该怎么上厕所。

邱奕把伞撑开，一只手推着轮椅出去了。

边南看着外面哗啦啦跟泼水节一样愉快的雨水，又想象了一下邱奕摔进蹲坑里的情形，站起来跟了出去："要帮忙吗？"

"谢谢。"邱奕在雨里说。

边南低头冒着雨跑了过去，拿过他手里的伞，推着轮椅快步往厕所走去："我发现这伞打不打都一个德行。"

"那你别打了。"邱奕说。

"凭什么？"边南弯腰往邱奕身边凑了凑，以便两人能同时缩在伞下边儿。

厕所不大，轮椅被推进去之后就没有太大的空间了。

邱奕站起来蹦了两步，边南收了伞斜眼儿瞅着他："当心别摔坑里了。"

边南撑着伞在厕所外边儿等着，风卷着雨水打在身上，感觉有点儿冷。

他对这雨能在正常人睡觉时间之前停下已经不抱希望，只琢磨着一会儿该怎么开口跟邱奕说留下来：

雨太大我不走了。

或者直接说我睡哪儿？

再或者说我在你家打个地铺……

他感觉怎么说都挺没面子的。

"好了。"邱奕在他身后说。

边南让开路，邱奕出来之后，边南推着轮椅飞快地跑回了门口。

"这比慢慢走还湿得彻底。"邱奕叹了口气。

"还真是……"边南在原地蹦了蹦，溅起来的水把裤腿全打湿了。

"明儿再走吧。"邱奕进了里屋，打开衣柜门拿了套运动服出来，"这雨不知道什么时候才能停。"

一听这话，边南顿时松了口气，邱奕替他省掉了主动开口的麻烦，他走过去靠在门边："我在客厅打个地铺。"

"地上不干净，我腿伤以后都没擦过地。"邱奕指了指床，"睡床吧，挤不着。”

边南扭头看了看客厅的地板，邱奕家进屋不用换鞋，看不出来地上干不干净，但有不少带着水的脚印是真的。他犹豫了一下：“那我在这屋打地铺。”

“随便。”邱奕指了指柜子，“自己拿东西吧。”

邱奕去洗漱，边南在柜子里找了席子铺在地上，又铺了床小毛毯在上边儿，感觉差不多了，床上的俩枕头他分不清哪个是谁的，邱彦是个小朋友，理论上应该是靠里睡的，他抓了靠墙的那个扔到了席子上。

整理好地铺之后，边南脱掉了上衣，打算把邱奕给他拿的衣服换上。

虽然之前两人相互不对付了这么长时间，但这阵子这么跟老妈子似的伺候着，边南感觉自己都快习惯了，再练练没准儿可以去医院弄个护工的活儿干干。

“你还真是挺白的啊。”边南帮邱奕把被子放好垫在腿下边儿。

“羡慕吗？黑皮。”邱奕往枕头上一躺，枕着胳膊说。

“羡慕才怪，灯泡。”边南光着膀子走了出去。

胡乱洗了个脸，随便冲了冲胳膊腿之后他回到屋里：“我关灯了啊。”

“开着吧。”邱奕说。

边南愣了愣，接着就乐了，在开关上拍了一巴掌后把灯关了：“别怕，你边大爷在呢。”

“傻子。”邱奕叹了口气。

“谁怕打雷谁是傻子。”边南心情不错地蹦到席子上躺了下来。

刚躺下的时候感觉还成，挺舒服，没多大会儿边南就感觉到了从地上透上来的一阵阵凉意。

这凉意就着窗外哗啦啦的雨水一点点地在他身上蔓延，他翻了个身，把身上盖着的毛巾被裹了裹。

但还是有点儿冷，柜子里没有别的东西能盖了，边南有点儿想等邱奕睡着了以后把他垫腿的被子拽下来盖上。

不过邱奕很长时间都没睡着，在床上来回动着。

“你炒菜呢？”边南坐起身看了看。

“嗯。”邱奕正把打着石膏的腿抬起来往上戳着，“充血了，有点儿不舒服。”

“你这会儿就该老实躺医院里把那条腿挂着。”边南啧了一声，“非跑回家蹦来蹦去的。”

“住院太贵，回家一样能躺着，打个针检查什么的再去就行。”邱奕说。

也许是因为屋里一片黑暗，边南看不到邱奕，火气都没了，倒是觉得有点儿过意不去。

沉默了一会儿，他忍不住问了一句：“你跟许蕊怎么回事儿？”

“许蕊？”邱奕顿了顿，“你俩就为这事儿？”

“当然不光为这个，这就是一个导火索，本来就看你不顺眼。”边南躺回枕头上，莫名其妙地没收住想到了张晓蓉，“你以为你是谁啊，装出白马王子那范儿了不起了？不揍你揍谁？”

“我跟许蕊不熟，那天就是碰上了。”邱奕说得很简单，“她跟张晓蓉……”

“别提张晓蓉！”边南往席子上拍了一巴掌。

“晚安。”邱奕说。

屋里恢复了沉默，两人只能听到雨声。

边南闭着眼睛强迫自己入睡，按说听着雨声睡觉是最舒服的，但透过席子和小毛毯涌上来的寒意让他没法忍受。

夏天都来了，雷都打上了，还这么冷，老天爷简直太不专业！边南又翻了个身把毛巾被裹紧。

一想到邱奕在床上躺着挺爽，听呼吸似乎已经睡着了，边南就有点儿不平衡，早知道这样还不如淋着雨出去找个网吧泡一宿呢。

躺了一个多小时，雨声都小了，边南还在地上翻滚着，最后实在扛不住了，伸着头往床上看了看：“邱大宝。”

邱奕没回应，边南用胳膊把身体撑起来：“邱奕。”

过了几秒钟邱奕才有些迷糊地应了一声：“干吗？”

“你冷不冷？”边南问。

“你冷啊？”邱奕偏过头看了看他这边。

“不太温暖。”边南说。

邱奕叹了口气，拍了拍床：“上来。”

边南小声抱着毛巾被磨了磨牙，把枕头扔到了床上：“你进去点儿，给我腾点地儿。”

邱奕闭着眼睛往里让了让。

边南把毛巾被和用来垫的小毛毯摞好，躺到床上盖好，两个人各睡一头。

躺上床之后，边南感觉自己整个人都放松了，虽然身上的毛巾被和小毯子加一块儿也就那么回事儿，但比躺在地上暖和多了。

就是身边躺着的人居然是邱奕，这让他有点儿不适应，而且这家伙盖的毯子明显比自己的厚！

这要是万飞，毯子早被他抢过来了……

边南脑子里天马行空地转着，没多大会儿工夫就迷迷糊糊地睡着了。

邱奕半夜感觉有点儿喘不上气，醒过来的时候发现暴雨已经停了，只能听到屋檐上滴滴答答的水滴声。

“你过去点儿！”邱奕把边南往外推了推。

“嗯……”边南翻了个身。

几秒钟之后边南突然猛地坐了起来，接着就直接蹦到了地上。

“几点了？”边南喊了一声。

“干吗呢你？”邱奕被吓了一跳，跟着坐了起来，伸手拧亮了床头的台灯，“一惊一乍的。”

“啊？”边南回过头，迷迷瞪瞪地用手遮了遮灯光，看着邱奕，好半天才回过神来，“现在几点啊？”

“我哪儿知道，鸡都没醒呢。”邱奕困得不行，躺回了枕头上。

“那你推我干吗？”边南压低声音道，“我以为天亮了要起来跑步呢！”

“去跑吧，你周扒皮吗？起得比鸡早……”邱奕闭上眼睛。

房门被轻轻地敲了两下推开了，邱彦穿着背心裤衩跑了进来：“哥哥早。”

“早。”邱奕笑了笑。

“大虎子早！”邱彦又很响亮地叫了边南一声。

“哎，早。”边南说。

“早饭想吃什么？”边南拉了邱彦就往外走，“我带你去买。”

这段时间早饭都是邱彦出门去买，或者邱奕简单地做点儿。

边南知道昨天晚上邱奕的腿就已经不舒服了，也不好意思让邱奕弄，自己又不知道怎么弄，于是洗漱完就打算出门去买了。

“我去买就行。”邱彦拿着邱奕的钱包站在院子门口。

“我请客。”边南拉着他的手往外走，“想吃什么跟我说，你哥不让你吃的我给你买。”

“豆浆油条。”邱彦说。

“你哥不让你吃豆浆油条？”边南啧了一声，“他是真有病。”

“他让我吃。”邱彦在边南身边蹦着踩水，“我是说我想吃豆浆油条。”

“你真没追求。”边南笑了笑，“那就豆浆油条吧。”

“还想吃油饼。”

“没问题。”

边南带着邱彦往胡同口走去，快出胡同的时候，有人骑着辆电瓶车拐了进来。

邱彦一抬头喊了一声：“小涛哥哥！”

边南跟着看了一眼，果然是申涛，对方的车把上还挂着两个装着饭盒的塑料袋，看样子是早餐。

申涛看到边南相当吃惊，一刹车把车拦在边南跟前儿：“你怎么在这儿？”

边南本来不想说话，但申涛的口气很不客气，带着质问，他压着火回了一句：“我想在哪儿就在哪儿，有你什么事儿？”

“他什么时候来的？”申涛问邱彦。

“昨天啊。”邱彦没注意他俩之间的气氛，一边低头踩水一边说，“昨天下雨，大虎子就没有走。”

申涛瞪着边南骂了一句，骑着车往里去了。

邱奕刚把上衣穿好，外面门响了，接着他就听到了申涛的声音：“叔，我来了。”

老爸在那边屋里应了一声。

“你怎么跑来了？”邱奕问。

“我昨天回家了，今天去学校正好路过就来了，顺便带了点儿吃的。”申涛进了里屋，看到床上还没整理好的铺盖，愣了愣，“他还有这么高规格的待遇呢？”

“太冷，就叫他睡床上了。”邱奕看了他一眼，“你俩碰上了？”

“嗯。”申涛盯着他，“邱彦睡哪儿呢？”

“睡我爸的屋。”邱奕往床边挪了挪，拿过裤子，“帮个忙。”

申涛站着没动：“干吗留他在家里过夜啊？”

“下那么大的雨，我能往外赶人吗？”邱奕把裤子扔到一边，申涛的脸色已经很难看了，他顿时有点儿烦躁。

“我看到他就来气，没你这么好脾气。”申涛拿过裤子套在了邱奕的腿上，扶着他站起来。

“那你觉得我该怎么着？”邱奕啧了一声。

“不知道。”申涛也啧了一声。

“去帮着我爸一点儿。”邱奕指了指轮椅。

申涛推着轮椅出去了，进了隔壁屋。

边南买好早点，领着邱彦回到了院子门口，蹲下搂了搂邱彦：“我不进去了，得去学校，早上跑步都错过了。”

“那你不吃早点吗？”邱彦问。

“我不饿。”边南想了想，从袋子里拎出根油条叼着，“我吃根油条吧。”

“再拿杯豆浆吧。”邱彦低头在袋子里掏着。

“不了，你快进去吧，再磨蹭上学要迟到了。”边南拍了拍他的屁股，“我的衣服还在屋里，明天再过来拿。”

邱奕伤了之后家里一团糟，边南已经体会到了，虽然有点儿不想承认，但还是忍不住内疚，但就那么一丁点儿，就一丁点儿……反正他打算有时间就过来看看，给钱的话邱奕估计不会要，但搭把手帮个忙还是可以的。

以后邱奕想怎么报复，是打断他一条腿还是套上麻袋来一顿乱棍，那另说。

“明天啊……”邱彦一听说他明天才来，语气就没之前那么欢快了，“知道啦。”

“我今天晚上要回家。”边南摸了摸他的脸，“明天我给你带个变形金刚来。”

邱彦很惊喜地抬头看了他一眼，但很快又垂下了眼皮：“我哥肯定不让我要。”

“没事儿，有我呢。”边南拍了拍胸口，“进去吧。”

边南本来的计划是在邱奕家吃完早饭再回学校，现在申涛来了，还明显对他一肚子火，他就不打算再进去受罪了，出了胡同打车回了学校。

到学校的时候正赶上早饭时间，他直接去了食堂，还没进去就碰上了老蒋。

“昨天晚上去哪儿了？”老蒋拿着个花卷啃着。

“回家了。”边南抓了抓头发。

“是吗？”老蒋冷笑了一声继续啃花卷，“什么时候回去的？”

“洗完澡以后啊。”边南眼睛往食堂里扫着，看到万飞正捧着饭盒冲他傻乐。

“请假回家是正常要求。”老蒋咽下花卷。

“是。”边南赶紧一连串地点头。

“那你为什么要翻墙？”老蒋紧跟着问。

“我……”边南没想到老蒋会来这么一句，“习惯了。”

老蒋冷笑了一声，把吃剩的小半个花卷捏在手里指了指他：“你该跟你爸说说，当初想辙把你弄到表演学校去多好，肯定比打网球有发展。”

“那多不好。”边南摸了摸脸，嘿嘿笑了两声，“我这么帅，这是要把人家的饭碗都抢了的节奏啊，不能那么不地道。”

“下午训练见。”老蒋拍了拍他的肩大步走了。

“你没露馅儿吧？”万飞一看老蒋走开了，立马跑了过来。

“馅儿从你那儿开始就散了。”边南叹了口气，“下午估计要废。”

“没事儿，明天就周六了，去我家休养生息呗。”万飞打量了他一下，“这衣服哪儿来的？没见你穿过。”

“邱奕的。”边南不想吃东西，坐在万飞对面看着他往嘴里塞东西。

“什么？”万飞愣了愣，“不是吧？你昨儿晚上在他家过的夜？”

“要不我上哪儿？”边南瞪了他一眼，“你那会儿才打电话，都下暴雨了，我要出去踩个井盖儿淹死了上哪儿说理去。”

“那你也真够可以的，不怕他半夜起来揍你一顿啊？他的腿都让你打折了。”万飞啧了两声。

边南没吭声儿，揍一顿倒还好了，他是真没想到邱奕还挺能损人的。

边南回宿舍把衣服换了叠好，想着晚上回家洗了明天带过去给邱奕。

上午的课还是老样子，大家都没精打采的，一点儿也没有因为下周就要考试了有什么改观，倒是万飞居然在记笔记，这让边南很意外。

“闲着也是闲着。”万飞唰唰地在笔记本上写着。

边南没理他，拿了本书顶在下巴上继续看着老师发呆。

想到书，他就想到邱奕屋里那一柜子的书，昨天也没好好研究一下都是什么书。

老爸的书房里书也很多，边南估计老爸应该一本也没看过，买来就是为了跟其他矿场老板划分档次用的，体现有文化的矿主和没文化的矿主在思想层次上的不同。

中午吃饭的时候边南挺认真地吃了不少，为了对抗下午老蒋有可能对他实施的折磨。

老蒋果然没让他失望，连带着万飞一块儿，两人上来就先是五公里，然后才开始体能训练。

天气已经转暖，昨天的一场暴雨把地都淋透了，下午太阳一晒，闷热得不行，边南觉得自己的汗水砸在地上都带响儿了。

训练结束的时候，他在场地边儿上坐了半天才拖着一身疲惫去洗了澡。

周末宿舍里基本没人，边南和万飞洗完澡把东西收拾好的时候宿舍已经一片安静。

边南打了个车，把万飞送到家之后让车转头往自己家开去。

司机话挺多，从年轻的时候打架谈恋爱说起，一直说到他三岁的小女儿，边南靠在车门边看着窗外，有一搭没一搭地应着，配合着司机的话题。

他每次回家都觉得很有压力，阿姨的微笑、边皓冷着的脸、边馨语夹枪带棒的话，还有个老爸努力地在一边和稀泥，每次回家他都能深刻体会到“多余”这个词的真切含义。

车在小区门口停下，边南在车上又坐了一会儿才付钱下车，沿着修得很漂亮的小石子儿路慢慢往自己家走去。

到了院子门口，他往开着的车库门里看了一眼，老爸的车都在家。

他低头准备掏钥匙，没掏两下，手机响了。

“喂？”他接起电话，一只手在包里翻着。

“小南啊，”阿姨的声音从听筒里传来，“你是明天回来吗？明天让老吴去学校接你吧。”

边南愣了愣，没出声，掏钥匙的动作停住了。

他之前说过今天回家。

“小南？”阿姨叫他。

“嗯。”边南很快明白了阿姨的意思，今天不要回家，家里估计有什么事儿，他这个身份尴尬的人不方便在场。他转过身顺着路往外走去：“不用接了，我明天不回了。”

“那怎么行？上星期你也没回家呢，明天让老吴去接你，我还给你买了衣服呢，”阿姨笑着说，“明天回来试试合不合身，好了，我挂了啊。”

阿姨说完就挂掉了电话，边南站在路边，拿着电话沉默了一会儿才对着话筒嗯了一声。

天有点儿阴，估计还有暴雨要下。

边南拧着眉顺着小路慢慢往外走着，低头看着手机，来回翻着电话本，最后拨了万飞的电话号码。

在等电话接通的时候前方有车开过来，边南往旁边让了让，车里的人却还是按了两声喇叭。

这条路不宽，但就算是辆坦克也开得过去了，边南一边继续往边上让，一边有些不耐烦地抬头扫了一眼。

车已经离得很近，边南清楚地看到了坐在驾驶座上的边皓，还有对方冷漠中带着厌恶的眼神。

边皓的目光跟他对上了，手又往喇叭上按了一下，声音很刺耳。

边南脸上没有表情，看到副驾驶座上坐着一个长发姑娘时，明白了阿姨不让他回家的原因，大概是边皓今天要带女朋友回家。

他一直让到了路边的花坛边，边皓才又按了一声喇叭加速往前开走了。

“风一样的傻子。”边南骂了一句，电话接通了，他把手机拿到耳边：“你在家吗？”

“在我姥姥家呢，明天回去。”万飞说，“怎么了？你在哪儿呢，不是说回家吗？”

“嗯。”边南闷着声音回道。

“边皓也回家了？”万飞想了想，“要不你去我家吧，我现在回去。”

“不用了。”边南赶紧说，万飞每月去姥姥家住一天，他姥姥每次都舍不得他走，边南最不乐意的就是打扰老太太享受天伦之乐，“我没事儿。”

“你是在家还是出来了？”万飞问。

“在家呢。”边南回头看了一眼，“行了，你陪姥姥吧，我挂了。”

“明天我回家了给你打电话。”万飞说。

“嗯。”

边南挂掉电话，有些郁闷地在小区门口站着。他饭也没吃，还拎着一包换洗的衣服，结果连家门都进不了。

站了几分钟之后他抬手拦了辆出租车，打算回学校随便吃点儿东西就待在宿舍里睡觉得了。

车开到学校路口拐到了路边，边南让司机停了车，路口这边全是小吃店。

他一边掏钱，一边打开车门，一条腿迈了出去。

“边南！”旁边的店里有人喊了一声，“来得正好！”

边南没有回答，只是循着声音迅速扫了一眼，看到了潘毅峰那帮人正蹲在一家奶茶店门口。潘毅峰见了他就立马一蹦，往车这边走了过来。

边南飞快地把腿缩回车里，关上了车门：“师傅，开车，不在这儿下了。”

周末学校没什么人管，出入也自由。

潘毅峰守在这儿的唯一原因就是在纠集人马不知道准备找谁的麻烦。

边南本来就不太愿意跟他一块儿混，现在又刚把邱奕打成那样，不想再惹什么麻烦。

出租车掉头开走的时候，边南回头看了一眼，潘毅峰指着车嘴里骂骂咧咧的，听不清在吼什么。

“去哪儿？”司机问他。

“购物广场。”边南靠在椅背上随口说了一句。

司机开着车往市区走，边南对着窗外发愣，如果是跟万飞在一块儿，那网吧、电玩城都是好去处，但一个人待在这些地方他觉得没劲儿。

他不喜欢热闹，一个人待着却也不舒服。

车到了地方，边南下了车慢吞吞地晃进了商场里。

这个时间商场里人很多，他混在人堆里转了几圈，到顶楼想随便吃点儿东西，结果发现所有店里都挤满了大人小孩儿，于是他又慢吞吞地往楼下晃。

晃到四楼儿童玩具区的时候他停下了脚步，犹豫了一下走到了货架之间。

货架上有很多变形金刚，大的小的，他摸出手机，拨了邱彦的号码。

“大虎子啊。”那边有人接了电话。

边南愣了愣：“邱奕？”

“嗯。”邱奕应了一声。

“我找二宝。”边南闷着声音说。

两秒钟之后，听筒里传来了邱彦开心的声音：“大虎子！”

“我给你买变形金刚呢，你喜欢哪个？”边南说，“到一边儿悄悄说给我听，别让你哥听到。”

“嗯。”邱彦大概是跑进了屋里，压低声音小声说，“我喜欢大黄蜂！我可喜欢大黄蜂啦！”

“好，那就大黄蜂。”边南点了点头，挑了个二十厘米高的大黄蜂，这个不太复杂，比较适合把存钱罐放树洞里还被别人给拿光了的小朋友玩。

“大虎子，你吃饭了吗？”邱彦问。

“吃了。”边南说，肚子不太配合地叫了一声。

“真的啊？今天我哥哥炸了鱼柳。”邱彦试探着问，“你想吃吗？”

“我……”边南的肚子又叫了一声，他知道邱彦的小心思，这小家伙估计是想今天就拿到大黄蜂，“你哥不是走不了路吗，还炸鱼柳？”

“他坐着轮椅炸的。”邱彦笑着说，“很快就炸好啦，我还出去买了卤牛肉呢……你想不想吃啊？”

边南靠着货架叹了口气：“那我现在过来吧。”

“真的吗？”那边传来邱彦开心的笑声，笑得脆响。

“嗯，真的。”边南笑了笑。

挂掉电话，他拎着大黄蜂去交了钱，下楼的时候有点儿犯愁。他实在不太想见邱奕，只得强调了一下还得去把自己的衣服拿走这个理由。

边南拎着大黄蜂推开院门，院子里几个老头老太太都坐在葡萄架下，邱爸爸也坐着轮椅，跟老头老太太聊着天儿。

“哟，大虎子来了？”邱爸爸看到他就笑着说。

“大虎子！大虎子！”邱彦从屋里跑了出来，一边跑一边喊，“你来啦！”

眼前的场景和声音莫名其妙地让边南有种踏实下来的感觉，跟邱爸爸和几个邻居打了招呼后，他弯腰搂了搂邱彦：“我快吧？”

“嗯！”邱彦用力地点了点头，目光落在了他手里拿着的盒子上，兴奋地小声说，“是大黄蜂吗？”

“是。”边南也小声说。

“进屋，进屋。”邱彦拉着他往屋里走。

“哥哥，大虎子来啦！”邱彦进了屋冲架着腿在客厅里看电视的邱奕喊了一声，拉着边南就往里屋走。

“吃了没？”邱奕对边南点了点头，随口问了一句。

“吃……了。”边南回答，桌上放着的炸鱼柳和卤肉混合着的香味飘进他的鼻子，让他的回答有些不太干脆。

“二宝，”邱奕看了一眼正埋头拽着边南要往里屋走的邱彦，“你干吗？”

“不干吗呀。”邱彦停下了脚步，“我跟大虎子进屋玩。”

邱奕看了看边南手上的盒子，皱了皱眉：“这是什么？”

“这个是……”边南一看邱奕这表情就知道他不会同意让邱彦收下大黄蜂，心里飞快地盘算着该怎么办，“这个是大黄蜂。”

“哦。”邱奕看着他，“然后呢？”

邱彦紧紧抓着边南的手，边南被他抓得都跟着紧张起来了，最后一咬牙，把大黄蜂盒子往邱奕面前一递：“送你的。”

“什么？”邱奕愣了愣。

“送你的，大黄蜂。”边南说。

邱奕有些吃惊地挑了挑眉毛，没有说话，过了一会儿开始笑，笑了半天都没停下来。

“笑什么啊。”边南把盒子放到他的腿上，“给你就收下。”

“为什么送我个大黄蜂？”邱奕手指撑着额角看着他还在笑。

“有什么为什么的？为我……”边南差点儿顺嘴就说“为我把你打成这样”了，还好收得快。他看了邱彦一眼，又转回头看着邱奕，“为你的腿能快点儿好，你要不喜欢就转送给别人。”

邱奕终于不再笑，轻轻叹了口气：“你这智商跟二宝的不相上下啊。”

“你还能不能行了？”边南一把拿过盒子，塞到了邱彦怀里，“我送你哥的，你帮他收起来吧。”

“哦。”邱彦犹豫了两秒钟，抱着盒子转身就跑回了屋里。

“你怎么这样？”边南看着邱彦进屋了，才压着声音说了一句。

邱奕对邱彦的这种态度每次都让边南很不舒服。

“多少钱？”邱奕问他。

“什么多少钱，大黄蜂？”边南啧了一声，“几百块，不贵。”

“觉得几百块不贵的那是你，以后别随便给他买东西。”邱奕调整了一下坐姿，低声说，“总这么轻易拿到超出我们家的经济范围的东西，对他不太好。”

边南没说话，知道邱奕的意思，一时半会儿也找不到合适的话来反驳，愣了一会儿有点儿尴尬，走到桌边拿了条炸鱼柳放到嘴里。

“哎！”嚼了两下之后边南忍不住喊了一声，“味道还可以啊，你做的？”

“嗯。”邱奕拿着遥控器换了个台，“你是不是没吃饭？”

“吃了。”边南又拿了一条鱼柳，“我就是顺路过来拿衣服的。”

“晾在院子里了，你去收吧。”邱奕说。

“你还洗了啊？”边南顿时有点儿不好意思。

“扔洗衣机里一锅洗了，不然还单拎出来放着吗？”邱奕说，“还有你的袜子。”

“这个不用特别说明！”

边南转身去院子里把自己的衣服收了下来，进屋的时候正好邱爸爸要回屋，他帮着给推回屋里了。

邱爸爸身体不太好，跟边南聊了几句就说累了要去床上躺着。

“二宝！”邱奕叫了一声。

“来啦！”邱彦从里屋跑了出来，很熟练地把邱爸爸推进了屋里，跟着又跑出跑进地拿药，拿毛巾给爸爸擦脸，最后把爸爸扶上床了才又一溜烟地跑回屋里玩大黄蜂去了。

边南本来想搭把手，结果愣是没找到机会。

“二宝真的挺能干的，也挺懂事的，除了不会做饭，什么都会。”边南感叹了一句，又捏了两条鱼柳，准备进里屋跟邱彦玩一会儿，“你没必要盯他盯那么紧。”

“你因果关系弄倒了。”邱奕说。

边南愣了愣才想明白邱奕这话的意思，把鱼柳塞到嘴里后转身进了里屋。

邱彦已经把大黄蜂拆了，放在床上玩得正欢。

“喜欢吗？”边南摸了摸他的脑袋。

“喜欢！”邱彦坐在床上笑得鼻子都皱了，“谢谢。”

边南在床边坐下，陪着邱彦玩，看着邱彦开心的笑脸，再想想邱奕的话，不知道心里是什么滋味儿，就觉得特别心疼邱彦。

“大虎子，”邱彦举着大黄蜂，“你吃了鱼柳了？”

“当心砸脸。”边南在大黄蜂上敲了敲，“你怎么知道我吃鱼柳了？”

“闻到了。”邱彦笑着说，“你手上有鱼柳味儿。”

边南在牛仔裤上蹭了蹭手：“鼻子挺灵啊。”

“好不好吃？”邱彦手腿并用地顶着大黄蜂，折腾得脑门、鼻尖上都出汗了。

“嗯。”边南应了一声，虽然不想承认，但邱奕的手艺的确不错，特别是对肚子正饿的人来说。

也许邱彦不经常能得到玩具，拿着大黄蜂玩得兴高采烈，边南拿手机对着他拍了几张照片。

“你还挺上相的。”边南看着手机里的照片，邱彦的大眼睛很可爱。

“哈哈哈。”邱彦凑过来看了看，笑得很响亮，又扒着床沿冲客厅喊，“哥哥！哥哥，你看我和大黄蜂的照片！”

“看不到。”邱奕在客厅说。

“你拿给我哥看。”邱彦很兴奋地拼命推着边南。

“好，好，好，别推别推。”边南只得站起来，拿了手机走到客厅，递给了邱奕，“看吧。”

邱奕接过手机，笑着低头翻着相册：“拍得挺好。”

翻了三四下之后他停了停，又翻了几下之后把手机递回给边南：“那个是万飞吗？”

“嗯？”边南拿过手机看了看，发现邱奕翻到了后面，“是。”

“这么多。”邱奕乐了，“你俩什么关系啊？”

“你想什么呢？”边南啧了一声，又前后翻了翻，发现他的手机相册里一连十来张还真的全都是万飞，都是吃饭或者上课的时候没事儿干拍的，他忍不住也乐了，“我怎么这么无聊……”

“你一会儿别再跟二宝玩了。”邱奕看了看钟，“他今天还没写作业。”

“哦，二年级能有多少作业？五分钟的事儿。”边南也看了看时间，八点多了。

“抄抄生字什么的，关键是他写字跟刻钢板似的特别慢……”邱奕说。

“那我回学校了。”边南想了想，这会儿潘毅峰应该已经出发去寻仇了，自己出去吃点儿东西正好回学校睡觉。

边南拿过自己的包，把衣服往包里塞，塞了一半停下了，在包里翻了半天，扯出一截儿袖子：“你的衣服我还没洗，洗完了给你拿过来吧。”

“随便。”邱奕看着他包里的衣服，“你回学校？”

“嗯。”边南把衣服乱七八糟地都塞好。

“从宿舍扛一堆脏衣服出来转一圈儿又回去？”邱奕扳着腿换了个角度架在凳子上，“锻炼身体挺下血本儿的啊。”

"本来是要回家的。"边南把包拉好扔在地上，想到之前回家的事儿，心里一阵发堵，也没心情跟邱奕斗嘴了，"家里有事儿……就不回了。"

"哦。"邱奕看着电视笑了笑。

边南回头看了他一眼，不知道是不是自己太敏感，邱奕的这个笑容似乎意味深长，忍不住对着包踢了一脚："你笑什么？"

邱奕顿了顿才反应过来："想这么多不累吗？"

"你先瞎笑我才想的。"边南看着邱奕的反应的确不像是在笑他，这才弯腰拎起了包。

"我知道的事情没你想得那么多。"邱奕说。

"你知道多少？"边南盯着他。

"你这么在意这些？"邱奕拿起杯子喝了口水，"喝水吗？"

"在意。"边南走到饮水机旁边拿了邱彦的红杯子接了半杯水，摸了摸鼻子，"你不也因为一句话揍我一拳吗？"

虽然性质不同。

边南仰头把杯子里的水都灌了下去。

邱奕笑了笑，停了一会儿才开口："我只知道你妈妈的身份，别的不知道。"

"这就够了。"边南皱了皱眉，低头看了看杯子，"你家的水怎么一股板蓝根味儿？"

"不好意思，忘记告诉你了，"邱奕笑了笑，"二宝的同桌感冒了，怕传染给他，我就让他吃了板蓝根，估计没洗杯子。"

"哎……"边南拿水涮了涮杯子，重新接了一杯水。

"大虎子，"邱彦从里屋探出半个脑袋，一看到他放在地上的包，立马急了，"你要走了啊？"

"嗯，我要回学校。"边南笑了笑。

"我写完作业你再走好吗？"邱彦跑出来拽住了他的包。

边南看了邱奕一眼，邱奕没什么反应，于是他冲邱彦点了点头："行，不过你要认真写，现在就去写。"

“嗯！”邱彦用力点了点头，跑回了里屋。

边南坐到沙发上喝了口水，把嘴里的板蓝根味儿给涮掉了。

邱奕盯着电视，边南也只好把目光放在电视屏幕上：“换个能看懂的台，别老看偶像剧。”

邱奕按了按遥控器，节目换了，一个农民大叔正一脸严肃地现场教学，如何骟羊。

“哎，就这么弄？”边南一眼看过去，大叔正手起刀落，羊看上去没什么痛苦，才骟完就下地跑开了。

邱奕啧了一声，换了个电影台。

两人盯着电视陷入了“我假装一点儿也不尴尬、一点儿也不别扭”的深渊里。

第三章
朋友

电影是从半截儿看起的，边南看了一会儿实在忍不住了，小声问邱奕：“这人到底是怎么回事儿？”

“不知道。”邱奕也看得挺茫然，“刚才还跟老婆依依不舍，这会儿又要打……”

“我知道了！”边南一指电视道，“两人！长一样。”

邱奕没出声，又看了几分钟后才冲边南竖了竖拇指：“就这么回事儿。”

接下来两人又陷入了沉默。

知道电影大概是怎么回事儿之后，边南就没心思再看下去了，起身进了里屋去看邱彦小朋友写作业。

邱彦在桌子前坐得笔直，写得很认真，边南走到他身边儿了他才发现，抬起头看着边南：“你看我写的字。”

边南弯腰凑过去看了看，邱彦的字写得还挺工整，但这都半个小时了，邱彦就写了不到一页。

“还有多少要写？”边南忍不住有点儿担心。

“再写完一页就可以啦。”邱彦指了指本子。

“那加油写。”边南摸了摸他的脑袋。

边南回到客厅时，邱奕还在看那俩脸长一样的电影，边南靠在沙发上百无聊赖地玩着手机。

因为跟老爸也经常处于无话可说的状态，所以他对这种尴尬场面一向挺适应，但不知道为什么，对方是邱奕的时候就感觉特别别扭。

玩了一会儿手机之后，他没话找话地说了句：“你妈妈是俄罗斯人啊？”

“嗯。”邱奕点了点头。

“战斗民族。”边南竖了竖拇指，“你身上能看出点儿来，二宝一点儿也不像，小棉花团儿。”

“是吗？”邱奕笑了，“我像他那么大的时候也一样。”

边南盯着邱奕看了一会儿，无法想象跟邱彦一样可爱的邱奕的样子：“不能吧，你这也太不科学了。”

邱奕笑了笑没说话，继续看着电影。

边南觉得这事儿大概跟他妈妈去世有关系，没再多问。

他不太能体会失去妈妈是什么感觉，如果他亲妈突然没了……边南看着墙上的钟想了很久，他应该不会有那些书里写的痛苦感受吧。

“你妈对你很好吧？”边南有些感慨地问了一句。

“嗯。”邱奕放下遥控器，拿起杯子喝了口水，“你妈对你不好吗？”

边南看了他一眼：“不知道，我跟我妈就没怎么在一块儿待过。”

邱奕沉默了好一会儿才说：“没在一块儿待过也应该是心疼自己的儿子的。”

边南嘿嘿笑了几声没吭声儿。

邱奕偏过头，手指撑着额角看着他，半天没动。

“把你帅晕了还是怎么着？”边南有些不自在地摸了摸自己的脸。

“随便看看。”邱奕还是没动，“你跟边馨语关系也不好吧？”

“那能好得了吗？”边南扯着嘴角笑了笑，表情有些失落，“在他们眼里，我这叫……原罪。”

“原罪？”邱奕挑了挑眉毛。

“是不是特牛？边馨语冲我说这话的时候才九岁。”边南又嘿嘿笑了声，“我那会儿还特地去查了一下这是什么意思。”

“查到了？”邱奕活动了一下腿。

“嗯，后来我就突然懒得跟她吵了。”边南揉了揉鼻子，“小时候我就特不服气，凭什么？凭什么他们对我可以想骂就骂，想打就打……”

边南伸了个懒腰，叹了口气：“后来明白了，因为我妈破坏了人家的家庭，我背着原罪，就凭这个。”

邱奕没再说话，拿起遥控器一下一下在手里翻转着。

边南窝在沙发里对着天花板发了一会儿愣之后，突然发现自己居然说了这么多平时绝口不提的东西。

也许是因为知道边馨语跟邱奕说过这些，也许是太没话题了……但不管怎么说，这都让他有些不安，一下坐直了。

邱奕没什么反应，边南僵了半天，出于一厢情愿的交换心理，试着问了一句：“你妈妈……”

可能自己的亲妈实在有些不好提，他对别人的妈妈一直挺好奇的，比如万飞的妈妈，特别会做菜，很豪爽；孙一凡的妈妈很凶，每次打电话开场白都是“你个不孝的玩意儿”……

“去世了。”邱奕回答得很简单。

简单得边南一时都没反应过来：“啊？”

“车祸。”邱奕补充了一句。

“哦。”边南对自己没头没脑的一通话就换回这么两句无法再继续聊下去的回答有些郁闷，“跟你一比我真是太实诚了。”

“你是心大，跟二宝似的。”邱奕看了他一眼，有些费劲儿地伸手从茶几下摸了包烟出来，“要吗？”

“不要。”边南摇头，看了看邱爸爸那屋，小声说，“你爸不管你抽烟？”

“管。”邱奕叼着烟笑了笑，“我就仗着他行动不便发现不了。”

“唉……”边南拉长声音叹了口气。

又过了半个小时左右，邱彦捏着自己的本子从里屋蹦了出来，很得意地冲边南晃了晃，然后把本子放到了邱奕的腿上：“我写完啦。”

“你什么时候能半小时写完我让你喝可乐。”邱奕打开本子看了看，“字写得越来越好了。”

邱彦往边南身上靠着：“老师也说我的字写得可好了。”

“真厉害。”边南搂着他在他身上狠狠地揉了几下，“哎，你可真好玩。”

邱彦大概是被他碰到了痒痒肉，很响亮地笑了几声，在沙发上扭成一团。“好了，没错字。”邱奕把本子合上，“那大虎子该回去了。”

“哦。”邱彦趴在沙发上没动。

“有空再来找你玩。”边南在他的屁股上拍了一巴掌，站起来准备拿包走人。

“那你什么时候有空啊？”邱彦马上追问。

“我……”边南抓了抓头，什么时候有空？

在知道邱奕是大宝之前，他倒是有过计划，在大宝的腿好利索之前尽量抽时间过来帮忙弄点儿什么，邱彦和邱爸爸两人在家什么都不方便，他的确挺不落忍的。

但现在……知道真相的他眼泪掉下来，攒一攒都够穿条项链了。

现在要让他过来，他是真的不太情愿，也太尴尬了……

“明天就得过来。”邱奕突然说，“我要去医院。”

“什么？”边南猛地转过头。

“你过来送我去医院，检查。”邱奕靠在椅子上特别平静地说。

边南凑到邱奕的脸跟前儿，压着嗓子道：“你是不是遛我呢？”

“不遛你遛谁啊？”邱奕也压低声音道。

边南继续压着嗓子，想想又觉得自己底气不是太足：“我以为咱们经过亲切友好的交谈……”

“那你明天就亲切友好地过来帮个忙吧。”邱奕眯了一下眼睛。

边南咬着牙憋了半天：“算老子赔你的，看谁能把谁恶心死。”

“不能说粗话。”邱彦突然从沙发上站了起来，看着边南说了一句。

“我……”边南看了他一眼，“不说了。”

邱彦低头在本子里翻了翻，拿出一朵夹在本子里的小红花贴纸，冲他招了招手。

边南只得在他身边蹲下：“干吗？”

“这个是奖励。”邱彦很认真地把小红花贴在了他的左脸上，“不说粗话就给你一朵。”

“谢谢啊。”边南很无奈地摸了摸脸上的贴纸。

边南拎着包走了之后，邱彦在客厅里站了一小会儿，转身准备跑回里屋，邱奕叫住了他：“二宝同学。”

“啊。”邱彦扒着门框露出一只眼睛看着他。

“把那个大黄蜂拿过来。”邱奕招了招手，“咱俩聊聊。”

“哦。”邱彦进屋把大黄蜂拿了出来，低头站到了邱奕身边。

“知道这个东西多少钱吗？”邱奕拿着大黄蜂在他眼前儿晃了晃。

“不知道。”邱彦小声说，想了想又抬起头，“五十块！”

“翻十倍都不止。”邱奕说。

“啊？”邱彦认真地算了很长时间才瞪圆了眼睛，“这么多！”

“这次就算了，”邱奕用手指在他的脑门儿上弹了一下，“以后不要随便问别人要东西，这个对大虎子来说也许不算什么，但对我们家来说不一样，懂吗？”

邱彦盯着大黄蜂看了很久，低下头小声说：“嗯，我不知道这么贵，方小军说他那个三十块。”

“他那个跟这个能一样吗？胳膊腿儿都掰不动……”邱奕叹了口气，在钱的事儿上，他其实挺矛盾，一方面不想让邱彦跟他一样每天算计这些东西，另一方面却又想让邱彦明白家里的情况，“行了，不说了，你给大虎子打个电话，谢谢人家，以后不要随便跟人家要东西了。”

“哦。”邱彦拿过手机，想了想又扭头问邱奕，“哥哥，你怎么知道是我说要大黄蜂的呀？”

“这不是废话吗？你不跟人家说要这个，他那种粗枝大叶的傻……子，能想到送你这个啊？”邱奕挥了挥手，“打完电话洗脸睡觉去。”

邱彦打电话过来的时候，边南刚到宿舍楼下。

“二宝？”他接了电话，“怎么了？是不是你哥骂你了？”

“没有骂我。”邱彦小声说，“是我哥让我谢谢你买的大黄蜂，我不知道那么贵……”

“没事儿，没事儿，不贵的。”边南赶紧说，“就当是我送你的六一礼物，六一的时候我就不送你东西了。”

“我还欠你钱。”邱彦的声音更小了，他似乎是躲着说的，“不过我记着呢。”

边南叹了口气，邱彦有时候跟个小傻子似的，有时候心思又重得不行。他想了想道：“二宝，那个钱呢，你满十八岁之前还我就行了，一年四十，今年的已经还过了，怎么样？”

“好！”邱彦的声音一下响亮了。

跟邱彦打完电话，边南回到宿舍，冲了个澡之后就躺床上发愣。

隔壁宿舍有几个人，王波那几个，边南能听到他们打牌时的笑声，王波还过来叫了他两次，他都躺着没动。

今天他拎着包出去的时候王波看到了，知道他是要回家，现在拎着包又回来了，边南不想跟人说话，怕被问起为什么的时候编不出合适的答案。

他拿了耳机塞上，听了一会儿音乐，发现对助眠没什么帮助，于是又拿了手机开始玩游戏。

玩了没几分钟，电话响了，他顺手按了接听之后才看清是老爸的号码。

“爸。”他接了电话。

“怎么没回家？”老爸的语气带着无奈。

“我……”边南愣了愣，什么时候变成是他不回家了？

“阿姨说给你打电话，你说不回家，这周不是不训练吗？”老爸叹了口气。

边南坐了起来，咬着嘴唇沉默了很长时间才说了一句："有事儿，我明天晚上再回去。"

"阿姨给你买了不少衣服，明天一定要回来，知道了吗？"老爸说，"要不要叫老吴去接你？"

"我打车回去就行，不用接了。"边南觉得自己嗓子有点儿发紧，挂掉电话之后狠狠地咳嗽了几声。

如果换作是几年前的他，这事儿他一定不会这么认下来，一定会告诉老爸，不是他不回，是阿姨不让他回。

但现在的他不会再这么说了，阿姨在电话里说得很巧妙，只字没提不让他回家，他要跟老爸说了，反倒会变成挑阿姨毛病的不懂事的孩子。

他把手机扔到一边，玩游戏的心情也没了，胸口堵得难受。

在床上坐着愣了一会儿，他跳下床，抡起一张椅子狠狠地砸在了地上。

椅子是孙一凡的，孙一凡每天坐着晃椅子能晃半个小时，椅子已经散架过两次。

边南这一砸，椅子很干脆地身首分离了。

他还没顺过气儿来，过去捡起一条椅子腿对着墙又砸了一下，再拎起椅子面儿抡在了门上。

最后对着屋里的铁皮柜子又哐哐地踹了好几脚，他才喘着气停下，蹲在地上愣神。"边南？"宿舍门被人轻轻推开，王波一只手把着门，一副随时关门闪人的架势，"怎么了？"

"没怎么。"边南蹲在地上扫了他一眼，"玩你们的牌去。"

"是不是吵到你了？"王波看到碎了一地的椅子又问了一句。

边南平时乐呵呵的时间居多，但真发起火来教练都拦不住，王波是输了牌被逼得没办法才敢过来问情况。

"没。"边南站起来，把椅子踢到一边，"你们屋有泡面吗？"

"我有，你没吃饭啊？"王波转身往自己的宿舍走，"我给你拿吧。"

王波给他拿了盒碗面过来，又回去继续打牌了。

边南拿了水壶，打开用手试了试，皱了皱眉：“还没我手心热……”

水是温的，估计泡不开面，不过他还是把水倒进碗里，盖好纸盖，耐心地对着碗等了十分钟。

时间到了掀开纸盖，他忍不住乐出了声，水都凉了，面还是一整块儿。

他拿起叉子在面饼上来回戳着，面饼被他连戳带晃地弄散了，不过吃到嘴里口感很一言难尽。

“唉。”边南起身到旁边的架子上翻了一瓶万飞的泡椒出来，扒拉了七八个小辣椒到碗里。

他不是太能吃辣，夹了个泡椒放嘴里刚嚼了两口，还没来得及吃口面呢，就觉得整个脸上的血液都沸腾了。

他迅速把嘴里的泡椒吐了出来，拿过不知道是谁的杯子灌了好几大口凉白开。

嘴里的辣味没有被水带走，依然是火辣辣的，边南把满满一杯水都喝光了，还是没能拯救自己的舌头，眼泪都被辣出来了。

他抹了抹眼睛，站起来到镜子前瞅了瞅自己，俩眼睛都红了，看着跟刚哭过似的，鼻头都红了。

“没救了。”他冲着镜子乐了半天，回到桌边坐下。

对着碗里的面发了会儿呆，他把碗推开，趴了下去，把眼睛压在了胳膊上。

腿伤了之后，邱奕每天的作息时间变化很大。

以前他是一大早起床弄早点，准备好中午和晚上的饭，然后去学校，放了学又赶着去打工，周末去补课。

现在腿伤了，除了早上还是按点儿醒过来盯着邱彦收拾好去上学之外，别的时间他都可以躺在床上，看看书，看看电视，闲得无聊还可以捏捏泥人儿，跟度假似的，就是要做饭的时候有点费劲儿，站着的时间长了腿会不舒服。

“哥哥，”邱彦洗漱完了手里抱着大黄蜂站在床边，“是要出去买早点吗？”

“嗯。”邱奕换了件衣服，“我的钱包在外屋，你问问爸想吃什么去买吧。”

邱彦点了点头，走了两步又退了回来：“大虎子什么时候来？”

“不知道，昨天我有没有跟他说时间？”邱奕想了想，昨天边南怒气冲冲地走得挺迅速，他不记得说没说了。

“没有。”邱彦低头摸了摸大黄蜂的胳膊，“我打电话给他好不好？”

“你打吧，估计他没起呢。”邱奕说。

其实去医院检查叫申涛来就行，但一想到边南正顶着恶心烦躁坚持不懈地出现想要恶心他，他当然也不能放过这么好的机会。

他怎么也得恶心回去啊，谁也别欠谁，多么敬业。

边南接到邱彦的电话的时候已经出门了，正蹲在公交车站等车。他起得挺早的，还出去跑了几圈。

其实也不是起得早，他这一夜就没怎么睡。

“你不要吃早点，我正在排队买包子呢。”邱彦在电话里喊着，“我们胡同口这家包子店的小笼包特别好吃！”

“好，好，好，你别打电话了，手机放好别丢了。”边南交代。

这个点没有“三蹦子”，更别说出租车了，他蹲在站台上靠着广告牌都快睡着了才看到公交车过来。

公交车并不直达邱奕家的胡同口，边南还得走一条街。

边南下了公交车就拦了出租车，倒不是懒，就是没睡好，脑袋发沉，多一步路也不愿意走。

“叔，能在这儿等几分钟吗？我还得用车。”边南在胡同口准备下车的时候问司机。“哟，这可等不了，这儿不让停车。”司机摇头。

“就几分钟，我进去扛个人……”边南看了看四周，要把邱瘸子弄医院去，必须得有车，但这儿还真没看到出租车，跟学校那边一个德行。

“真不行。”司机还是摇头，车后传来了喇叭声，司机回头瞅了一眼，“你看，还堵人家的路了。”

“行吧。”边南无奈地付钱下了车。

出租车开走之后，他看到之前按喇叭的是辆白色的皮卡，那车就那么直接停在了路边。

边南不知道是司机忽悠他还是这车违章了，冲车里的人喊了一声：“这儿不让停车知道吗？堵路了！”

“什么？”驾驶座的窗户里有个女人探出头来。

边南没理她，先去包子店看了看才转身进了胡同。他没见着邱彦，小家伙应该是已经买完早餐回去了。

边南进院子的时候就听到邱彦在屋里唱歌，估计是学校教的歌，就听见老师累了，喝茶什么的。邱彦嗓子挺好，脆响脆响的，可惜没太在调上。

“唱得真好。”邱奕给他鼓掌，“唱得我都忘了这歌原来是什么调了……”

边南走到葡萄架下的时候喊了一声：“二宝！”

“啊！”邱彦终于不唱了，从屋里跑了出来，“大虎子！”

“听见你唱歌了。”边南捏了捏他的脸。

“好听吗？”邱彦眼睛发亮地看着他。

“好听。”边南笑着说，“企鹅都听到了。”

“企鹅怎么听到的啊？”邱彦有点儿迷茫地拉着边南进了屋。

“调都跑南极去了呗。”邱奕说。

邱彦对这个评价没有感觉，认为是表扬，笑得挺开心。

“叔叔早。”边南跟邱爸爸打了个招呼，跟邱奕对上眼神之后点了头就坐下了。

“麻烦你了啊。”邱爸爸说，把包子推到了他面前，“来，先吃早点。”

邱奕放了碗豆浆到他面前，边南塞了口包子，含混不清地说了声谢谢，拿了碗就喝了一口。

“烫……”邱奕还没说完，边南就蹦起来跑到院子里去了。

边南把豆浆给吐了之后又在水龙头那儿用凉水涮了涮嘴才又回到屋

里：“烫死我了。”

“你梦游呢？”邱奕说，“刚热过的，你拿着没感觉啊？”

边南摸了摸碗，的确是挺烫的，他迷迷糊糊的也没注意。

“我默认它是凉的了。”边南拿了个包子狠狠咬了一口。

吃了没几口，沙发上放着的手机响了，边南离得近，回手把手机拿过来递给了邱奕。

“曼姐？”邱奕接起电话。这号码他给肖曼打电话请假的时候肖曼记下来了，肖曼说今天要来看看他，他说要去医院不在家，肖曼又说开车送他去，他拒绝了半天，没想到肖曼今天还是过来了。

“你家在胡同哪儿啊？”肖曼的声音传了过来，“我在胡同口了。”

“真不用送，我叫了朋友来。”邱奕放下手里的包子，往院子门口看了一眼。

“有车多方便，你赶紧说你家在哪个院子。”肖曼的语气很坚定。

邱奕沉默了几秒钟之后才开口：“最里边儿。”

“我们的老板来了。”挂了电话之后他撑着桌子站了起来，抓了一把边南肩上的衣服，“帮个忙。”

“怎么老板都过来了？”邱爸爸赶紧推了轮椅想往外去，“这多不好啊。”

“爸，你待屋里就行，你跟二宝先吃着。”邱奕拦住了老爸。

“出去接驾？”边南站起来扶住邱奕问了一句。

“嗯。”邱奕蹦了蹦。

邱奕的老板，应该就是他打工的那个饭店的老板，饭店也就是他俩第一次单兵作战时的那个饭店……前尘往事涌上心头，邱奕挑衅的那句话，边南每次想起来都有种要撸袖子当场再干一架的冲动。

边南跟邱奕一副勾肩搭背的好兄弟样子往院子里走去。

“曼姐。”邱奕抬头冲院门外面喊了一声。

“我们期待他的精彩表现……”边南架着邱奕走到了门口，跟着看了一眼，邱奕的老板是个女的，看着有点儿眼熟。

“你看，这样子怎么去医院？”肖曼看到他俩笑了笑，“你朋友？”

“嗯，边南。”邱奕应了一声，又给边南介绍了一下，“我打工那个饭店的老板，曼……”

邱奕的话还没说完，边南就稀里糊涂地冲肖曼一点头叫了声阿姨好。

“阿姨？”肖曼愣了愣，接着就笑得停不下来，“邱奕叫我姐呢。”

“嗯？”边南愣了愣，没细看这女的，就感觉跟他妈差不多的样子。

“刚才胡同口的是不是你啊？”肖曼看了看边南。

“啊？”边南这才认真地看了她一眼，发现她就是刚才把车停在胡同口的那个女的。

“你去吃早点吧。”邱奕说，“叔跟肖阿姨聊会儿。”

边南当着“阿姨”的面儿不好发作，把邱奕往门框上一甩转身回了屋里，看到坐在桌边认真啃包子的邱彦，心情才好转起来。

邱奕把那个曼姐堵在院门口，说了几分钟话之后，曼姐转身走了。

边南用余光看到邱奕正慢慢往回蹦，坐着没动，要不是邱奕嘴欠，他给邱彦一个面子也会过去把邱奕扶进来的。

邱彦吃完一个包子之后抬头往外看了一眼，跑出去把邱奕给扶进了屋。

“怎么没让老板进屋坐坐？”邱爸爸往外看了看。

“不用。”邱奕飞快地吃掉一个包子，看了看时间，“打个车去就行，没必要欠老板一个人情。”

边南想说那我给你做了那么多饭得折成多少人情？想想他又没开口，这估计得算自找的。

他有点儿泄气。

去医院得赶早，这年头综合性医院一大早都能人满为患，专科医院人也一样少不了。

边南用轮椅把邱奕推到胡同口，又跑到小街上叫了辆出租车过来。

邱奕没法坐在车里，只能横靠在后座上，边南撅个腚把他扶进去又撑着后座让邱奕按着他的肩把坐姿调整好了，最后再把邱奕的腿也安顿好了才算完事儿。

“这位爷，行了吗？”边南扶着车门，这通折腾把他的汗都折腾出来了。

“可以起驾了。”邱奕看了他一眼。

边南都懒得回嘴了，困得厉害没精神，只是回头交代了邱彦几句，让他把轮椅推回家，然后上车坐在了副驾驶座上。

车开了之后，边南靠在椅背上眯了会儿才说了一句：“你是不是有毛病，让你老板送你多好，她那个皮卡多宽敞，你躺在后斗里就行，想怎么待着怎么待，想翻想滚随你的便……”

“你知道什么。”邱奕说。

“翻滚吧，邱大宝！”边南喊了一声，又回头看着邱奕，“我就知道你这家伙了，我知道你就是想遛我，没事儿，你随意。”

“你话真多。”邱奕忍不住说了一句。

“那你是没见过话多的人。”边南指了指旁边的司机，“开出租车的话才多呢，是吧大哥？”

司机大哥看了他一眼：“我还一句话都没说呢。”

邱奕在后座上乐了，边南跟着嘿嘿笑了几声，脑袋顶在车窗上不再出声。

今天他是话多，没休息好或者心情不太好的时候他的话就特别多，从小就这毛病，晕车的时候话也多，阿姨说他小时候一边吐还能一边说个不停，也算是特殊技能了。

边南身体还不错，从小就很少进医院，进体校之后受伤了去过几次，不过到现在也已经两三年没来过医院了。

按邱奕的指点他楼上楼下地跑了好几趟，把检查的单子拿了，架着邱奕往楼上走。

因为就在二楼，他俩就没绕远去坐电梯，打算直接走楼梯上去。

但走了两级台阶边南就停下了，邱奕打着石膏的腿两次都敲在了台阶上。

“要不我抬着你的腿，你蹦？”边南说。

“我架着你的一条腿你蹦一个我看看？”邱奕扶着栏杆不动。

“那你退着蹦。”边南指挥他。

邱奕看了他一眼：“你给我示范一个。”

“劳驾让一让。”一个男人碰了碰边南的胳膊。

边南回过头，看到男人背了个人要上楼，他和邱奕挡了路。

边南让开了路，看着那男人上去之后，又盯着邱奕看了一眼。

“哎！”他一咬牙，转身弯下了腰，手冲后招了招，“上来，快！”

邱奕趴到了他的背上：“背得动吗？”

“再来俩也背得动。”边南扳住邱奕的腿，调整了一下姿势，飞快地往楼上跑去，“早知道拖你过去坐电梯了！”

邱奕没有外伤，不需要换药，医生检查完了之后发现石膏有松动，于是又重新打了石膏。

边南在一边儿等着，听到医生有些不满，因为邱奕没按要求好好卧床和抬高腿，影响恢复。

邱奕一直没怎么说话，只是时不时应一声。

边南叹了口气，靠着椅子看着地。

医生的声音跟念咒似的，他听着有点儿犯困。

“你自己也注意点儿，不肯住院，回家又不好好休息，”医生皱着眉看着邱奕，“你要觉得这腿这样无所谓，我干脆帮你拆了石膏你跑步去吧。”

“我注意。”邱奕说。

“再开点儿消炎药，让你朋友……”医生在病历本上唰唰地画了几个毛线团，然后转过头冲着边南正要说话，突然愣了愣，“这就睡上了？”

邱奕往边南那边看过去，发现边南坐在椅子上，坐姿还挺标准，但低着头已经睡着了，他只得喊了一声：“边南。”

边南没动静，医生起来推了他一把：“小伙子别睡……”

边南突然一抬头跳了起来，直接转身跑了出去，冲到走廊上愣了愣才又小步蹦着退回了屋里，有些不好意思地抓了抓头："吓我一跳。"

"帮我拿一下药吧。"邱奕伸手到兜里掏出钱包递给边南。

边南拿过缴费单，在钱包上拍了一下，没接，转身走出去了。

两人从医院出来的时候已经中午了，边南看了看手机："别做饭了，一会儿买点儿吃的带回去吧。"

没等邱奕开口，他又补了一句："我去买。"

邱奕没说话，边南架着他走到路边，拉开了一辆出租车的车门，把他塞进了车里："我想吃糖醋排骨……你们家附近有什么好馆子吗？"

"没有，都大排档级别的。"邱奕说。

"我一会儿找找吧。"边南低头在手机上找饭店，想找家能做了送出来的，"你有什么想吃的吗？"

"随便。"邱奕说。

"我最烦别人随便了。"边南皱着眉。

邱奕笑了笑没出声。

边南在手机上翻了半天，最后闷着声音说了一句："这阵子你别做饭了，我有空过来帮忙，没空我叫外卖送。"

"嗯？"邱奕有点儿意外，边南虽然被逼得会不情不愿地过来，但现在主动提出来让他没想到。

"哎。"边南扭头扫了他一眼，"医生不是说你没老实地卧床恢复得不好？你也不用谢我，我不是为你，是为二宝。"

边南虽然在医生办公室里睡着了，但在睡着之前还是听到了医生对邱奕的批评教育。

如果他不过来帮忙，邱奕就两个选择，要不就是继续自己折腾，腿继续不能好好恢复，要不就是让二宝和邱爸爸折腾。

对边南来说，他本来就没想过真要把邱奕整出个什么好歹来，也不希望邱奕的腿真的好不了留下什么毛病，可要让小不点儿二宝和残疾大叔每天那么辛苦，他更接受不了。

唯一的解决办法就是他承担后果，出钱出力，只希望邱奕那腿能给点儿面子早点儿好，让自己当小工的时间能短点儿。

坐在车上时他打了几个订餐电话，第一个馆子表示只送不超过五公里的距离，第二个馆子表示现在人手不够没办法送，第三个馆子表示不超过三百块不送……

边南简直烦得不行："那你们随便再加俩菜给我凑够三百！"

等他挂掉电话之后邱奕看着他，半天才叹了口气："你吃过普通外卖吗？"

"怎么没吃过？"边南挺郁闷，"学校那边一碗牛肉面也能给送到围墙边儿上，还能顺带帮去超市买饮料呢！"

"那你打电话给正经能送餐的快餐店不行吗，非得在饭店订？"邱奕有点儿无语。

"快餐不好吃，我饿了想吃好吃的。"边南说。

把邱奕弄回家之后又等了快一个小时，边南都已经决定去胡同口的小餐馆随便拎几盒饭菜回来的时候，饭店送餐的人总算到了。

"哇！"邱彦扒着桌子，"这么多！吃不完啊……"

"去拿几个盘子来。"边南拍了拍他的脑袋，"有什么吃不完的？"

"这得不少钱吧？"邱爸爸看着桌子上大大小小的餐盒。

"没多少，这阵子都吃我做的菜，改善一下伙食吧。"边南一个个打开盒子，把菜倒进邱彦拿来的盘子里，"我自己都忍不下去了。"

"邱奕。"邱爸爸看了邱奕一眼。

邱奕应了一声，手伸进了兜里，看样子是要掏钱包。

"别啊。"边南看着他的手。

邱奕没动，沉默了两秒钟，抽出手冲他勾了勾手指："过来。"

边南犹豫了一下凑到了邱奕跟前儿。

"你要请客？"邱奕小声问。

"废话。"边南也小声说，"我要不请客能这么点吗？"

"我的钱包在里屋，你去拿吧。"邱奕用正常声调说了一句。

边南明白了他的意思："一会儿吧，不着急。"

“哎，二宝你去拿来。”邱爸爸推了推邱彦，“一会儿忘了。”

“我去，我去。”边南赶紧往里屋走，“二宝盛饭，开吃了。”

边南进屋转了一圈，从自己的钱包里掏了几张钱出来一边往钱包里塞一边走回了客厅：“多拿了好多张。”

邱奕笑了笑没说话。

边南本来就点了三菜一汤，让饭店凑数的时候加了两三个菜，不过好在加的菜有俩是白切鸡和烧鹅，吃不完比较好收拾，可以留着晚上吃。

邱彦挺兴奋，吃完了饭就拿了变形金刚和遥控车跑院子里玩去了，自己一个人在院子里又喊又笑的。

邱奕看了看墙上的钟：“二宝！”

“什么事儿？”邱彦在院子里响亮地回答。

“几点了知道吗？”邱奕皱着眉。

邱彦跑回屋里看了看钟，然后捂住了自己的嘴，含混不清地说：“一点啦，我没看到时间。”

“洗碗。”邱奕指了指桌上的碗筷。

边南帮着把碗筷都收拾到了院子里的水池边，蹲在一边看着邱彦洗碗：“一会儿我带你出去玩车吧。”

“好啊。”邱彦眼睛一亮，飞快地转动着手里的盘子，“我们可以去旁边的火柴厂院子里玩，那里没有人上班啦。”

边南陪着邱彦洗碗的时候听到自己的手机在屋里响了，摸了摸身上，不知道什么时候自己把手机塞到包里了。

电话是老爸打过来的，接通的时候边南听到了老爸很不满的声音：“你搞什么？”

“我……”边南皱了皱眉，知道老爸指的是他今天回家的事儿，“我下午回去。”

“我都告诉你你阿姨给你买了东西，你早点儿回来不行吗？”老爸听上去有些生气，“边皓给你打电话你也不接……”

“他给我打电话了？”边南愣了愣，边皓给他打电话就像让他给边皓打电话一样是连低概率都算不上的事儿，直接不可能。

他把电话拿到眼前看了看，没看到有未接来电的提示："我这儿没有，他怎么可能给我打电话？"

"行了，你别说这些了。"老爸沉着声音道，"你马上回来！"

"知道了。"边南心里一阵烦躁，挂掉电话之后站在原地半天都没动。

邱爸爸吃完药回屋去休息了，邱奕才坐在沙发上叫了他一声："哎。"

"嗯？"边南回过神来看着他，"干吗？"

邱奕冲门口抬了抬下巴，边南回过头，看到邱彦已经洗完了碗，正扒着门框一脸期待地看着他。

"你要有事儿就我带他出去玩。"邱奕说。

"没事儿。"边南走过去一拍邱彦的肩膀，"走，玩车去。"

反正已经晚了，老爸也已经不高兴了，他也就懒得再急急忙忙地赶回去，如果不是怕自己"不懂事"的形象在老爸心目中再一次被加深，他今天都懒得回去。

有时候他会觉得自己很无助，亲妈不要钱不会出现，边南从来没从她身上体会过亲情，他唯一的救命稻草是老爸，可老爸首先是别人的爸爸，被他亲妈伤害过的那家人的爸爸和丈夫。

而他就是个不受待见却又娇生惯养长大的废物。

边南坐在火柴厂废弃的院子里，看着邱彦满院子追着车跑，突然有些感慨，有时候真觉得自己挺郁闷的，可想到邱奕就觉得有点儿不可思议。

按邱彦的说法，他没见过妈妈，那也就是说，起码在八年前，邱奕的妈妈就去世了，车祸，邱彦说过邱爸爸的腿也是因为车祸……

边南皱了皱眉，如果是同一次事故，那邱奕九岁或者十岁时就开始了现在这样的生活？

"二宝。"边南叫了邱彦一声。

"啊！"邱彦响亮地回答。

"过来让哥抱抱。"边南张开胳膊。

邱彦抓着遥控车跑过来扑进他怀里："好像快没电啦。"

“去超市买电池就行。”边南搂着邱彦，下巴在他的脑袋顶上蹭了蹭。

陪着邱彦玩了一个多小时的车，边南才把满脑门都是汗的邱彦带回了家。

“我……”边南跟在邱彦身后往屋里走，刚想说要走了，邱彦突然回过头把手指放在唇上嘘了一声。

“我哥睡着啦。”邱彦悄声说。

“哦。”边南看了一眼，邱奕躺在沙发上枕着胳膊，腿架在沙发扶手上，看上去是睡着了，低声说，“你先去洗个脸，都是汗。”

邱彦拿了毛巾跑去洗脸，边南走到屋里，犹豫着要不要叫醒邱奕说一声。

“邱大宝。”他弯下腰轻声叫了邱奕一声。

邱奕没反应，他又往前凑了凑：“哎，大宝同学……”

邱奕估计是真睡着了，边南啧了一声，抬手想推醒邱奕，手举起来以后又停下了，发现邱奕的睫毛还挺长的，平时倒是没看出来，感觉不太显眼。

“你跟个火球似的你知道吗？”邱奕突然睁开了眼睛。

边南吓了一跳，压着嗓子喊了一声：“你睡没睡着啊？”

“睡着了，被你烤醒了。”邱奕扫了他一眼，“你干吗呢？”

“没干吗，我就跟你说一声我把二宝带回来了，我得回家了。”边南拿过自己的包。

“什么时候再来啊？”邱彦问他。

“有空就来。”边南回答。

他突然发现自己说出这句话的时候挺自在。

习惯真可怕。

从邱奕家出来之后，边南打了车回家，上车没几分钟就靠着车座睡着了。

司机把他推醒的时候他一睁眼就看到了小区特别“土豪”的大门以及大门上特别“土豪”的小区名字，顿时觉得压力很大。

回家对他来说真不是件享受的事儿，尤其是边皓和边馨语同时在家的时候。

他没让司机把车开进小区，下了车慢慢地顺着小路溜达。

他到了家里院子门外，掏钥匙的动作也很慢，总在想会不会掏到一半电话又响了……

“小南回来了啊！”他推开客厅大门的时候，林阿姨的声音传了出来。

“阿姨。”边南叫了一声，笑了笑，“我中午跟同学吃饭，回来晚了。”

“没事儿，没事儿，你爸还念叨呢，我就说肯定是跟同学在一块儿啊。”阿姨过来上上下下打量着他，“刚到夏天怎么就感觉晒黑了啊？”

“我就没白过。”边南笑着说，正想拿着包回楼上自己的房间，一抬眼看到了客厅里坐着的边皓，笑容不受控制地僵在了脸上。

“这一身汗，快上楼去洗个澡，给你买的衣服我都放在你的房间里了，你看看喜不喜欢。”阿姨拍了拍他的后背，“你爸在书房。”

“嗯。”边南往楼上走，“谢谢阿姨。”

老爸的房间在三楼，三楼基本是他的地盘，书房、健身房、收藏室，弄得挺像那么回事儿，不过边南很少上去。

到自己屋里放了包之后，他看了看放在床上的几个袋子，衣服、裤子好几套，边南喜欢黑、白、灰这种不起眼的颜色，阿姨却喜欢亮色，每次买给他的衣服颜色都很亮眼。

他挑了几件稍微素些的衣服，打算回学校的时候带过去，然后准备去书房跟老爸聊几句，刚走出房间，发现边馨语正靠在走廊墙边，看到他出来，似乎犹豫了一下才一抬下巴道：“哎，边南。”

边南停下脚步看着她，她清了清嗓子，眼睛看着边南身后的墙：“那个……你跟那个……邱奕……你俩熟吗？”

“凑合。”边南说，对边馨语会突然跟他说话，还是有关邱奕的事儿，很意外。

“他是不是腿受伤了啊？”边馨语问他，眼神还是到处飘着。

“嗯，骨折了。”边南转身准备上楼。

“哎！你急什么？”边馨语皱着眉提高声音说了一句，接着又放低了声音，“伤得怎么样？你知道他家住哪儿吗？他是不是没在医院了？”

“你……”边南看着她，脑子里飞快地梳理着边馨语和邱奕的关系以及边馨语会找他问这些的原因，“给他打个电话不就知道了？”

“能找到他我还问你吗？他的电话关机了！”边馨语有些不爽地说。

关机？边南愣了愣，突然想起他每次打电话过去，打的都是二宝给他留的那个号码，邱奕的手机关机了？

“你说话啊。”边馨语催他。

“我也不知道，我是听人说的，我连他的电话号码都没有。”边南说。

“怎么可能？我不信！”边馨语突然伸出手，“你的电话给我看看！”

边南没理她，转身直接往楼上走去。如果不是因为这次事情，他跟邱奕还真就是不可能有什么交集的关系。

“给我看看！”边馨语拉住了他的胳膊，提高了声音。

“馨语？”边皓在楼下客厅里喊了一声。

“没跟你说话。”边馨语也冲楼下喊了一声，扭头继续盯着边南。

“撒手。”边南烦躁得不行，但最后还是在边馨语松开他的胳膊之后掏出手机扔到了她手上，然后上了楼。

他的电话里存的是二宝那个号码，用的名字是“小卷毛”。

老爸坐在书房的落地窗前泡茶，听到他进来，招了招手：“来，喝茶。”

边皓对茶没兴趣，更喜欢咖啡，边馨语每天减肥，如果是减肥茶她还有可能喝一口，家里能陪着老爸玩玩茶的只有边南，虽然他对茶同样没兴趣，但他是家里唯一不会公开抗拒老爸的人。

他不敢，没有底气。

“中午是跟同学吃饭去了？”老爸给他倒了一杯茶。

“嗯。”边南点了点头，拿过茶喝了。

“阿姨给你买的衣服看了吗？”老爸问他。

“看了，挺好的。”边南拿过一边的养壶笔在手上来回刷着。

老爸停了一会儿，似乎是找不到话题了，于是靠在椅子上不再出声。

边南也不说话，自己倒了杯茶喝了，也往椅子上一靠，闭上了眼睛。他一夜没睡好，今天又忙活了一天，闭上眼没两分钟就全身发软地跟周公打太极去了。

再醒过来的时候，他身上搭了条小毛巾被，老爸已经没在旁边了。

他拿过已经凉了的茶喝了一杯，起身出了书房往楼下走去。

到二楼的时候他听到楼下客厅传来了笑声，靠着栏杆看了看，边馨语正靠在老爸身上说着什么，一家人笑得很开心。

边南打消了去楼下凑数的念头，回了自己的房间。

他的手机被边馨语放在了桌上，他拿起来看了看，估计边馨语没找到什么有用的号码。

他坐到桌前，打开电脑，给万飞打了个电话："在干吗呢？"

"打游戏呢！"万飞说，"你在家？"

"嗯，来斗地主。"边南啧了一声。

"我……行吧，斗地主就斗地主。"万飞叹了口气，"你真没劲儿。"

边南龇牙笑了笑，挂掉了电话，投入斗地主的大业当中。

老爸这个周末两天都在家，边南只能一直在家待着，中间给邱奕家订了 K 记送过去，邱彦还打了电话过来兴奋地表示好吃。

邱奕没跟他联系，估计会对他让小不点儿吃 K 记有意见。

"难伺候啊……"边南打开网页，输入了傻子菜谱几个字，搜了半天才反应过来自己想搜的是懒人菜谱。

懒人菜谱多如牛毛，都说自己可以让零基础的傻子做出美味菜肴，看多了会让人产生一种自己已经是大厨的错觉。

他仔细地挑了几个食材方便处理、不用什么摘叶子剥皮挑籽儿、声称十分钟出成品的菜，在手机上把步骤都详细地记了下来。

按这节奏再来一个月，没准儿以后宿舍的人都不用翻墙出去找夜宵了，边大厨为您服务。

每次边南回家，主要的活动范围就是自己的房间，除了吃饭，他能不出屋子就不出，玩玩游戏或者看电影，最多是在后院里没人的时候去院子里待一会儿。

不过去年边馨语在后院里养了条杜宾犬，看着很凶，最大的爱好却是见人就舔，边南在后院里待着的时候，有一半时间在躲它的舌头，一个不小心它就能扒着他的胳膊往他脸上舔。

边南去院子里待了没一会儿就被舔回了屋里，闷头斗了一个小时地主，家里的保姆上楼来敲门，他才下楼去吃饭。

在家吃饭的时候他一般不怎么说话，除非直接问到他，否则就埋头吃自己的。

从小就住校，所以周末家里饭桌上的话题他也不太插得上嘴，一般是老爸的自我工作总结，边馨语的一周总结加撒娇，阿姨补充，边皓跟他差不多，话少，但偶尔眼神交会的瞬间边南总觉得要是没人，边皓能把桌子上的菜都扣到他的脸上。

当然，他的感受也差不多。

在家吃过晚饭之后，边南准备回学校，把阿姨给他买的衣服塞进包里，毫无目标地转了两圈之后走出了房间。

边馨语在走廊拐角正要下楼，听见他的门响，又退了回来。

边南看到她一脸欲言又止的表情，关上门说了一句：“我真没他的电话。”

“谁问你要电话了？谁跟你说话了啊？神经病！”边馨语白了他一眼，飞快地顺着楼梯跑了下去。

边南慢吞吞地下了楼，家里所有人都在客厅里坐着，他站在楼梯边儿闷闷地说了句：“我回学校了。”

老爸站起来走到他身边，在他肩上捏了捏：“下周考试？”

“嗯。”边南点了点头。

“好好看书。”老爸笑了笑，“让老吴送你吧。”

没等边南回答，边皓在一边冷冷地说了一句：“晚上我要去接人，会喝酒，得让吴叔开车，让他自己走。”

“你几点接人？”老爸回过头问。

“不用送了，我打车就行。”边南把包甩到背上，没看边皓直接走出了家门。

边南打车回了学校，到门口的时候接到万飞的电话问他到没到，说是带了一大兜他妈做的麻辣牛肉干过来，宿舍的几个人正商量着买点儿啤酒晚上看鬼片儿。

“我去买吧。”边南过街到对面超市拎了一打冰啤酒。

正结账的时候有人走进超市，他扫了一眼，发现是潘毅峰那伙人。

“哟，回来了！”潘毅峰一看是他，马上走过来揽住了他的肩膀，“周末过得好吗？”

“嗯。”边南应了一声，付了钱之后甩开潘毅峰的胳膊想走，但潘毅峰几个人很快堵在了他面前，他皱了皱眉，“干吗？”

“你那天是不是去医院看眼睛了？你的眼睛是不是有问题？”潘毅峰脸上带着笑容。

边南知道潘毅峰指的是那天他没下车就跑了的事儿，觉得这人简直烦透了，没完没了。

“是，我的眼睛最近有点儿毛病。”他扯了个大塑料袋把啤酒装上，推开潘毅峰，边往外走边说，“除了人什么都看不清。”

边南都走出超市了，潘毅峰才反应过来他这句话的意思，冲了出来：“你再给老子把话说一次！”

边南跟潘毅峰的关系算不上紧张，还一块儿跟航运中专的学生打过几次架，平时就算有点儿小摩擦也一直没擦出过什么了不起的火花来，但这会儿潘毅峰看样子是不打算轻易作罢。

快毕业了吧，边南想了想，每年这个时间，快毕业的学生都特别嚣张，平时积攒着的火都指着毕业前喷发一回，就好像错过了，毕业了就再也没机会找谁麻烦了。潘毅峰也算是盼到这天了。

终于盼到这一天，让你盼了好多年……边南简直想拿个拖把给他伴唱了。

“我说我眼睛最近除了人什么都看不清。”边南回头盯着潘毅峰的脸重复了一遍之前说的话。

本来他不想惹麻烦，无奈这两天心情的确不怎么好，潘毅峰如果坚持找麻烦，他当然不好一再推辞，面子总得给点儿嘛。

“你找死是吧？忍你很久了！”潘毅峰抬起手，想往边南脸上招呼。

没等边南退开，后面超市收银的小姑娘拿着手机出来了，尖着嗓子喊了一句：“别在这儿打架！在这儿打我可给你们教练打电话了啊！我这儿有你们体校好几个教练的电话！”

潘毅峰的手僵在了空中，犹豫了两秒钟他才放下手。

小姑娘说的要是“我喊人了啊”，估计没人会在意她，可她说的是有教练的电话，无论真假，这威慑力可就大得多了。

边南看潘毅峰他们几个一时半会儿没找着合适的解决方案，也没有继续动手的打算，于是转身往学校门口走去。

刚过了街他就看到万飞和孙一凡还有朱斌一块儿从校门里晃了出来。

“就一打啊？这能够吗？”万飞往袋子里瞅了瞅，“我们几个还怕你拿不了呢……”

“你们还打算一人一打？”边南把袋子往万飞手里一塞，“我一罐子就能睡到明天中午了。”

“我们根本就没算你那份儿……那几个是什么意思？”孙一凡看到了对街站着的潘毅峰。

“没事儿。”边南揽着孙一凡的肩膀走进了学校，“保留节目嘛。”

“找你约啊？”万飞马上也回过头往那边瞪了几眼，“那约啊……等等，为什么啊？”

“不提了。”边南不想多解释自己回家都到家门口了又回学校的事儿，快步走到了前面。

万飞的老妈做的牛肉干很美味，量还足，四个人开了电脑温习完两部午夜凶铃系列电影，啤酒都喝光了，牛肉干还有剩。

“我去厕所。”边南只喝了一罐啤酒，但为了缓解牛肉干的麻辣劲儿，喝了好几大杯水。

他刚从床上下来穿上拖鞋，宿舍里几个人纷纷表示要结伴去厕所，争先恐后、扯来扯去地往外扑，谁也不肯落在最后。

“服了。”边南被挤到了最后边儿，有些无奈，“你们至于吗？怕成这样？”

“还好在家洗了澡。”万飞啧啧了几声。

边南上完厕所之后，扑到床上抱着枕头就闭上了眼睛，今天只喝了一点儿啤酒，没有达到发晕的地步。

不过这对睡觉挺有帮助，闭上眼没多久他就伴着宿舍里几个人兴奋的聊天儿声睡着了。

早上起床还没晚点，跳下床就连踩了好几脚空罐子，他叮叮当当地把罐子都踢到一块儿，然后对着墙一个个踢过去，罐子都准确地在墙上弹了一下之后落进了垃圾桶里。

“你今儿去足球班报到得了……”万飞被吵醒了，皱着眉从床上跳了下来，“以后男足就看你了。”

“丢不起那个人。”边南笑着跑出了宿舍。

这两周因为要开始考试，所以训练的量没有平时那么大，老蒋也没给边南加量，只是每次边南的目光跟他对上时，都能在老蒋眼里看到“秋后算账”四个大字。

估计考完试他的末日就到了。

他每天放松的时间除了睡觉和跟万飞瞎扯，就是去邱奕家。

邱奕家有可爱的二宝，每次看到二宝笑他都忍不住跟着乐，都不知道究竟在乐什么。

最重要的是，那个葡萄藤已经爬满了架子的院子和那个有些破旧的家，让他觉得真实，比他家上下四层、要啥有啥的别墅要真实得多，还有渐渐变得不那么讨厌的邱奕。

对边南来说，之前邱奕和潘毅峰他都挺讨厌的，但对邱奕的讨厌并不缘于邱奕这个人，跟潘毅峰那种浑身上下散发着“快来讨厌我吧”这种气息的人不同，邱奕本身并没什么让人讨厌的地方。

特别是相处时间长了，边南之前对邱奕的抵触情绪已经一点点消散，除了偶尔斗个嘴掐几句之外，时不时也能聊上几句。

“南哥，”万飞往边南嘴里塞了颗奶糖，“跟你商量个事儿。”

“说。”边南嚼着糖往宿舍走着，准备洗个澡去邱奕家包饺子。

这几天吃的都是懒人菜谱，邱奕已经无法忍受，表示今天一定要包饺子吃，否则绝食。

边南觉得包饺子这主意不错，邱奕坐轮椅上可以把剁馅儿和包饺子的活都干了，他只用和面就行。在边南的概念里，和面简直跟玩一样轻松。

“我今天跟你去邱奕家吧。”万飞说。

“嗯？怎么了？”边南愣了愣，万飞对邱奕虽然也没有一开始那么抵触了，但现在突然提出要去邱奕家让他挺意外的。

难道是因为万飞今天上午考试考砸了太郁闷？不过万飞考二十分的时候也没影响过他翻墙出去通宵玩游戏的心情。

“许蕊让我去道个歉。”万飞有些不好意思地抓了抓头，“她说……”

“你跟许蕊还扯着呢？”边南忍不住喊了一声，“我是不是该去门口打印店给你打一张深情款款的纸贴脸上啊？”

“你能不能磨炼一下你的耐性啊？”万飞也喊了起来，“我说完一句话都用不了三十秒，你闭嘴三十秒就能憋死啊？”

边南盯着他：“给你三十秒。”

万飞被他盯得顿时有点儿紧张，半天才把话给说明白了。

许蕊是个挺聪明的小姑娘，一听说邱奕被打了，立马就知道不是潘毅峰干的，直接找了万飞问。万飞一见美人儿就全招了，于是许蕊表示她对邱奕什么心思也没有，在对那天错过看比赛的事儿给万飞道歉之后，要求万飞给邱奕道歉。

“就这么回事儿。”万飞抹了抹脑门儿上的汗，“她怪我太冲动，解决了这事儿才肯跟我好好说话。”

“你……”边南不知道该怎么评价这事儿，好一会儿才一挥手道，“随便你吧，愿意去就去吧。”

出发之前边南打了邱彦的电话，想告诉他今天吃饭多一个人，面要多准备点儿，结果连着三个电话都没人接听。

“奇怪了……”边南皱了皱眉，平时就算邱彦没接电话，邱奕也会接。

“怎么了？”万飞跟在他身边，东张西望地一边提防着会突然出现的教练，一边找车。

“没人接电话，算了不管了，去了再说吧。”边南看到一辆出租车开了过来，拍了万飞一下，“走。”

在车上边南又打了两次电话，都没人接。他皱了皱眉，心里有点儿不踏实。

出租车离胡同口还有一小段距离就停下了，胡同口摆摊的很多，就门口那儿有位置能停车，但现在一辆面包车把那儿给堵上了。

边南跟万飞下了车，刚走进胡同里，边南就觉得这里的气氛跟平时有点儿不同。

别的院子门口站着几个人，都在往胡同里边看。

“干吗呢这是？”万飞小声问了一句。

边南没说话，拔腿往胡同里跑去，离着邱奕家的院子还有十来米的时候就听到了邱彦的哭声。

到了大门的时候，边南看到了蹲在院门石级上抱着膝盖哭得满脸眼泪的邱彦。

“二宝！”边南心疼得不行，过去一把把邱彦搂进了怀里，“怎么了？你怎么哭成这样？”

“大虎子——”邱彦抬头看到是他，顿时哭得更大声了。

院子里很吵，边南抬头看到七八个人站在里边儿，有男有女，把本来就没多大的院子挤得满满当当。

邱奕坐在葡萄架子下，打着石膏的腿架在旁边的凳子上，面对着指着他不知道在骂什么的两个女人没有任何表情，不出声也不看对方。

“怎么回事儿？”万飞一看院子里这架势愣了。

“我告诉你，邱奕，你家有你家的难处，可别家也不是没难处的！占着老头儿、老太太的房子你们倒是过得挺滋润！钱也不还……”一个四十多岁的男人指着邱奕正说着，一偏头看到了站在院子门口的边南和万飞，“你俩干吗的？我们家的事儿看什么热闹？”

边南没吭声儿，还没弄明白这是怎么回事儿，这些是什么人，来干吗的。

还钱？我们家的事儿？

“跟你们一样来要债的。”一直沉默的邱奕开口说了一句。

“要债的？”一个女人上上下下地打量着边南和万飞，又指了指邱奕，“他问你们借钱了？”

边南压着心里的惊讶，迅速跟邱奕对视了一眼，邱奕很平静地看着他。

这是什么台词啊？

“没错。”边南沉默了两秒钟之后说，无论这院子里的人跟邱奕是什么关系，看上去都很不友好，估计是来找麻烦的，他只能配合邱奕。

“借了多少？”女人有些怀疑地问。

“你帮他还啊？”边南在很短的时间里给自己找了个恶霸债主的角色，又一脸不耐烦地追了一句，“你们是他的什么人？”

没有人回答，邱奕清了清嗓子：“我家亲戚。”

“亲戚？”万飞终于反应过来了，加入表演行列，眼睛一瞪道，“亲戚正好！帮他把钱还了吧！”

院子里的人都还没从这突如其来的转折里回过神来，没人出声。

“我们没有钱还……”邱彦带着哭腔的声音从边南身后传了过来。

边南听到他这声音差点儿出戏。

“谁都别走！”万飞指着院子里的人。

两人横眉立目一脸凶相地说完台词之后，院子里陷入了短暂的安静之中。

边南为了加强冲突感，走到邱奕跟前儿，一棍子擦着邱奕砸在了旁边的椅子上，恶狠狠地说了一句：“今儿不给钱我就不走了！”

“不拿钱谁也不能走！”万飞回手把邱彦拎进了院子里，一脚把院门给踢上了，“我们也不容易，大热天儿地来回跑，胡同口还有一帮哥们儿等着呢！今儿不给拿点儿钱，我们交不了差，你们也别想好过！”

一听到胡同口还有人等着，一个男人皱了皱眉：“我们也是来要钱的！”

“那我不管，你要不要钱跟我没关系。”边南一屁股坐到了椅子上，手里的棍子在地上一下一下地点着，“我就知道你们是他家的亲戚，他没有钱，我就管你们要！”

“有这么不讲理的吗？没听说过！”女人喊了起来，往院子门口走了两步。

“现在听说了。”万飞慢慢走到院子中间瞪了那个男人一眼，不太明显地把院门的路让了出来。

“先回去。”男人皱着眉道，“乱七八糟！惹一堆什么麻烦！”

院里戳着的几个人动了动，跟着开始往门口移动。

“想走？”边南拿着棍子站了起来。

没人回答他，几个人很快走出了院子，之后院子里的人听到从胡同里传来了他们的咒骂声。

“还钱啊，跑什么跑？！”边南入戏很深，抡着棍子对着旁边的葡萄架子敲了一下。

葡萄架子稀里哗啦地晃了起来。

“嘿。”邱奕在他身后叫了他一声。

“干吗？”边南转过身拿棍子指着他。

“醒醒。”邱奕抬头看了看葡萄架，“敲散架了你修吗？”

“我没使劲儿。”边南啧了一声，把棍子扔到一边，扶着架子摇了摇，猛地又扭过头往万飞身后看过去，“二宝！”

“大虎子！”邱彦一直站在角落里抹着眼泪，这会儿才又哭出声，边哭边往这边跑过来，“哥哥——”

“别哭，别……”边南弯腰张开胳膊。

邱彦抹着眼泪从他身边跑过去扑进了邱奕怀里："哥哥——"

万飞一瞅就乐了，笑得停不下来。

"哎！"边南喊了一声。

"大虎子——"邱彦又转身扑进了边南怀里。

"不哭，不哭。"边南赶紧搂住他，"没事儿了啊，人都走了，我刚才也不是真的找你哥要钱，演戏呢，懂吗？"

邱彦哭得很伤心，估计被吓得不轻。边南使劲儿在他的后背上揉着，压着声音问邱奕："怎么回事儿？"

"一会儿跟你说。"邱奕转了转轮椅，"你帮我哄哄二宝，我先跟我爸说会儿话。"

"嗯。"边南抱起邱彦，擦了擦他脸上的眼泪。

邱彦鼻子、眼睛都哭红了，看着可怜巴巴的，让边南心疼得不行，搂着他都不知道该怎么办好了，只能一直在邱彦的脑袋上揉着。

"我的头发……"邱彦一边抽泣着一边说，"乱了。"

"乱了梳整齐就好啊。"边南有点儿想笑，这会儿小孩儿居然还想到头发乱了。

"有……有卷儿……"邱彦继续抽泣，"乱了梳梳着……很疼……"

"那不揉了不揉了。"边南搂着他坐下，"没乱。"

"南哥，"万飞挨着他坐下了，"那些人出去该发现胡同口没咱俩的兄弟守着了……"

"那又怎么样？"边南很无所谓，压低声音道，"他们又不是黑社会，就是来要钱，还能回来跟我们再来一场吗？"

"来一场也不怵他们！这都什么事儿啊……"万飞转头往屋里瞅了瞅，"他家亲戚怎么这样？"

"有什么奇怪的？你以为人人都跟你姥姥那一家子似的……"边南叹了口气，不过邱奕这些亲戚也的确有些让人吃惊。

如果他和万飞没过来，这事儿邱奕该怎么收场？

"飞啊，"他想了想，拍了拍万飞的肩，"会剁馅儿吗？"

万飞愣了愣："还包饺子？都这样了……"

"包啊，干吗不包？"边南捧着邱彦的脸亲了一口，"都哪样了啊？包饺子多有气氛，有什么不开心的事儿包一包就包没了。"

"成。"万飞点了点头。

邱奕坐在床边，老爸一直闭着眼睛躺在床上，不说话也不动。

邱奕坐着也没动，跟老爸一块儿沉默着。

几分钟之后，老爸叹了口气："大虎子是不是还在呢？"

"嗯。"邱奕应了一声，"陪二宝呢。"

"要不你明天拿点儿钱上你二叔家……"老爸又叹了口气。

"我之前说过十月还他一部分，他也答应了。"邱奕拍了拍老爸的手，"现在来闹不是为钱，要不老叔也不会跟着他来了。"

"他们是为房子。"老爸扭开脸冲着墙。

"你别操心这些事儿了。"邱奕活动了一下胳膊，"躺会儿等着吃饭吧，今儿包饺子。"

"邱奕，"老爸睁开眼睛看着他，"你……"

"不累，不辛苦。"邱奕笑了，"你这些话都问多少遍了？"

"二宝怎么样？"老爸换了个话题。

"哭会儿就好了，有吃的就不记得了，放心吧。"邱奕挪了挪轮椅，往门口推过去，"你眯会儿，吃饭我叫你。"

邱奕回到院子里的时候，看到边南和万飞都挤在厨房里，邱彦捧着一盆面从厨房里走出来。

"哥哥！"邱彦看到他就喊了一声，脸上已经没眼泪了，擦得挺干净，就是说话还带着鼻音，"包饺子！"

"放桌上。"邱奕指了指葡萄架下面的小桌子，"去把这儿的灯打开。"

邱彦把盆放好，跑到门边踮着脚按了开关，吊在葡萄架下面的一盏灯亮了起来。

"哟，这儿还有灯呢？"边南出来喊了一声，"之前没见开啊，一开灯顿时感觉这顿饺子得上两千。"

“灯泡坏了，今天刚换上。”邱奕看着边南手上拿着的擀面杖，“面都还没和呢。”

“我拿给你的。”边南把擀面杖放到邱奕手里，又回头看了看厨房，“我带了个帮手来，我都不知道万飞还会剁馅儿呢，你轻松了。”

“他怎么来了，有事儿？”邱奕很清楚万飞不可能没事儿跑他家来。

“那个，”边南坐下捏了撮面粉在手里玩着，等邱彦跑进厨房了才小声说，“他是来那什么的，为揍你的事儿……”

“来让我揍吗？”邱奕说。

边南把面粉撒到邱奕的石膏上：“他是从犯……哎，他就是来道歉的，你给点儿面子，要揍也行，别打脸。”

“算了，我也没记着他。”邱奕把石膏上的面粉吹掉，“我都记在你头上了。”

万飞会剁馅儿，而且剁得还不错，丁零当啷忙了半个小时，边南在邱奕的指点下把面和好之后，他那边饺子馅儿也剁好了。

“你行啊！”边南进厨房看了看成果，在万飞的脑袋上拍了一巴掌，“真没看出来你还会这个。”

“就会这一样，而且还没机会施展我的才华，我妈不爱吃饺子。”万飞拿筷子往馅儿里戳了戳，拿出来舔了一下，“咸淡正好，拿去包吧。”

“以后我上你家你给我包饺子得了，也不用辛苦你妈给我烙饼了。”边南端起一盆馅儿出了厨房，“我最喜欢虾仁儿的。”

因为想着多包点儿能留着平时当早点，所以万飞剁了一大盆馅儿，边南端着感觉跟要喂猪似的。

“要包了吗？要包饺子了吗？”邱彦很兴奋地围着边南转，仰着脖子盯着他手里的盆。

“要包了，要包了，你站一边儿去。”边南说，院子里的地都是石板的，年头长了凹凸不平，他怕邱彦一兴奋摔了，“一会儿你也学着包几个让你爸爸尝尝你的手艺。”

“我会包！”邱彦边喊边跑到了一边儿站着，“不过我包的是圆的！”

“你包的那是汤圆儿吧？”边南一听就乐了，大步往桌子那边走去，边走边扭头看了他一眼，“一会儿包一个我看……”

话还没说完，脚底下突然被翘起来的石板绊了一下，他顿时一个踉跄往前冲了出去。

要完！

“大虎子——”邱彦站在一边喊了一声。

边南顾不上理他，端着饺子馅儿努力地保持平衡，想要控制住自己往前的势头，但估计是加上了这盆馅儿的重量，之前又走得太潇洒，惯性简直势不可当，他咬牙往前又冲了两步，发现腿已经跟不上身体的速度。

不能摔！

这一大盆馅儿要是扣地上了今儿晚上到九点都吃不上饺子了……

边南捧着盆，身体在前腿在后地往前扑，眼看就要连人带盆地砸邱奕身上了，只得吼了一声：“让开！”

邱奕明显被吓了一跳，赶紧用没伤的那条腿往桌上蹬了一脚，轮椅向后滑开了。

看到邱奕躲开了，边南咬牙保持的那点儿平衡终于被打破，他又冲了两步之后抱着盆直接跪在了邱奕跟前儿。

他腾出一只手往地上撑了一下，终于停住了。

“你没事儿吧？”邱奕把轮椅往前推了推，伸手想把他拉起来。

“没事儿。”边南胳膊撑着地，把盆放在了地上，“吓死我了。”

“平身吧。”邱奕叹了口气，“石膏都被你吓裂了。”

“你别见缝插针占便宜！”边南瞪了他一眼，作为一个每天还有步伐训练的网球选手，这一跤摔得他感觉无比尴尬，都懒得跟邱奕互撑了。

“你这是什么出场方式？你的步伐呢？”万飞站在厨房门口，这会儿才回过神跑过来，拽着边南的胳膊把他拉了起来，笑得声音都跑调了，“这速度比平时训练冲刺跑还牛啊！”

“你乐个什么。”边南站起来，拍了拍裤子上的灰，“你跪着下楼梯的时候我笑了没？”

“你笑了两天好吗？”万飞接过盆放到桌上。

“大虎子，你有没有摔破啊？我家有药。”邱彦大概这会儿才从震惊状态中回过神，跑过来弯腰想掀开边南的裤腿儿看看。

“没摔破，都没觉得疼。”边南摸了摸他的脑袋，“吓着你了吧？”

“没有。”邱彦摇头。

“真体贴。”边南笑着去水池边儿洗了洗手，“包饺子吧！”

万飞会剁馅儿但不会擀皮儿，边南是什么都不会就等着直接拿现成的面皮儿包，擀皮儿的工作只能邱奕来完成。

边南推着轮椅调整了好几分钟才帮邱奕找到了顺手的姿势。

“你俩一块儿包吧。”邱奕在自己面前的桌上撒好干面粉，拿过揪好的剂子低头开始擀皮儿。

“你供得上……”边南正想质疑一下，看到邱奕拿的是俩剂子，同时开工，愣了愣，“……”

“供得上。”邱奕飞快地擀出了两张皮儿，往桌子中间一扔，“赶紧的，饿了。”

边南拿过一张皮儿，在手里转来转去地摆了半天，邱奕又扔了两张过来之后他才挑了一大团馅儿放上去。

“太多啦。”邱彦扒着桌沿盯着他手上的馅儿。

“不多。”边南伸手在他的鼻子上弄了条白道，“大馅儿饺子才好吃。”

“可是太大啊，包不上的。”邱彦很执着地提醒他。

被一个小屁孩儿反复提醒让边南很没面子，他也很执着地说：“不……”

“南哥，馅儿多了。”万飞包好了一个，放到了桌上。

“你闭嘴！”边南瞪了他一眼。

“不多。”邱奕看了看他手里的馅儿，“不带褶儿就不多，反正估计他也包不出褶儿来。”

“我包的也没褶儿。”邱彦很开心地说。

“你们能不能行了？”边南有点儿不爽，捏着皮儿开始包，“我就有褶儿！看着！”

“有褶儿了！”邱奕突然说。

“嗯？”边南愣了愣，他都还没把皮儿合上。

“哪儿呢？”万飞凑过来看。

邱奕指了指边南的眉心：“这儿，眉毛拧出褶儿了。”

“哈哈哈！”邱彦抱着边南的胳膊很响亮地笑了起来，声音脆脆的，而且笑起来就收不住了。

边南本来半天也没捏出一个饺子来又被邱奕嘲笑挺窝火的，但邱彦这一通笑没完没了，万飞也在一边儿乐，他绷了一会儿没绷住也跟着乐了：“有病。”

边南经过各种努力把饺子皮儿给撑破了，又粘了一块上去打了个补丁，最后包成了一个圆球放到了桌子中间。

万飞包的饺子也不怎么样，站都站不住，全趴着，但跟边南包的球一比，这些匍匐在球脚下的饺子顿时就漂亮起来了。

“放刚才一半的馅儿就行。”邱奕看边南又拿起一张皮，在一边说了一句。

“哦。”边南挑了一筷子馅儿，又在盆沿上刮掉了一点儿才放到皮儿上开始包。

边南没包过饺子，也没见过人包饺子，笨手笨脚地包出两个饺子之后，开始觉得包饺子还挺有意思的。

“大虎子，你好聪明啊。”邱彦盯着他，看他包了几个饺子之后说了一句，“包得比万飞哥哥的好了。”

“那必须的！”边南顿时得意起来，经过十来个饺子的练习，他包的饺子已经能站起来了，万飞的还是一水儿趴着的。

“品种不同懂吗？”万飞啧了一声。

“懂。”边南点了点头，“我这个是竖版的，你那个是横版的。”

邱奕放下了擀面杖，看着桌子中间堆起来的饺子皮：“你俩这速度能不能提一提？”

“我已经超速了。”万飞埋头苦包，都没工夫抬头看邱奕。

“这速度我们明天早上吃早点正合适。”邱奕拿起一张皮儿开始包饺子，“给你俩表演个魔术。”

“什么？”边南看着他，“大变活人？”

“大变饺子。”邱奕说。

邱奕拿过张饺子皮儿往手里一放，筷子挑上馅儿，接着就很熟练地捏了两下，前后大概两三秒钟，一个胖乎乎的饺子被放到了桌上。

“变。”邱奕说了一句，又拿起一张皮儿，同样是两三秒钟，又一个饺子放到了桌上，“变！”

万飞手里拿着张饺子皮儿看呆了，都没顾得上包，边南眼睛一直盯着邱奕的手，邱奕的手指挺长，包饺子的动作还挺有美感，他看了半天才说了一句：“你是不是卖过饺子啊？”

“嗯，其实一捏就行，我这是为了美观。”邱奕应了一声，把手里包好的饺子轻轻扔到桌上，“变！”

“别变了……”边南一直觉得邱奕挺成熟的，平时对谁都有点儿严肃，邱彦被教训的时候他都跟着一块儿紧张，现在这一通变、变、变，他顿时觉得邱奕也不过如此，挺幼稚的一个人。他把饺子挨个儿码整齐：“你还真卖过饺子？”

“你从我家出去的时候见没见着小街上有家东北大馅儿水饺？”邱奕继续飞快地包着饺子。

“我看见了。”万飞说，继续包着饺子，“就街口那家吧？”

“嗯。”邱奕点了点头，“我在那儿打过工，包饺子。”

“你还真是……”边南不知道该说什么，低头笨手笨脚地包着饺子，“牛。”

有了邱奕的加入，饺子皮儿很快都被包没了，邱奕又接着把剩下的剂子都擀了出来，等几个人把饺子皮儿都包完了，馅儿还剩了点儿。

邱奕让边南去厨房拿了点儿芡粉，拌在了馅儿里，捏了几个肉丸子。

“行了，下饺子去吧。”邱奕拍了拍手，“这个一会儿煮汤。”

“水开啦！”邱彦一直守在厨房里烧水，水一开立马很激动地跑到院子里喊了一嗓子。

“来了，来了！”边南跳起来，直接把桌面拿了下来，端进厨房。

煮饺子还是比较容易的，边南之前查过饺子该怎么煮，留出一半当早点的饺子之后，他把今天的饺子都煮出来了，看着有点儿多，感觉吃不完。

“哥哥说拿点儿给爷爷奶奶。”邱彦站在一边说。

“好。”边南盛了两碗饺子出来，“我拿过去，你带路。”

邱彦带着他穿过院子往老头儿、老太太家走，万飞跟邱奕面对面坐在葡萄架子下边儿，对着个没有桌面的桌架子。

“那个……”万飞瞅了一眼边南，话开了个头又停下了。

他看上去一脸尴尬，估计是想趁没人给邱奕道歉，边南冲他龇牙乐了一下，端着饺子走开了。

万飞为了许蕊还真是豁出去了，这人脸皮厚，但在给人低头服软这事儿上脸皮又特别薄。

边南轻轻啧了一声，有点儿感慨。

为了爱情！嗷嗷！

他实在不太想象得出来。一想到爱情这东西，他就会无法控制地想到老爸、老妈，还有无奈的林阿姨。

而自己就是在所谓的“真爱”和“爱情”之下的多余产物，因为真爱而背上原罪的人。

“奶奶！”邱彦转身接过边南手里的碗，捧进了邻居家里。

边南收回乱七八糟的思绪，陪着邱彦把饺子都送完了，回去时万飞已经把桌子架好，饺子也都拿出来放好了，看样子是已经道歉结束了。

“去叫爸爸起来。”邱奕拍了拍邱彦，站了起来，拉过张椅子坐下。

“我去扶吧。”边南看着邱彦推着轮椅，想跟着进去。

“不用。”邱奕拉了他一把，“他能行，平时都是自己。”

“要搭脚吧？”边南把一张凳子用脚钩过来踢到桌子下边儿。

"嗯。"邱奕往下面看了一眼。

"佛山有影脚！"边南喊了一声，作势往邱奕腿上踢过去，然后用鞋尖顶着石膏把他的腿架到了凳子上。

万飞之前听说过邱奕的爸爸不能走路，不过看到邱爸爸坐着轮椅从屋里出来的时候还是有点儿吃惊，赶紧站起来鞠了个躬："叔叔好，我叫万飞，是大……边……大虎子的同学。"

"坐下，坐下，怎么这么客气？"邱爸爸笑着说，"你们忙半天了，快吃吧！"

"馅儿都是万飞哥哥剁的！"邱彦往邱爸爸碗里一个个地夹着饺子，"这个扁的是他包的，这个只有两个褶的是大虎子包的……"

"我的不止俩褶吧。"边南夹了一个饺子蘸了醋咬了一口，"哎！好吃。"

包饺子对边南来说是件挺遥远的事儿，他以前并不觉得饺子跟别的菜有什么区别，但现在想想，大概是因为他从来没有过这种大家一块儿动手包饺子的经历。

吃饺子是顺带的，包的过程才是乐趣。

当然也得看是跟谁一块儿包，要在家里让他跟边皓、边馨语一起包饺子，那就是受刑了，还是酷刑。

"喝点儿酒吧？"邱爸爸突然对边南说了一句，"冰箱里有啤酒，咱爷儿几个喝点儿？"

"行啊！"万飞马上积极响应，"饺子就酒越喝越有！"

"我陪聊吧。"边南站起来准备进屋拿啤酒，"我就一瓶的量……"

"冰箱里有可乐。"邱奕说，"二宝也一块儿喝吧。"

"我去拿，我去拿！"邱彦一听这话马上跳起来跑进了屋里，又在屋里喊，"拿几瓶啤酒啊？"

"一人一瓶，喝完了再拿。"邱奕说。

"哦！"邱彦从冰箱里拿了可乐抱着，探出脑袋数着桌子边的人，"一、二……"

“三。”边南冲他伸出三个手指，“先拿三瓶。”

“四个人呀。”邱彦偏过头继续数。

“你哥不能喝。”边南回头冲邱奕龇了龇牙，笑着说，“是吧，骨折了喝酒影响恢复。”

邱奕看了他一眼：“喝一瓶应该没……”

“不行。”邱彦很严肃地结束了此次讨论，回身抱了三瓶啤酒出来放到了桌上，“给你喝一杯可乐吧。”

其实这桌人真正能喝的只有万飞，边南一瓶的量，邱爸爸身体不好，喝啤酒跟喝白酒似的抿着喝，邱奕没份儿，不知道酒量怎么样。

虽说酒只是喝个样子，但这顿饺子吃得欢声笑语的，挺有气氛，让人觉得放松。

初夏的夜晚，胡同的四合院儿里，葡萄架下面暖黄色的灯光、时不时在腿上咬一口的蚊子、饺子、啤酒、说个不停的二宝、不太说话只是一直在边儿上呵呵乐的邱爸爸、一喝酒就豪情万丈的万飞，还有……看起来已经挺顺眼的邱奕，边南靠在竹椅上拿着啤酒瓶灌了一口，感觉挺踏实。

酒足饭饱之后，边南进厨房转了一圈，发现饺子还有剩的：“咱们的战斗力也不行啊！”

“我已经吃撑了！”万飞按着肚子喊了一声。

边南揉了揉肚子，走出厨房时脚下还晃了晃：“我要不是喝了酒，还能再吃二十个。”

“你这也叫喝了酒？”万飞瞅着他嘿嘿地乐了半天，扭头冲邱奕道，“哥们儿，等你的腿好了咱喝顿痛快的，一看你就能喝，战斗民族必须能喝。”

“嗯。”邱奕点了点头。他跟邱彦两人分了一瓶大可乐，现在肚子里全是气儿。

“我喝的不是酒是什么？”边南过来指着万飞，“说，是什么？”

“南哥，咱能不丢人吗？一瓶啤酒你就要酒疯……”万飞看了看手机，

"不早了，赶紧帮着收拾一下回学校吧。"

"行。"边南把桌上的碗摞到一块儿拿了往水池边走，转身的时候直接撂倒一张椅子也没扶。

"大虎子酒量不行啊。"邱爸爸看着边南笑了，"你们别弄了，回学校休息吧，让二宝收拾就行。"

"嗯。"邱彦马上开始收拾桌上的盘子，"我没喝酒。"

"叔，您甭管了，我没事儿呢。"万飞在家虽然也是个不干活的人，但起码目前还神清气爽，收了碗筷拿到水池边儿把边南推开，蹲下开始洗碗。

万飞洗碗跟邱彦的水平差不多，费水，洗完几个碗拿到厨房放好，那边邱彦都已经把邱爸爸推回屋吃了药，正拿着衣服要洗澡了。

"大虎子，"一看到边南从厨房里出来，邱彦立马跑过去挨着他，"你要回学校了啊？"

"嗯。"边南点了点头，这一点头眼前就有点儿晃，"我明天过来，可以早一点儿过来，明天下午我们考试，考完了不用训练。"

"哦……"邱彦拉长声音，挨着他没有动。

"洗澡去，别磨蹭了。"边南推了推他。

"好吧。"邱彦抱着衣服走进了厨房边儿上的澡房，刚进去又退了出来，"大虎子。"

"嗯？"边南扭头看着他，又是一阵发晕。

"明天我们去澡堂吧。"邱彦说。

"行，你快洗你的，你怎么这么啰唆？"边南笑着说。

邱彦关上门洗澡了，边南看了看邱奕："走了，还有什么要帮忙的现在说啊，什么上厕所、上床拿东西的。"

"没了。"邱奕坐在葡萄架下笑了笑，"今天……谢谢。"

"不用这么客气，"边南指了指万飞，"他的本行。"

"有事儿您找我。"万飞很配合地一叉腰。

"专业要债，电话139××××××××，只要一个电话，包您满意。"

边南一拍万飞的肩膀，转身往外走去，边走嘴上还没停，“十年信誉，童叟无欺，一个电话替您解决后顾之忧……”

“哥哥，”邱彦在澡房里冲着水，“大虎子走了啊？”

“嗯，走了。”邱奕应了一声，伸着胳膊把旁边石礅子上的茶壶拿过来放到桌上，倒了两下发现壶已经空了。

“他还没有跟我说再见呢！”邱彦又拉开了澡房门，挺郁闷地站着。

“他都扭着秧歌走的，哪还能记着这个？”邱奕指了指他，“快洗澡。”

“好吧。”邱彦想了想，关上了门，“他的酒量真差。”

“嗯。”邱奕笑了笑。

“不过我今天很高兴，家里人多好玩。”邱彦扯着嗓子开始唱，“咱老百姓，今儿晚上真呀真高兴！咱老百姓，今儿晚上真呀真高兴！嘿！咱老百姓，今儿晚上真呀真高兴！”

“唉……”邱奕拉长声音叹了口气，仰着脖子靠在椅子上，“你这走调遗传的谁啊？”

“爸爸说我唱歌像他！”邱彦很兴奋地在澡房里喊。

“爸可真疼你，这事儿也往自己身上揽。”邱奕看着灯笑了半天。

其实他今天心情也还不错，至少之前二叔和老叔上门找麻烦带来的郁闷已经消散了不少。

他的朋友不多，除了申涛和几个关系近点儿的同学，别的他都刻意保持着距离，交朋友是要时间的，他连打架发泄的时间都快没了，哪儿来的时间跟朋友混在一块儿？

在为数不多的朋友里，像边南和万飞这种性格的人基本没有。

跟边南接触的日子越来越多，他发现自己一开始对边南的判断大概是有点儿失误了。

没心没肺才是边南的主要特征。

邱奕仰着头轻轻晃了晃椅子，之前还真没看出来边南是这样的人。

院门响了一声，这个时间他们院子里是不会来人的，邱奕正想扭头看看是什么人的时候，一张脸从身后出现在了他的上方。

是边南。

“落东西了？”邱奕仰着头没动。

“你吃夜宵吗？”边南低头看着他，一抬手，把一个西瓜拎到了邱奕眼前，“西瓜。”

“哎！”邱奕赶紧偏开头，边南自打喝完那瓶啤酒之后就一直处于不稳定状态，邱奕怕他手一哆嗦把西瓜砸自己脸上，“拿开。”

边南把西瓜放到了桌上：“我挑了个最大的。”

“万飞呢？”邱奕往门口看了看，没人。

“回学校了，不，回网吧了。”边南一屁股坐到了邱奕旁边的椅子上。

“你有事儿？”邱奕看着他，琢磨着他是不是想起还没跟邱彦说再见。

边南拿过旁边的茶壶看了看:“你还有这种老头儿的习惯呢？喝茶？”

邱奕没说话。边南也没理他，拿了壶进屋重新泡了一壶又端出来放在了桌上：“你要喜欢喝茶下次我回家给你拿点儿我爸的好茶叶……不过得等，我不定多久回一次家。”

“说事儿。”邱奕伸手在西瓜上敲了敲，“你是找二宝还是找我？二宝在澡房里开演唱会呢。”

“我没事儿。”边南啧了一声，“我就是待这儿醒醒酒。”

“那给我倒杯茶吧，谢谢。”邱奕叹了口气。

“嗯。”边南拿杯子给他倒了茶，“喝一晚上可乐挺过瘾吧？”

“还成。”邱奕笑了笑，“你喝一瓶啤酒过瘾吗？”

边南嘿嘿嘿地乐了好一会儿：“跟你不能比，基因在这儿摆着呢，不光喝酒，你看下午你跟大爷似的往这儿一坐……”

邱奕看了边南一眼，边南往他身边凑了凑，压低声音道：“我不知道这事儿我问了合适不合适，但这事儿我正好碰上了，咱俩也算朋友……算吗？咱俩？在我看来不讨厌的人就能叫声朋友了……”

“算吧。”邱奕拿起杯子喝了口茶。

“你家这亲戚是怎么回事儿？我不多打听，”边南犹豫了一下，“我就想问问，你欠人家多少钱啊？”

邱奕挑了一下眉毛，看着他没出声。

“我不是那个意思……”边南指了指他的眉毛，“这儿别动。”

“那你说。”邱奕无奈地笑了笑。

“我的意思是，你要是差得不多，我这儿有点儿，你欠我的钱，我肯定不会上门这么要债，把二宝都吓哭了。”边南咬了咬嘴唇。

邱奕盯了边南很长时间，突然觉得自己对边南“没心没肺”的判断似乎也并不正确。

“那什么，”边南见邱奕没出声，顿时有点儿尴尬，“我没别的意思，我这儿的钱也不多，我就是想……”

“谢谢。”邱奕打断他的话道，“真的谢谢。”

“不用这么客气。”边南抓了抓头发，等了半天邱奕也没再说话，只得又问了一句，“谢完了呢？你是要还是不要啊？”

邱奕笑了起来，拿起杯子喝了口茶：“不用了，但是真的很感谢你。”

“不要你还谢什么啊？”边南拿过杯子给自己也倒了杯茶，头还有点儿晕，茶有一半倒在了桌子上，“我就是担心，他们再这么来要钱怎么办？总不能回回都有‘黑恶势力’同时来要债吧？”

“欠债还钱天经地义。”邱奕看着杯子里的茶，“他们也不总这样，毕竟还是亲戚。”

“这还亲戚呢？”边南压着声音，回头看了看澡房，邱彦还在里面边洗边唱，他啧了一声，“二宝真是小狗性格啊，记吃不记打的。”

“大虎子！”邱彦洗完澡抱着衣服出来，一眼就看到了在葡萄架下坐着的边南，惊喜地喊了一声，连跑带蹦地扑了过来，“你不是走了吗？”

“嗯，走到胡同口看到有西瓜，就买了一个，想吃吗？”边南把他抱到腿上，摸了摸他的脑门儿，“怎么刚洗完澡就一脑袋汗啊？”

“唱歌唱的！”邱彦很响亮地回答。

邱奕在一边竖起食指放到了嘴边：“别人都睡了。”

“我唱歌呢。”邱彦压低声音很小声地在边南耳边说。

“你想吃西瓜？”邱奕看到他眼睛一直盯着西瓜。

“能吃吗？”邱彦小声地问，“我想吃一片。”

“吃吧。”邱奕点了点头。

边南起身去厨房拿刀，在邱彦的指点下从柜子里拿出一把一尺来长的西瓜刀。

边南拿刀在西瓜上比画着：“横着切还是竖着切啊？”

“你连切西瓜都不会啊？”邱彦趴在桌上有些惊讶地问。

“不会，你当谁都跟你哥似的，什么都会……”边南又比画了一下，“你让开，我怕切着你。”

“我来吧。”邱奕叹了口气。

边南把刀递给了邱奕，又连人带椅子地把邱奕往桌边挪了挪：“你挺沉的。”

“你不说我这样的来俩也轻松吗？”邱奕笑了笑。

“你在家猫了都快一个月了，长秤了懂吗？”边南扶着西瓜。

邱奕切了半个西瓜，拿了一片给邱彦，邱彦心满意足地啃了一脸西瓜汁儿。

“行了，洗脸刷牙上床睡觉。”邱奕拍了拍他的脑袋。

“嗯。”邱彦洗漱完了往屋里跑，“我睡爸爸的屋里吗？”

“你……”邱奕看了看边南。

“不用，不用，不用。”边南赶紧摆手，“我一会儿走，我明天上午考试。”

“哦。”邱彦点了点头，冲边南挥了挥手，“晚安。”

“晚安。”边南过去搂着他亲了一口。

坐下来吃西瓜的时候，邱奕又问了他一遍：“你能回学校吗？”

“我真没喝醉，就是有点儿晕，我喝一口酒就能有这效果。”边南叹了口气，指着自己的脸，“你看我这英俊的脸，像是醉了的人吗？”

“太黑了看不清。”邱奕咬了一口西瓜，“听着挺像的。”

“你差不多得了啊，我是黑点儿，至于看不清吗？”边南有点儿不爽，觉得自己这是健康的小麦色，挺帅的。

“我是说灯不够亮。”邱奕看了他一眼。

边南顿了顿，咬了一大口西瓜，含混不清地骂了一声。

夏天在葡萄架下吃西瓜，很美妙的感觉，西瓜要是冰的就更爽了，两人都没再说话，埋头啃完了半个西瓜。

邱奕按了按肚子，这回是真吃撑了。

“你家这房子，”边南进屋拿了纸巾出来，一边抹嘴一边小声问，“是你爷爷留下的？”

邱奕拿着纸巾，边南再次刷新了他的印象，下午院子里乱七八糟的情况下，边南居然注意到了这么不起眼的一句话。

“嗯，以前我爸从爷爷手上买下来的。”邱奕低头擦着手。

“给了钱他们还那么嚣张？”边南压着声音问。

“因为太便宜。”邱奕笑了笑，“就给了五万，也没个协议什么的，现在这房子要是拆迁，就值不少钱了。”

“难怪。”边南把西瓜皮扔进垃圾桶里，把桌子擦了，“我这算多嘴瞎打听吗？”

“算。”邱奕笑了。

“那我走了。”边南转身冲着邱奕嘿嘿乐了两声，这一转身太潇洒，他感觉有点儿晕，赶紧弯腰撑在邱奕轮椅的扶手上，“你要上厕所、洗手什么的，要帮忙吗？”

邱奕看着边南凑到眼前的脸没说话，虽然光线不太够，这个距离还是能看清边南的脸，总觉得一瓶酒下肚之后的边南看起来跟平时不太一样。

说醉了的确不是，但突然因为一瓶啤酒整个人就放开了的感觉，加上专程跑回来一趟说想帮他还钱这事儿，让邱奕现在看边南比平时顺眼点儿。

“要不……”邱奕靠在椅背上想了想，话还没说完就被边南打断了。

“上厕所是吧？”边南乐了，“一晚上可乐、西瓜的。”

“谢谢。”邱奕无奈地准备站起来。

边南扶了他一把，他蹦了两步停下了，一晚上坐着没动，猛地站起来，腿有些发麻，受伤的腿还有点儿胀得难受。

“怎么了？”边南扶着他问，又看了看他的腿。

“缓一缓。”邱奕皱了皱眉。

“那你先缓着。”边南松了手往厕所跑，“我先解决一下。”

跑到厕所门口脚底下没站稳，差点儿摔倒，他踢了一脚门框：“吓死爷了。”

上完厕所之后他步履轻盈地跑出来，邱奕往厕所方向已经蹦了几步。

边南上完厕所很愉快，架着邱奕往厕所走。

走了两步他觉得有点儿使不上劲儿，邱奕大概是腿还没缓过来，蹦得很慢。

邱奕上完厕所。

“我还要洗漱。”邱奕把着门框，“你回学校吧。”

“不用我帮忙了？”边南转身过去拿起包，“我走了啊？”

“快走。”邱奕挥了挥手。

“那我走了，”边南把包甩到背上，“晚安。”

“晚安。”邱奕说。

边南打了车回学校，出租车上空调开得很足，半路上边南那点儿头晕的劲儿就全散了，只觉得冷。

下车的时候扑面而来的暖风让他想跑两步。

不过想起自己在邱奕家似乎有点儿兴奋过度，他立马又打蔫儿了。

他的酒量的确是个奇迹，但以往有点儿晕也就是找个地儿窝着发愣，很少有这种状态。

他在马路边儿上蹲了一会儿，觉得大概是因为今天包饺子了。

包饺子在他心里是很特别的事儿，过年过节，一家人聚在一块儿热热闹闹地包着饺子，说说笑笑。

亲身经历一次这种只在电视里看过却从来没有体会过的场面，让他整个人都觉得踏实舒服，比那瓶啤酒劲儿大多了。

在邱奕家包过这顿饺子之后，边南对邱奕最后的那点儿不爽也消散了。

万飞本来对邱奕还有点儿不满，不过拿他的话来说，吃人嘴软，再加上许蕊对他的态度已经有了转变，他每天满脑子都是许蕊，也搁不下别的事儿了。

边南依旧隔三岔五去邱奕家转一圈儿，碰上要去医院检查就陪着去，一直到医生说下周拆石膏，边南才松了口气。

邱奕没参加期中考，但总算是能赶上期末考了。

期中考过后，边南和万飞的成绩都挺难看的，边南是无所谓，家里没人对他的成绩有什么期待，就老爸叹了几口气。

但就像边南没底气对抗家里的任何一个人一样，老爸对边南也一直没有真正训斥的底气，最多就是教育两句，两人在很多事儿上同样发虚。

万飞比较严重，被他爸教训了好几天，想起来了就抄家伙抽几下，跟解闷儿似的。

“都考完两个星期了，我爸还过不去呢！我在学校被老蒋折腾一个星期，好不容易回家了，又被我爸一顿收拾。”万飞撩起衣服，“看到没……哎，怎么印儿没了？”

边南拿过孙一凡挂在床边的皮带往万飞的屁股上抽了一下：“喜欢啊？我帮你。”

“你还有没有人性？”万飞跳开喊了一嗓子。

不过虽然他俩跟邱奕的矛盾算是解决了，但体校和航运中专的矛盾依然存在。

特别是在航运中专老大的腿没恢复，连期中考都错过了的情况下。

体校即将毕业的“伪老大”潘毅峰对群龙无首的航运中专的学生进行了多次打击，看样子是想赶在暑假之前乘胜追击扬眉吐气。

“昨儿晚上申涛他们被潘毅峰带人堵在网吧后面的胡同里了。”训练完了几个人挤一块儿洗澡的时候，孙一凡说了一句，“被打得够呛。”

“你去了？”边南顶着一脑袋泡沫看着他。

“去了。”孙一凡冲着水，皱着眉，“我还没进网吧就被他拉上了。”

“战况怎么样？”万飞挨过来问。

“能怎么样？申涛那边七个人，都伤了，不过应该不太严重，我在大部队后边儿，看不太清。”孙一凡说。

边南皱了皱眉。

“这人早毕业早安生。”孙一凡也是一脸嫌弃。

虽说两所学校这么多年都不对付，但从来也没人叫过外援，潘毅峰这种坏了规矩的行为谁都看不上。

“你明天上午是不是要陪邱奕去医院拆石膏？”万飞跟在边南身后问。

“嗯。”边南应了一声，“干吗？”

“要不要提醒他？”万飞小声说。

“申涛又不是哑巴，他能不说吗？”边南拍了万飞的脑袋一下。

“也是。”万飞啧了一声，“潘毅峰这人生够写一本无耻指南了。”

邱奕本来打算周五就去拆石膏，但边南觉得这么隆重的事儿必须参加，于是把时间推到了周六上午。

“我来了！”边南推开院子门喊了一声，“出发吗？”

“我也要去！”邱彦从屋里跑了出来，“我哥不让我去！”

“医院有什么可去的？”边南弯腰抱起他，“一会儿拆完了你哥抡着腿回来带你玩去。”

“可是我想去。”邱彦在他怀里扭了扭。

“你等我回来，我带你去公园。”邱奕从屋里跳了出来，“你要跟着去我们回来就在院子里玩。”

邱彦抱着边南的脖子趴在他肩上想了半天：“那你们多久回来？”

边南拍了拍他的后背：“拆完就回来了，要不了多久。”

“你写完两页毛笔字，我们就回来了。”邱奕指了指桌上的纸和笔。

“好吧。”邱彦从边南身上滑下去，跑到桌边，拿起了毛笔，又扭头有些兴奋地对边南说，“我开始学写毛笔字啦！”

“真厉害，我都不会写。”边南过去瞅了瞅，纸上刚写了两个字，看着跟爬出来的似的，半天他都没看懂写的是什么字。

“我可以教你。”邱彦很严肃地说。

“好。”边南也很严肃地点头。

“你教我打网球。”邱彦又说。

“好。”

邱奕上出租车依然费劲儿，好在边南知道他的腿已经没什么问题了，动作可以不那么小心翼翼，推着邱奕的肩把他塞到了后座上。

到了医院下车的时候，边南也是直接一把就把邱奕给拽了出来。

“你现在是不是非常愉快？”邱奕被他拽得踉跄了一下，忍不住问了一句。

“这都被你看出来了。”边南笑着摸了摸自己的脸，“我是不是笑得太明显？”

“笑吧。”邱奕看了他一眼，“你笑起来还挺帅的。”

“哎！”边南喊了一声，在他的肩上用力拍了两下，“你总算把心里话说出来了！”

邱奕张了张嘴，最后叹了口气：“进去吧。”

邱奕拍了片子，确定可以拆石膏了，医生让他坐在椅子上，转过身拿出了一把锯子。

确切地说，那是根锯条。

边南盯着锯条，觉得自己腿上一阵发凉。

没等他问，医生扶着邱奕就开始锯，锯条在石膏上发出沉闷的声音。

边南继续盯着锯条，总觉得医生动作这么潇洒，下一锯子就该锯腿上了。

“有个事儿。”邱奕突然抬头冲边南说了一句。

“嗯？”边南看着他。

“忘记带鞋了……”邱奕指了指自己的脚。

邱奕打了石膏的脚一直没穿鞋，就另一只脚上穿了一只拖鞋。

“蹦回去呗。”边南乐了。

“外面就有卖拖鞋的摊儿。”医生拿着锯条冲边南挥了挥，“你去给他买一双不就得了。”

边南本来还想损邱奕两句，一看医生严肃的脸和锯条，又闭了嘴，把自己的脚放到邱奕的脚边比了比：“你穿多大码的鞋？”

“44，43 也穿过，”邱奕说，“得试……”

“废话，我还穿过 33 的呢。”边南脱下自己的一只鞋踢过去，“我 44 的，你试试。”

“买拖鞋大点儿小点儿有什么关系？”邱奕试了试他的鞋，“正好。”

边南出了医院，没打算在地摊儿上买拖鞋。邱奕总算拆石膏了，他怎么也得买双过得去的鞋。

拐了个弯有条小商业街，边南找了家卖跑鞋的店，给邱奕试了一双，挑颜色的时候有点儿犹豫不决，在荧光绿和白色之间来回比了半天。虽然他觉得邱奕挚爱的应该是荧光绿，但最后还是按自己的习惯挑了白的。

交了钱出门走了几步，他又返回去买了双袜子，袜子挑了双红的。

邱奕拆完了石膏，穿上边南买回来的鞋试了试，还挺合适。

“颜色喜欢吗？”边南弯腰看着鞋，“还有一款带点儿荧光绿的，你要不喜欢这个颜色就拿去换那个荧……”

邱奕斜眼儿瞅了瞅他，边南也盯着他：“怎么，你不是喜欢荧光绿吗？自行车都刷的绿漆。”

“所以你给我买双红袜子是什么意思？”邱奕站起来往楼下走，“不该给我买双绿袜子吗？”

“没绿的啊，大红大绿反正是一家的，我觉得红的也挺喜庆的，庆祝你终于能走路了。”边南跟在他身后啪啪鼓了会儿掌，“庆祝庆祝，热烈庆祝。”

邱奕有一个多月没用两条腿走路了，从诊室走到医院门口用了老半天，一直低着头看自己的腿。

“怎么了？脑袋太沉了吗？一直就没抬起来过。”边南站在路边问他。

“没，就觉得有点儿不适应。”邱奕笑了笑站直了，“你的手机我用一下，给二宝打个电话。”

“哦。”边南瞪着他，半天才从兜里掏出手机，“你跟我一样高吗？”

邱奕没理他，拨了电话问邱彦毛笔字写完了没，告诉他再过半小时他们就回去了。

“哎。”边南围着邱奕转了一圈儿，最后跟他面对面地站着，盯着他又看了一会儿，“我好像是第一次跟你这么站着说话啊。”

“是吗？”邱奕左右看了看，往对街走过去，“那边有个公交车站。”

“哎，也是头一回这么跟你溜达不用搀着你啊，还有点儿不习惯呢！”边南啧了两声。

如果算上第一次邱奕砸他，他俩认识也算有一学期了，可这里边儿除去打架挑衅时一闪而过的并肩，剩下的就都是邱奕一个多月没能站直的状态了。

“你还有这爱好？”邱奕把胳膊伸到了他面前，“那你搀着我吧，不过瘾你可以背着我，我不介意。”

“信不信我一掌下去直接转身回医院给你的胳膊打上石膏？”边南往邱奕的胳膊上拍了一巴掌，声音脆响。

邱奕没理他，走到站台边看站牌。

“打车吧，这么热的天儿挤什么公交车啊。”边南懒洋洋地靠着广告牌，突然发现邱奕的胳膊被他拍了一下的地方居然留下四道红印，他凑过去看了看，“我没使劲儿啊。”

“扯吧你就。”边南靠了回去，“你这就是太白了，不经打，弹你一下估计都能看出来，你要像我这样，我妈扇我一耳光都挥挥衣袖不留下一个指头印……”

“你妈还打你呢？”邱奕回过头问。

“就打过一次。”边南嘿嘿笑了两声。

“哪个妈啊？”邱奕问。

“还能哪个妈？亲妈啊，边馨语她妈我叫阿姨。”边南笑了笑，“管人家叫妈不给人家添堵吗？”

“车来了。”邱奕拉了他一把。

“是空调……”边南无奈地往进站的公交车上扫了一眼，眼睛一下瞪大了，“打车，打车，打车，这能挤上去吗？”

“不打。”邱奕拉着他就往车门处走，“我就想站一会儿，我好久没站着了。”

“哎……”边南被一个大妈挤到一边，紧跟着又被踩了两脚，“奶奶好身手！”

边南很少坐公交车，一般都打车，要不就是吴叔送他，加上这站不是大站，没人排队，都乱七八糟地往上挤，他感觉快有点儿找不到车门在哪儿了。

医院离邱奕家有十来站，过了三站之后他俩被从车子的前门挤到了后门，只有人上没有人下，边南感觉自己平时训练都没这么遭罪。

“哎。”他戳了戳邱奕的后腰，“你能转过来吗？我的脸冲着你的后脑勺真别扭。”

邱奕犹豫了一下，有些费劲儿地转过了身：“你跟我脸冲脸就不别扭了吗？”

边南往后仰了仰头，邱奕这一转过来，他俩就跟要干吗似的脸对着脸，邱奕的睫毛他都快能数清了，他叹了口气：“哥，我求你了，咱俩下一站下去吧。”

“嗯。”邱奕偏开脸应了一声。

下一站车一停，他俩跟打架似的从车子的后门挤下了车。

边南揪着衣领抖了半天，又扯了扯裤子：“人怎么这么多？挤都挤热了！”

“周末呗，你……”邱奕看着他有点儿想笑，“请你吃冰吧。”

“我请。”边南看到旁边有个小店，“庆祝你终于拥有了两条腿的人生。”

两人进了店里要了两大盘刨冰，边南埋头吃了几大勺之后才往椅背上一靠，仰着头长长地舒出一口气：“哎，缓过来了。”

“你坐过公交车没？”邱奕吃了口刨冰。

“这话问的，当然坐过啊，只是坐得少，这么热的天儿我一般就不挤了。”边南擦了擦额角的汗，“你平时都骑车吧？”

“嗯，其实我忘了今天是周末，平时也没这么多人……”邱奕也一样热出了一身汗。

“一会儿打车回去吧。”边南掏出手机看了看时间，“二宝该急了。”

“嗯。”邱奕低头慢慢地吃着刨冰。

“哎，问你个事儿。”边南看着手机，“你的手机呢？”

“摔坏了。”邱奕回答得很简单。

“怎么摔坏的？”边南愣了愣。

“问万飞啊。”邱奕咬着勺子看了他一眼。

“真是那次摔坏的？”边南含着一口冰含混不清地喊了一声。

“嗯，不然就是你那天要债砸坏的。”邱奕笑了笑。

“滚。”边南突然有点儿不好意思，邱奕这么长时间都没再买部新的手机，估计是经济上不允许。

他把盘子里的刨冰都吃光了之后又犹豫了很长时间，才把自己的手机推到了邱奕面前：“要不……”

“不用。”邱奕打断了他的话。

“旧手机，又不是新买一部给你。”边南又推了推手机，“我还有一部手机，我爸找不着地儿给我花钱，每年过生日都送我一部手机，我还有一部没来得及用呢。”

看邱奕不出声，他啧了一声：“你这人怎么这么费劲儿啊。”

“行，行，行，不费劲儿了。”邱奕挥了挥手，“把你的卡拿出来。”

边南马上拿过手机，把卡拿了出来。

“里面的东西不删吗？照片、短信、微信什么的。”邱奕问。

“没什么东西，你要看着不顺眼就删。”边南的手机里没什么秘密，他除了偶尔玩玩游戏，给万飞拍丑照，就没别的东西了。

“好吧。”邱奕拿过手机放进了兜里。

“对了，那什么……”边南想了想，“边馨语……前阵子我回家，她问我要你的电话来着，说联系不上你。”

“哦。”邱奕应了一声，“那估计我一开机手机就得卡死机了。”

“你跟边馨语……”边南忍不住问了一句。

“什么关系也没有。”邱奕马上回答。

“谁问你是什么关系了？我又不会因为她揍你。”边南敲了敲桌子，“我就想问你俩是怎么认识的。”

“我给她的同学补课。”邱奕说。

“没了？”

“你觉得还应该有点儿什么啊？”

“不知道。”边南嘿嘿笑了两声，站起来蹦了两下，“走吧！”

两人打了车，刚到胡同口，就看到了站在树下跟另一个小男孩儿说话的邱彦。

他俩从他身后走过去的时候，邱彦正挺得意地跟那个小男孩儿展示着手里的大黄蜂：“胳膊可以这样抬起来。”

“咱俩换着玩吧，我那个大黄蜂的颜色比你这个漂亮多了。”那个小男孩儿说。

“可是……”邱彦低头看着自己手里的大黄蜂，“我这个可以动。”

“你这个颜色都不对。”小男孩儿说。

邱彦把大黄蜂举了起来：“可是……”

“换吗？换一天。”小男孩儿说。

“不换！”边南过去说了一句，把邱彦拉到了自己身边。

“大虎子！哥哥！”邱彦扭头看到是他俩，开心地喊了一声，“你们回来啦！”

“你是谁啊？”边南冲那个小男孩儿抬了抬下巴，这小孩儿一看就鬼精鬼精的，还换着玩呢。

“他是方小军。”邱彦说，“我的同桌。”

“你就是方小军啊！”边南一听就气不打一处来，指着方小军，“你还敢来换大黄蜂？你信不信我把你的胳膊腿儿都给换了啊！”

“神经病！”方小军被他吓了一跳，退了两步大喊着转身飞快地跑了，边跑还边回头喊，“你那个大黄蜂最丑了！”

“嘿，我这暴脾气！”边南转身就打算追过去。

邱奕一把拽住了他：“哎，你干吗呢？”

“这小孩儿忒坏了。”边南指着方小军，“他……”

“吃完饭带你出去玩。”邱奕说，“回去收拾一下，我跟大虎子去买点儿吃的。”

“嗯！”邱彦兴奋地往胡同里跑，“我想吃薯片！”

“直接把午饭买了吧。”边南往旁边的小吃店走去，“还是你做？我还没吃过你做的饭……”

“等等。”邱奕在他的耳边问，“方小军是怎么回事儿？”

“什么？方小军怎么了？”

“不说我收拾你。”

“哎，你快收拾一下，我看看你有多大的本事。”边南乐了。

“方小军是怎么回事儿？”邱奕又问，“你要不说我回去直接问二宝了。”

“别问他，别问他。”边南说，“哎！我跟你说了你也别问他，要不他该觉得我出卖他了。”

“嗯。”

“方小军那个熊玩意儿把二宝的存钱罐里的钱都骗走了。”边南飞快地说，“钱我替他填上了，说好了每年还我四十。”

邱奕过了一会儿才看着边南说了一句：“我说存钱罐里怎么有整钱呢，你给的啊？”

“你偷看他的存钱罐了？”边南睨了他一眼，“干吗偷看啊？”

“没偷看，他每天抱着钱罐子等着装满呢，我有时候偷偷往里面放点儿。”邱奕皱了皱眉，“都让方小军骗走了？”

“是啊，蹲路边哭呢，我就这么认识二宝的。”边南抬手擦了擦汗，“咱能先进超市吹会儿空调吗？”

邱奕走进超市，叹了口气：“都八岁了脑子还这样。”

“他就是太单纯了。”边南拿了个筐在货架中间转悠着，“要不我跟他聊聊，让他以后长点心眼儿？”

“不用。”邱奕说。

“为什么？下回他再让人骗了呢？”边南有点儿不理解。

“他是缺心眼儿，又不是缺智商，还能总被骗吗？被骗一回就懂了。”邱奕拿了筒薯片放进筐里，低声说，“还能单纯几年啊？”

边南没出声了。

两人在超市买了点儿零食，边南本来想着再买点儿菜，吃一顿邱奕做的大餐，结果邱奕想了半天，拿起一个鸡蛋冲他晃了晃：“蛋炒饭吧，正好昨天的饭煮多了还有剩的。”

“真没良心！”进了院子边南还挺不爽，“我这一个多月跟头驴似的，都快练出一桌满汉全席了，你居然就给炒个饭！”

“中午吃炒饭？”邱彦正踮着脚在院子里晾衣服，听到边南的话眼睛一亮。

“嗯。”邱奕点了点头。

“啊——蛋炒饭！”邱彦喊了起来，手上的衣服掉地上了都没注意，“蛋炒饭！”

“一个蛋炒饭都能让你这样？之前我做的排骨啊牛肉啊也没见你乐成这样啊！”边南过去把衣服捡起来拿到水池里冲了冲，递给邱彦。

“我哥哥做的蛋炒饭可好吃了。”邱彦眼睛亮晶晶地给边南介绍，“春游的时候我带出去，我们老师都来抢呢！”

“你们学校还有春游啊？”边南抱着他捏了捏脸，“现在学校不都没有春游、秋游了吗？”

“有。”邱奕拿着鸡蛋进了厨房，“小朋友们带上吃的、喝的，坐学校操场上吃，吃完就算春游了。”

“我们还做游戏呢！”邱彦说。

“那叫什么春游啊。”边南乐了，“一会儿吃完饭我带你去夏游！”

边南进屋跟邱爸爸打了个招呼，邱爸爸正坐在轮椅上看电视，还看得还挺投入，边南跟着看了一会儿实在受不了了，去了厨房。“要帮忙吗？”他看到邱奕已经把剩饭盛了出来，正在打蛋，“你这招螺旋转圈儿拳使得不错啊……都看不清了。”

“求你出去跟二宝玩会儿。”邱奕手上没停，“别烦我。”

边南指了指他，转身出了厨房：“我还烦你呢，简直烦得不行不行的。”

邱奕在厨房里的操作明显要比边南熟练太多，边南跟邱彦玩了没一会儿，就闻到了飘过来的香味儿。

这香味儿不是简单一个蛋炒饭能有的，边南有点儿想进厨房看看，但最终还是选择了跟邱彦玩遥控车。

十来分钟之后，邱奕从厨房里端出两盘蛋炒饭，邱彦一看就蹦了起来，跑过去端了一盘往屋里跑：“好了、好了！”

边南起身去厨房帮着端盘子，看到盘子里的蛋炒饭就愣了，金色的饭粒儿里点缀着红色的虾仁儿和火腿、绿色的葱，看上去相当漂亮。

边南咽了咽口水，拿起盘子里的勺舀了一大勺放进嘴里，嚼了两下冲邱奕竖了竖拇指：“你牛！”

虽然之前就知道邱奕会做饭，还做得不错，但边南觉得邱奕的水平也就比自己高个一级两级的，现在真吃上了才知道，人家一个蛋炒饭就能秒杀自己一个多月来所有的懒人菜谱了。

“能再炒点儿吗？”边南扒拉着盘子里的饭，“我带点儿回宿舍给万飞尝尝，这手艺真不比万飞妈妈的差了。”

“没饭了。”邱奕说。

“煮啊！”边南把盘子里的最后几粒饭都吃光了。

“得冷饭，热饭炒出来是一坨。”

“哎，甭管什么饭，你再炒一次，多炒点儿，行吗？”

“行。”

邱彦吃完之后跑出跑进地把几个人的盘子都收了，蹲在水池边儿一边洗一边问：“哥哥，我们去哪里玩啊？”

“你想去哪儿？”邱奕低头看着自己脚上的鞋，扯了扯红色的袜子，有点儿想进屋去换一双。

“我想游泳！”邱彦回答。

“那就去游泳。”邱奕点了点头。

“去干什么？”边南愣了愣。

“游泳。”邱奕说。

“游泳？”边南揉了揉鼻子，“能……玩别的吗？”

“嗯？”邱奕看着他，过了一会儿，嘴角慢慢往上勾出了一个微笑，“堂堂一个体校生，不会游泳？”

第四章
从春游开始

邱彦爱玩水，从上回下个暴雨他都能在雨里兴奋得又叫又蹦就能看出来了，现在一听邱奕答应了去游泳，立马就兴奋得差点儿一转身撞桌子上。

边南不想扫他的兴，在邱彦跑回屋里找自己的泳裤之后才转过头看着邱奕，憋了半天说了一句：“谁规定体校的学生就得会游泳啊？”

“那你陪他去吗？”邱奕往屋里看了一眼，笑着问。

“陪啊，大不了我不下水。”边南斜眼儿看着他，“你能不笑吗？笑起来一点儿都不像好人！”

“哦。”邱奕收了笑容，过了两秒钟又乐上了。

“不会游泳有什么可乐的？你还不会打网球呢，我带二宝去打网球你陪不陪啊？”边南往桌上踢了一脚。

“你不下水，在边儿上看？”邱奕搓了搓脸。

“下水也没什么大不了的，我就是不会游，又不是怕水，我站水里待着不就行了吗？”边南想了想，“是去哪儿游啊？现在哪个游泳馆都得下饺子了吧？去年我陪人去过一次，大妈连浴液都带进去了，也不知道用没用……”

“不去游泳馆，”邱奕站了起来，“去河里。”

“河里？”边南愣了，“就咱护城河那水，跳下去捞出来直接就能冒充泥人张最新作品了。”

“傻子才跳护城河。”邱奕往屋里走去，“出城。”

“出城？怎么出？打车？”边南跟着他，“多远？”

“骑自行车啊。”邱奕回过头，顿了顿道，“忘了你没车……”

“打车呗，大不了算双程路费啊。”边南一想到要出城就觉得动静很大，一般来说在他家超过两公里没车就没人动弹了。

“然后咱们跑步回来吗？”邱奕拉开衣柜门，“智商。”

“那我怎么去啊？”边南看到邱奕扯出一条黑色泳裤，“我以为你的泳裤也是荧光绿的呢。”

“向邻居家借一辆自行车就行。”邱奕看了他一眼，伸手从柜子里又扯出一条泳裤，放在了边南的手上，“你的。”

边南低头看了一眼，一抹艳丽的荧光绿跃入眼帘，他跟被烫了手似的把泳裤扔回了柜子里：“你还真有这色儿的裤子啊！”

“买一送一。”邱奕把泳裤又拿了出来，“送的那条只有这个色儿，没的挑，你穿不穿？”

“还有别的吗？”边南很不甘心，推开邱奕，在衣柜里仔细翻着，连邱彦小朋友的泳裤都是蓝色的，凭什么他就得裹着条明艳的绿泳裤？

“真没了，一年就游几回，谁还囤泳裤啊。”邱奕拿了包，把邱彦要换的衣服放了进去。

“这条不行，肯定不行。”边南拿起泳裤比画了一下。

“挺合适的。”邱奕说。

“我不穿这个绿色的裤子！”边南瞪着他。

“那你穿这条。”邱奕把黑的那条扔给了他，“二宝都没你这么费劲儿。”

“废话。”边南指了指邱彦，“他不费劲儿是因为他那条不是绿的！”

“那咋办？”邱彦马上问道。

“哎，哎，哎，”边南赶紧叹了一口气，“我咬咬牙，将就一下……”

因为不是去泳池，所以他们都在家里把泳裤换上了。

边南想象了一下这娇艳的绿色泳裤穿在自己身上的样子……身材肯定没问题，就这俩颜色搭一块儿……啧。

“出发！”邱彦激动地背着自己的小书包跑出了门。

邱奕拿了药让邱爸爸吃了，又去邻居家给边南借了辆自行车。

“会骑吧？”邱奕看着他，“不会骑我带你，借辆女式车给二宝自己骑就行。”

“我会。”边南跨上自行车蹬了出去。

他们要去的那条河在城郊，是条没多大的小河，进城汇入护城河泥汤之前的水挺清，不过很多地方浅，只能扑腾不能游。

邱奕准备带着他们去的那段水能到腰，再深点儿也有，水流不急，很适合游泳。

边南背着一包零食饮料跟邱奕并排骑着车。他最后一次骑自行车是小学了，现在骑着车一路裹着风飞一样行驶感觉还挺惬意。

三个人离开市区之后，路上的车和人一下都少了，路两边开始出现农田，风也变得清凉起来，很有郊游那种放松和愉快的感觉。

“门前大桥下，游过一群鸭，”邱彦抱着邱奕的腰坐在车后座上，一边晃着腿一边扯着嗓门喊，“快来快来数一数，二四六七八，咕嘎咕嘎……”

邱奕叹了口气。

“别叹气。”边南挨过去拍他的肩，“咕嘎咕嘎没走调！”

“咕嘎咕嘎——”邱彦马上又喊了一遍，“咕嘎咕嘎，真呀真多呀，数不清到底多少鸭，数不清到底多少鸭……”

“能换一首歌吗？”邱奕回手摸了摸邱彦的脸，“哥要疯了。”

“来来我是一个菠菜，菜菜菜菜菜菜……”邱彦倒是很听话，马上换一首唱上了，“来来我是一个菠菜，菜菜菜菜菜菜……来来我是一个菠菜……”

“哎！还菜个没完了。”这回边南也扛不住了，“换，换，换，换一首。”

“哦。”邱彦停下想了想，“来来我是一个菠萝，萝萝萝萝萝……”

“宝贝儿，”边南迅速从兜里拿出一小袋牛肉干，用牙撕开了递到邱彦手里，“让你换一首怎么还是这个？”

“换成菠萝了呀。”邱彦说，终于不再唱歌，低头开始吃牛肉干。

“我也要。”邱奕转头冲边南说。

“要什么？牛肉干啊？”边南又在兜里掏了掏，掏出一袋瓜子，“没了，这个行吗？”

“我怎么嗑？”邱奕看着他。

边南啧了一声，又摸了摸口袋，没别的了，其他的零食都在包里，他又背着手在包里掏了半天，汗都折腾出来了，摸出一包豆皮。

邱奕似乎对豆皮没什么兴趣，边南一看他那表情就怒了，把豆皮往他眼前一递，吼了一声：“就这个，不吃拉倒！”

邱奕一把抓过豆皮：“喊什么？”

“你现在不是病人了，再敢要我小心我收拾你。”边南用力蹬了两下，骑到前边儿去了。

出发的时候邱奕说骑车到河边不远，边南觉得自己果然是太天真了，居然相信了邱奕的话。

虽说一路看看风景吹吹风聊着天儿也没觉得太累，但最终他俩骑了足足两个小时才到地方，中途边南怕邱奕的腿还没好利索，把邱彦弄到了自己的车后座上，下车的时候边南感觉自己跟跑完五公里似的，一身汗。

“你没事儿就骑这么远带二宝来游泳？”他一把把自己的T恤给扒了扔到车把上，“你是不是精力过于旺盛了……”

“唉，他就喜欢这儿有什么办法？”邱奕也把上衣脱了，“累死我了。”

“我一点儿也不累，我下去啦。”邱彦几下就把自己的衣服、裤子都脱掉了，扔了一地，顺着小路就往河边儿跑了过去。

“二宝！”边南喊了一声，有点儿着急，从路上到河边儿中间隔着一片小林子，也看不清情况，“你就让他自己下去了？”

“他不会下去的，我没在他只泡脚。”邱奕笑了笑，推着车进了林子，走到了河滩边儿，“衣服放这儿吧。”

邱彦已经跳进了河里，不过没往深的地方走，只是在靠近岸边水到他的膝盖的地方站着。

“大虎子！”他转头冲边南招手，“快来呀！”

“来了！”边南一咬牙，把裤子脱了，不就河里游个泳吗？他不会游还不会在水里溜达吗？

“钱包和重要的东西给我。”邱奕拿出了个密封袋。

“干吗？带下水啊？”边南看了看四周，人毛都没一根儿，“这儿都没人啊。”

“防着点儿。”邱奕把自己的钱包放进了袋子里。

“哦。”边南把自己的钱包也掏出来扔了进去，看着邱奕走到一边儿蹲下，把地上的石头搬开，把袋子放了进去，再用石头压好。

“大虎子——”邱彦又喊了一声。

“二宝——”边南也喊了一声，把鞋一蹬，光着脚跑了过去。

跑了没两步他就想龇牙，地上全是大大小小的鹅卵石，硌得他站都站不稳，好不容易才连晃带蹦地跑进了水里。

邱彦一看他过来了，弯腰从河水里揪出几根水草，笑着甩到了他身上，然后往前一扑，蹬了几下，还没等边南把身上的水草扯下来，他已经游到了河中间。

“大虎子过来！”他很兴奋地叫了一声。

“那儿有多深？”边南慢慢地往邱彦身边儿走过去，水很快就到了他的大腿。

“不知道。”邱彦的声音因为兴奋而清脆响亮，“我踩不到底！”

“那你是怎么站着的？”边南有些吃惊，邱彦没在游，脑袋和肩都在水面上。

“我踩水的！”邱彦很开心地把胳膊举了起来，“我会踩水！我哥哥教我的！”

一个八岁的小孩儿都能在河里踩水玩，边南叹了口气，继续往前走，脚下要找到个平的地方几乎不可能，每一脚都踩在圆石头上，大的小的没准儿，走两步就要滑一下……

水快到边南的胸口时，他感觉到身后有水波推了过来，回过头看到邱奕已经游到了他后面。

“怕水吗？”邱奕停下站了起来。

“不怕。”边南揉了揉鼻子，“就是不会游。”

“那憋气。”邱奕说。

“什么？”

“憋气。”

边南有点儿莫名其妙，但还是下意识地配合着邱奕的话憋了气。

午后的阳光很强烈，穿过河水能一直照到河底的石头上，阳光在水波里闪出各种变幻着的光芒，形成粼粼波光。

边南感觉自己是头一回看到邱奕这样的笑容，发现邱奕平时看上去冷淡不好接近的外表下，其实也只是个跟自己差不多的同龄人，只是隐藏得实在有点儿深。

憋气对边南来说没什么难度，他也不怕水，只是憋着气猫在水里没几秒钟就感觉自己要漂起来了。

邱奕按住了他的肩，他吐出一串气泡，感觉自己的屁股已经浮出了水面，被阳光晒得暖洋洋的。

这姿势要让万飞看到，别说笑两天，笑一个暑假都不在话下。

边南正想调整一下这个撅着腚的姿势，身边的水流猛地带着他晃了晃，一团卷毛出现在了他眼前。

邱彦很灵活地潜到了他和邱奕之间，冲他笑了笑之后，猛地往河底扎了下去。

边南伸手在他的腿上捏了捏，小不点儿这是要显摆呢！

不过大概是泳裤有点儿大了，邱彦扎下去时，裤子往下滑了滑，露出了圆圆的屁股蛋儿。

边南一看就乐了，但笑容还没展开，就呛了口水。

要说让他憋气一点儿问题没有，但呛了水感觉就不同了，立马有点儿痛苦，他感觉此时此刻就要被憋死了。

邱奕赶紧靠过来托着他的下巴把他推出了水面。

“啊——”边南狠狠地吸了口气，又咳嗽了半天，“啊！”

“你没事儿瞎乐什么？”邱奕抹了抹脸上的水。

“没忍住，二宝的屁股太好笑了。”边南咳了两声又乐了，“他的裤子是不是大了？”

“有绳儿他不系。”邱奕笑了笑，潜到水里把邱彦拎了起来。

邱彦飞快地再次游了出去，脚丫子在水面上打了两下，就又潜到河底去了。

“要我教你吗？”邱奕问。

“什么？游泳吗？”边南看着他。

“嗯，省得你站这儿没事儿干。”邱奕笑了笑。

“怎么教？”边南觉得学学也行，闲着也是闲着。

邱奕退开两步，伸出手在水面下竖起了两根手指：“来。”

“来什么？”边南愣了，“怎么来？”

“趴上来呗。”邱奕动了动手指。

“趴在你的手指头上？”边南指着他的手指，“你练二指禅呢？这趴得住吗？”

“二宝就是这么学的。”邱奕想了想，伸出了三根手指，“稍微托着点儿就行，你打了好几年球，这点儿运动平衡能力应该还是有的。”

“二宝能趴在你的手指头上是因为他才八岁，就他这小体格顶天了六十斤。”边南对邱奕打算用手指顶着他学游泳不能接受，“六十斤就够我一个零头的……”

邱奕叹了口气，把手指换成了手掌：“这样行吗？这二百六十斤我也托得住了。”

“嗯。”边南伸手往他手上拍了拍，“这是要托哪儿？”

“下巴。”邱奕说。

“明白了。”边南摸了摸下巴，吸了口气，在水里轻轻跳了一下，往前扑了出去。

邱奕伸出右手托住了他的下巴：“保持平衡，胳膊打开。”

“怎么保……”边南按邱奕说的张开了胳膊，“我的脚到底了。”

邱奕左手往下兜在了他的肚子上，把他的身体往上托了托：“感受一下。”

“感受什么？”边南觉得自己张开胳膊跟个傻子似的，“我就感受到你的手碰到我的肚子很痒。”

“算了，你游吧。”邱奕带着他顺着河水往下游走了两步，还是把托着他的下巴的手掌换成了手指顶着，“划水会吧？你先别动腿，划胳膊。”

“好。”边南吸了口气，胳膊狠狠地在水里划了一下。

邱奕没有跟着他移动，松开了托着他的肚子的手，顶着他的下巴的手指继续顶着，防止他下沉。

边南的胳膊的力量比普通人要强得多，借着水的浮力，加上是顺水，他轻松地往前漂了出去。

邱奕用手指在水里半戳半撑地托着他，虽然这点儿力量不大，但还是挺让人有安全感的。

但在他往前游了也就一米多点儿之后，邱奕突然收回了手。

这两根手指对身体的支撑到底有多少，边南不知道，但邱奕收回手之后，他就感觉自己身体猛然一沉。

“你别拿……”边南话没说完就沉进了水里，吹出俩气泡。

憋着气被按到水里和划水划一半突然发现自己沉底了，那感觉是完全不同的。

特别是话都没来得及说完他就直接变成了吹泡泡的状态。

吹完泡泡边南就又呛了口水，呛得感觉像要从脑门儿到后脑勺被掀掉了似的那么难受，顶得上吃十勺芥末了。

他赶紧想踩到河底站起来，这儿的水应该只到胸口，但连踩了两脚都打滑了。

一个网球小能手，就要这么被淹死在齐胸的水里了！

教练傻子还不知道过来救人！

无耻！

邱奕看着边南从自己面前往前划过去，水面之下的姿势还挺标准的，身体绷得很直，加上阳光下健康的小麦色皮肤和结实匀称的身材，看上去就跟游泳高手似的。

结果边南出去没到两米，就沉下去了。

邱奕等了几秒钟，发现边南没有挣扎着露出水面的意思，这才赶紧游过去，一把抓住了他的胳膊，再托着他的下巴抬了一下。

边南吼了一声，反手也抓住了邱奕的胳膊，一边抹脸一边咳嗽，半天才转过脸来盯着邱奕："你就这么教人的啊？我差点儿被淹死！"

边南眼睛都呛红了，邱奕有点儿过意不去，抬手拍了拍他的脸："我就慢了两秒，以为你能站起来呢。"

拍完他俩都没出声，过了一会儿边南才摸了摸脸乐了，顺手在邱奕的脑袋上扒拉了两下："你是不是哄二宝哄习惯了啊？"

"哥哥——"邱彦从河中间钻出了水面，手里举着一块大石头，"我找到一块宝石！"

"真牛！"邱奕应了一声，"扔了再摸一块吧。"

"你不看一下吗？"邱彦踩着水两手举着石头就过来了，"真的是宝石，跟以前的不一样！"

"我看看。"边南看邱奕对这块"宝石"没什么兴趣，于是伸出手接过了邱彦手里的石头。

就一块普通石头，上面有点儿白色的条纹，往河滩上一扔立马就能融入"芸芸众石"当中。

邱彦脚踩不到底，抓着边南的胳膊挂在他身上，很期待地问："是不是宝石？”

“宝石！”边南很肯定地点了点头，把石头递到邱奕眼前，“看，花宝石。”

邱奕张了张嘴不知道该说什么，边南把石头塞进了自己的泳裤后面，搂了搂邱彦：“再去摸摸看有没有别的宝石。”

“嗯！”邱彦受到鼓励，兴致高昂地扑腾着游了出去。

“你还游吗？”邱奕看着边南。

“游啊。”边南甩了甩头，抹了抹脸上的水，“我跟你说邱教练，你也太不专业了，我刚出去一米你就撒手，你是不是成心的？”

“我跟不上你，要不你逆水划。”邱奕往水下看了看，“你带着宝石游？”

“不带。”边南掏出石头扔进了水里，“他估计用不了三分钟就忘了这块宝石了。”

“你就这么骗小孩儿？”邱奕笑了。

“那也比你理都不理他强，他就兴奋这一下你都不配合。”边南啧了一声，“二宝肯定特想有个我这样的哥。”

“给你了，快带走吧，烦死我了。”邱奕身体微微一沉，伸出胳膊，腿在水里轻轻蹬了一下，身体在水中快速蹿了出去。

边南站在水里没动，看着邱奕在水里游出去很远，才学着他的样子也一蹬腿。

不过借着惯性冲出去也就一米，逆水的强大阻力就让他停下了，接着他又沉到水里了。

这回他有经验了，迅速收腿往水底一踩，这水不算深，他好歹一米八六的个儿，站起来就……

底儿呢？

边南埋在水里，心里骂了一句，什么鬼地形居然又踩不到底了！

他正挣扎着想着要不先自学成才把踩水学会得了，一只手伸到了他眼前儿。

这回教练的反应还算快！边南赶紧一把抓住，邱奕把他拉出了水面。

“一步有底一步踩空的，什么玩意儿啊？”边南一露出水面就喊了一句。

“这河之前被挖过沙，有坑。”邱奕拉着他退了一段。

边南看了他一眼，虽然知道他说的是河底，但听着还是有被骂了的感觉。

“要不你就这么游吧。”邱奕把手抽了出来，手指托住了他的下巴，“基本动作我看你也懂。”

失去了邱奕的支撑，边南赶紧又是划水又是蹬腿的，下巴被邱奕托着，感觉自己跟个傻子似的。

“胳膊和腿不要同时动，划水，蹬腿。”邱奕向后倾斜着身体，一只手托着边南，另一条胳膊划水，腿时不时蹬一下，带着他往前游，“不要总想着你的头，我保证你不会呛水。”

“我都呛两回了。”边南很努力地蹬了一下腿，再划了一下胳膊。

“胳膊划水的时候稍微往下点儿，就不容易沉了。”邱奕的指尖在边南的下巴上点了点，“不用抬这么高，学会了以后就不用抬着头了，换气就行。”

“别挠下巴，痒痒。”边南啧了一声。

边南不怕水，呛了两回之后，对呛水也无所谓了，加上毕竟是体校的学生，身体协调能力和力量都不错，邱奕带着他在水里练了几个来回，他已经能游了。

“我把手拿开了啊。”邱奕说。

“嗯。”边南蹬了蹬水，身体往前冲了一截，“我觉得我可以挑战更高难度的动作了。”

“这样！”邱彦突然从他身边冒了出来，把脸埋在水里跟身体平行地游了一段，“这样游得快！”

“好！”边南学着他的样子把脑袋放平，试着游了几下，换气的时候喝了一口水，继续努力，第二次换气的时候又喝了一口水。

“回去吃点儿泻立停。”邱奕一直跟在他身边。

“你闭嘴。”边南蹬腿划胳膊忙得都顾不上跟他互撑了。

“放松。”邱奕在他的背上拍了一下，“让水托着你。”

边南挺聪明的，或者说在运动这方面比较聪明，半个小时之后，虽然他的自我评价是“怎么感觉我跟个水爬虫似的”，但他已经可以在水里很轻松地来回游了，逆水、顺水都游得嗖嗖的。

“怎么样？”边南游了几个来回之后停在了邱奕身边。

想踩着河底站住的时候又踩了个空，他只得伸手往邱奕肩上一搭想借点儿力。

邱奕也没站到底，是在踩水，边南这样突然一按，邱奕猛地往下沉了沉。

边南赶紧撒手，怕邱奕一恼火把他给拽下去，往旁边游开，找了个地方站下之后回过头却没看到邱奕浮起来，吓了一跳："邱大宝！邱教练！邱奕！你别吓我啊！"

身后的水突然向他推过来，虽说游泳他已经没什么问题，但在水里的灵活程度还有待提高，这点他很有自知之明。

所以尽管他知道过来的肯定是邱奕，但并没有回头研究邱奕是要从哪儿冒出来，而是直接屏住了呼吸。

邱奕从他身后的水面下跃出了水面，砸到了他身上，把他按下了水。

他被邱奕跟个玩具似的在水里抡了个前空翻，水顿时从鼻子里灌了进去。

等他呛着水站起来的时候，邱奕已经蹿到好几米之外去了。

“你狠！”边南捏着鼻子指着他，“整人还带花样翻新的！”

“下次记得这种时候要出气儿，把气吐出来。”邱奕笑着说，“水就进不去了……”

“哥哥！”邱彦突然一边踩水一边指着岸上。

边南和邱奕一块儿转过头，看到岸边站着个老头儿，看穿戴应该是附近的村民。

“他干吗呢？参观？”边南一边抹脸一边问了一句，这老头儿可能是出来捡柴的，不过一直盯着他们几个看让人觉得有点儿别扭。

邱奕没说话，愣了一秒钟之后突然向岸边游了过去，速度很快。

边南没想到邱奕游泳能有这个速度，有些吃惊。

但几秒钟之后他就顾不上吃惊了，跟着往岸边冲。

老头儿居然拎起了他的包，转身就跑。

“你大爷！”边南吼了一声，那包老头儿拿了就拿了，无所谓。

有所谓的是他们几个的衣服都放在包里了！

邱奕的腿一个多月没怎么动过，不太灵活，边南顾不上脚下石头硌人，连滚带爬地上了岸就追，追出去跑到公路边，也没看到老头儿的影子。

邱奕从林子里跑出来的时候，边南正站在路边骂骂咧咧的。

边南简直无语了：“这叫什么事儿！给二宝买的零食都在里边儿呢！衣服也没了……”

邱奕皱着眉往四周看了看：“老头儿是不是练过？”

“还好你把钱包另外放了，我的身份证、银行卡乱七八糟的东西都在里面呢。”边南啧了一声，突然扭头看着邱奕，“你是不是知道会出这事儿啊？”

“我没碰到过这种事儿。”邱奕叹了口气，“你那个包……老乡还挺识货，我以前带二宝来都拿的塑料袋。”

“现在怎么办？咱仨就这么回去？”边南指了指身上的泳裤，“还好老头儿大概觉得推着车跑不掉，要不咱得走回去了吧？”

邱奕没说话，看看边南，又低头看了看自己，最后弯腰撑着腿乐了：“你还好，我这么鲜艳……跟绿蚂蚱似的……”

边南没忍住，跟着乐了。

两人蹲路边你看我我看你，笑得停不下来。

邱彦跌跌撞撞地也跑了过来，老远就冲他俩喊：“包呢？”

“被那个爷爷拿走了。”邱奕笑着说。

“那怎么办？”邱彦扯了扯自己的泳裤，“没有裤子穿啦。”

“你是小孩儿怕什么？”边南还是想笑，出门游个泳把衣服裤子都游没了也算是珍贵的回忆了，他在邱彦的肚子上弹了弹，“我跟你哥哥才美呢。”

邱奕笑着站了起来：“再游会儿吧，不过一会儿游完了没东西吃了。”

“哦！”邱彦正在兴头上，对没东西吃并不太在意，转身又往河边跑去。

“我也再游会儿。”边南看了看自己的脚，刚跑过来都没注意，脚被硌得有点儿疼，还好没破。

“对不起啊。”邱奕在一边说了一句。

“什么？”边南愣了愣，“这事儿你对不起什么啊？”

“去游泳池就不会丢东西了。”邱奕笑了笑。

“去游泳池也不好玩啊，我在人堆里未必学得会游泳。”边南往前走。

“我要是把你的包也埋了就好了……”邱奕笑过之后越想越郁闷，皱着眉。

“哎，行了。”边南回手拉了拉他，“一个包也没什么的，那老头儿穿得那么破，没准儿是太穷了。又没什么重要的东西，你这样多没意思？出来玩的啊。”

邱奕没出声，两人回到河边，他在一块石头上坐了下来：“我歇会儿。”

“体力不支了？”边南看着他。

邱奕把腿伸直：“感觉有点儿……”

“又伤了？”边南一阵紧张，直接跪到邱奕腿边，盯着他的腿，“还是根本就没好？”

“你……”邱奕胳膊撑着膝盖，手往嘴边遮了遮。

边南看到了他没忍住的笑容，又看了看自己的姿势，的确挺虔诚的，就差磕头了。

“你这不对啊，”边南坐在河滩上，“我这是关心你。”

“没事儿。”邱奕摸了摸小腿，“就感觉有点儿发酸，可能是太久没动了。”

“那这正常。”边南指了指他的腿，“你没发现这俩腿都不一样粗了吗？”

“唉！”邱奕叹了口气，往后慢慢地躺在了河滩上，“我晒晒，补补钙。”

边南没理他，蹦着跑下了河。邱彦正在水里扑腾，边南游过去跟邱彦一块儿往水里潜着找宝石。

“潜下去的时候要吐点儿气，”邱彦指点他，“要不会漂起来的，然后用力往下游就可以啦。”

邱彦当教练比邱奕要积极，但就是太啰唆，好在边南已经有了些经验，很快就能陪着他在河底趴着了。

不过邱彦精力太旺盛，或者是太喜欢玩水，边南陪他玩了没一会儿就觉得累了，手里拿着三四块邱彦找到的宝石：“二宝，你累不累？”

“不累。”邱彦翻了个身躺在水面上，“你看，我可以这样漂着。”

“你真能折腾。”边南知道为什么邱奕会说把邱彦送给他了，这小不点儿简直跟身上背着永动机似的。边南摸了摸邱彦的鼻子：“我去岸上歇会儿，你的宝石我帮你拿上去。”

“嗯。”邱彦闭着眼漂在水面上应了一声。

边南抱着几块破石头回到了岸边，往地上一扔。

邱奕正枕着胳膊闭眼晒太阳，听见动静眼睛睁开了一条缝：“不游了？”

“歇会儿。”边南在他身边坐下，“你的腿没事儿吧？”

“嗯，现在没什么感觉。”邱奕屈起一条腿晃了晃。

“真没想到一棍子能砸成这样。”边南坐了一会儿，也躺下了，“早知道不如踹两脚跑了得了。”

“那你早完了。”邱奕说。

“你的意思是你现在好了，我也该完了呗？”边南扭了扭，后背有块儿大石头顶得他跟要下腰似的难受，他往右挪了挪，右边是块儿更大的，顶在他的屁股上，他只得往邱奕那边蹭。

一直蹭到跟邱奕挨着了，边南才算找到平坦点儿的地方。

“你不热啊？”邱奕扭头看着他。

“这边没地儿了。”边南也扭头看他，“你占了最平的一块儿，匀我点儿还不行了啊？”

“你再晒晒能去煤堆里卧底了。”邱奕拿了块儿石头垫在自己的脑袋下面枕着。

“你再废话信不信我揍你啊，瘸子！”边南啧了一声，也摸了块儿石头在自己的脑袋下面塞好。

“快来，我皮痒了。”邱奕也啧了一声。

边南乐了，笑了好一会儿才有些犹豫地说：“哎，那事儿你知道了吧？”

“什么事儿？”邱奕抬起手，迎着阳光，光线从指缝中穿过，洒在他的脸上。

“就申涛他们被傻潘堵了的事儿。”边南说。

“嗯。”邱奕把手放到他眼前握成拳，用食指钩住大拇指，大拇指上下动了动，看着跟嘴似的一张一合，“知道啦。”

边南揪了根草塞到“嘴”里：“你真幼稚。”

邱奕动着手指，把草“吃”了进去，又从另一边搓了出来：“直肠子，吃完就……”

“哎！”边南一巴掌拍开了他的手，“我跟你说正经的呢，你注意点儿，潘毅峰这回找的是外边儿的人，跟以前不是一个级别的。”

“知道了。”邱奕放下手，慢慢坐起来，手撑着地看着他，“你先照顾好你自己吧。”

“什么意思？”边南眯着眼看着他，邱奕背着光，脸上被阳光镀上了一层淡淡的金色光芒。

“我收拾完他就该轮到你了。”邱奕笑了笑。

边南没多问邱奕打算怎么收拾他，反正之前他放过话，要打要砸要骂随便，他都等着。

没准儿邱奕不准备打他，让他带邱彦游两天泳就能把他累个半死了。

邱彦的确是个精力过于旺盛的小男孩儿，边南和邱奕在太阳底下晒得口干舌燥的，早就没有享受日光浴的美妙心情了，他还在水里来回游着。

邱奕实在忍无可忍，下水把他给拎上了岸。

“我不累呀。”邱彦还挺不情愿，一步一回头地往河里瞅。

“手举起来看看。”邱奕坐到石头上看着他。

邱彦把手举了起来，又低头把手藏到了身后。

“手怎么了？破了？让鱼咬了？”边南拉过邱彦的手，邱彦握着拳头，也看不出有什么问题，边南想掰开他的手指的时候邱彦握得紧紧的不让他看。边南把邱彦抱到一边，小声说：“悄悄让我看一眼。”

邱彦犹豫了一下，把手张开了，手指头上已经全白了，布满了大大小小的皱。

“我哥哥说，”邱彦往邱奕那边看了一眼，“这个皱皱很多、很深的时候就是脱水啦，脱水就不能再游了。”

“那就不游了呗。”边南乐了，邱奕居然就这么蒙小孩儿，他捏着邱彦的手指，“再游就干巴儿了，再说咱的包被那个飞毛腿爷爷拿走了，水啊吃的啊都没了，你再游下去口渴了咱没水喝，你看你哥渴得身上都煞白了。”

“他本来就白。”邱彦看了看边南，“你的眼神儿不太好。”

“嘿！”边南被小孩儿当场戳穿有点儿没面子，又有点儿想笑，“你这小屁孩儿真烦人。”

“我们没有衣服穿了！”邱彦突然反应过来，想起了这件严重的事儿，“我们怎么回去啊？”

“就这么回呗，没衣服穿又不是没裤子穿，老头儿还把鞋给咱留下就不错了。”邱奕过去把埋在石头堆下面的袋子拿了出来。

“可是……可是……”邱彦说，“这是游泳裤啊。”

“哎哟，还挺讲究。”边南没绷住乐得不行，把邱彦泳裤上的绳子抽紧系好，又跑到旁边的草丛里揪了片大叶子递给邱彦，“你用这个挡着脸，别人就不知道你是谁了。”

“哦。”邱彦犹豫了一下，把叶子举到了自己的脸前。

边南把邱彦抱到自己的车的后座上，邱彦泳裤里塞着边南和邱奕的钱包，手里一直举着那片叶子挡着自己的脸。

“就这么……出发？”边南跨上车，看着旁边的邱奕。

邱奕也跨到了车上，低头看了看自己的泳裤：“出发呗，不然怎么办？埋头骑就行。”

“我们会不会被拍照？”边南蹬了一下车，往前骑了出去，“会不会有人给电视台爆料？”

“没事，”邱奕纠正他，“我们穿了裤子。”

边南扯了扯泳裤：“其实我一直想说……你还好，裤子明显，我这黑裤子离远了……可能看上去是一体的。”

“你俩换一下就都很明显了。”邱彦在后头举着叶子说了一句。

“我才不换！”边南乐了，这小家伙偶尔反应还挺快，“我才不要那条裤子。”

从河边到市里这一路还凑合，路上都是农田和村子，没什么行人，只偶尔有飞驰而过的车。

尽管有一辆车从对面开过来，经过他俩身边的时候还按了按喇叭，但好歹都是转瞬即逝的事儿，没给他俩带来太大压力。

三个人进了城就不同了，人和车一下子多了起来。

边南从来不在意别人的眼光，但现在这种形象还是让他有点儿尴尬，唯一庆幸的是自己身材不差。

他瞄了一眼邱奕，邱奕一脸平静地骑着车。

边南估计邱奕也是个承受力特别强的主儿，平时骑荧光绿的车就够那什么的了，今天居然还配了条同色的泳裤，肤色和身材一衬，跟出来走秀似的。

他俩凑一块儿绝对是今天这条路上一道亮丽的“神经病”。

“咱打个车吧？”边南看到了出租车，“我看到有人拿手机对着咱俩了。”

“车上放得下两辆自行车？”邱奕看了他一眼。

“我口渴。”邱彦在身后说了一句，还举着叶子靠在边南的背上。

“回家喝水。”邱奕很简单地回答。

“要不就在这儿停下打车吧，打两辆就行。”边南放慢了速度。

“我想喝水。”邱彦又小声说了一句，“我好渴啊，好渴。”

“我们马上就……”边南把自行车停在路边，腿撑着地，回过头摸了摸邱彦的脑袋，正想说马上到家就能喝了的时候，看到了邱彦已经干得有些起皮的嘴唇，“帮你买水。”

“我去买吧。”邱奕看边南下了车，拦了他一下。

“你太抢眼了，进店里吓着人，我还低调点儿。”边南拿过钱包，看准了路边一个小杂货店，小跑着过去了。

“拿瓶水。”边南把钱扔在老板面前的桌上，打开冰柜拿了瓶水。

“你们这是……”老板拿着钱，往店外邱奕那边儿瞅了瞅，“铁人三项？”

“什么铁……啊是，我们是钛合金人三项。”边南敲敲桌子，“快找钱，比赛呢，我们要保持领先。”

边南买了水出来，邱奕已经拦下了一辆出租车。

“你带二宝先回去吧。”邱奕看着正举着瓶子咕咚咕咚地灌水的邱彦，“这么半天才一辆空车。”

“那多不仗义，这么丢人的事儿有个伴儿比较舒服。”边南笑了笑，这一路过来已经感觉没什么了，反正也没人认识他是谁。

“那随便你。”邱奕伸手继续拦车。

两人站在路边伸了半天手，之前的那辆出租车的司机都有点儿不耐烦了。

“叔，”边南扒着车窗，“你把表打上，到地儿了咱再多算点儿车费呗。”

说完他一转身，看到一辆路虎往路边靠了过来。他愣了愣，赶紧往车牌上瞅了一眼，一串“8”跃入眼帘。

“这是我爸的车……”边南喊了一声，正想说天助咱仨也，突然看到坐在驾驶室里的人不是老爸。

邱奕也跟着往车里看了一眼，副驾驶座上的人已经放下车窗探出头，脸上带着笑冲他挥手，他也愣了：“边馨语？”

“邱奕！你怎么在这儿？”边馨语没等车停稳就打开车门跳了下来，盯着邱奕上上下下打量了一通，“你这是……”

“游泳出了点儿意外。”邱奕扭头看了看边南，发现边南已经走开了。

“是在打车吗？我送你，我哥开车呢。”边馨语笑着又往他身后看了看，“那是你弟弟？好漂亮啊！”

“不用了。”邱奕对边南和边馨语在这种情况下见面都能跟没看到对方一样的场面有些不适应，“要不你送边……”

“哎呀，没事儿，反正都是要进城，这样站路边也太拉风了吧。”边馨语拉了拉他的胳膊，又冲邱彦招了招手，“小不点儿，姐姐送你和哥哥回家。”

“边南，”邱奕转身走到边南身边，“你……”

“你坐那车，这儿不好打车，”边南把自己那辆车放到了出租车后备厢里，“光着膀子在街上就别啰唆了。”

邱奕不想上边馨语的车，但看边馨语的意思也没打算送边南，他要不上车估计这局面就得僵住，想了想道：“你带二宝。”

“嗯。”边南应了一声，拉开车门，“二宝上车。”

“我哥哥呢？”邱彦跳上了车。

“他坐那辆大车，咱这样就不用再打一辆车了。”边南也上了车，摸了摸他的头。

“哦。”邱彦对哥哥要坐大车没什么感觉，上车就趴在了边南的腿上，估计是累了。

出租车开走之后，邱奕转身也上了车，坐在后座上。

边馨语拉开了副驾驶座的门，想想又关上了，也坐到了后座上。

“这是我哥，边皓。”边馨语笑着说，又拍了拍边皓的肩：“哥，这就是我说过的，给婷婷补课的那个老师，邱奕。”

边皓回过头冲邱奕点了点头：“总听我妹说起你，今儿总算见着了。”

邱奕笑了笑没说话，今天这面见得印象估计是挺深刻的。

边皓问了邱奕家地址之后发动了车子。

邱奕看着窗外，边皓的样子还算顺眼，长得跟边南不像，更硬朗些，边南虽说是黑皮，但在没挂上不耐烦的表情时，脸上的线条和五官比较柔和，估计是更像妈妈。

“你去游泳了？”边馨语在一边问他。

“嗯，带我弟去玩。”邱奕点了点头。

“我听说你的腿受伤了，已经好了吗？”边馨语拢了拢头发，看了看他的腿，“我给你打了几个电话都没打通，你换号码了？”

“好了，没换。”邱奕简单地回答。

“那我还是打不通啊。”边馨语拿出手机低头按着，“号码错了吗？以前能打通的啊。”

“没开机。”邱奕说，往前看路的时候，视线在后视镜里跟边皓正盯着他看的目光迎上了。

邱奕没有回避对方的目光，边皓又跟他对视了好几秒钟才移开视线看着前方的路。

边馨语沉默了一会儿，又笑了笑，有些尴尬地说：“边南……叫他上车他也不会……”

“前面是左转还是直行？”边皓打断边馨语的话问了一句。

“左转。”邱奕说。

“你不是开着导航吗，还要问？”边馨语皱了皱眉。

边皓没出声，沉默着继续开车。

边馨语虽然对边南一直没有一句好话，但在别的方面还算单纯，大概只是想向他解释一下为什么没叫边南上车。边皓则不同，明显不想让边馨语在这种情况下把自己家复杂的关系拿出来跟外人说。

所以邱奕很快换了个话题：“你也是出去玩了吗？”

“嗯，我跟我哥去摘樱桃了。”边馨语挺开心地拎起一个袋子，“正好，你拿点儿回去给你弟弟吃吧。”

“不用了。”邱奕笑了笑。

“别这么客气嘛。”边馨语拿了另一个袋子往里面装了不少樱桃，“我们就是玩，摘了这么多也吃不完的。”

邱奕没往后视镜里看都能感觉到边皓盯着他的目光，于是没再推辞：“谢谢。”

“你什么时候有时间，一起去摘樱桃啊？葡萄也熟了，摘葡萄也可以……”边馨语看着他。

“我没时间。”邱奕再次笑了笑。

“哦，对了，你要打工还要补课，的确没什么时间。”边馨语叹了口气，“你的腿好了是不是还要给婷婷补课？”

“嗯。”邱奕被边皓盯得实在难受，忍不住指了指前面，“看路。”

邱奕没让边皓把车开到胡同口，只让他在小街上停了车，边馨语还想送他到门口，也许是想知道他家住哪儿。

“你就这样走回去啊？还远吗？”边馨语问。

“不远了，没事儿。”邱奕开门下了车，去后备厢里把自行车拿了下来。

边馨语下了车：“送你到门口也不……”

“馨语上车，你操什么心呢？”边皓在车上说，“哪还有强迫送人的？”

“谢谢了。”邱奕跨上车，冲边皓点了点头，蹬着车走了。

邱奕回到家的时候，边南已经先到了，拿了他的一套衣服换上了。

“二宝睡了。”边南看到他进了屋，小声说，“我穿你的衣服了，还拿了双你的新袜子。”

“嗯。”邱奕也拿了条运动裤套上。

“你饿不饿啊？”边南愣了愣。

“饿了。”邱奕笑了笑，“一会儿吃饭？”

“不了，我看二宝估计明天早上才能醒，刚才你爸还说已经吃了饺子，隔壁老太太拿来的。”边南抓了抓头发，“你随便弄点儿吃吧，我回学校了。”

“吃樱桃吗？”邱奕指了指桌上的袋子。

“他俩是去摘樱桃了吧？”边南拉开袋子看了看，“不吃了，我走了……你下周回学校？”

“嗯，下周见。”邱奕说。

边南乐了：“路上见了打招呼吗？”

“我叫你一声大虎子，”邱奕靠着门框笑着说，“你敢答应吗？”

边南龇牙冲他一乐：“我叫你一声邱大宝，你敢答应吗？”

边南走了之后，邱奕拿了药给老爸吃了，本来想随便弄点儿吃的，但灌下三杯水之后，感觉吃不下什么东西了，于是回屋躺到了床上。

邱彦趴在一边睡得很沉，边南也没给他找条长裤穿上，就让他那么盖着条小毛巾被。邱奕在他的屁股上拍了一巴掌他都没醒，继续打着呼噜。

“睡吧……”邱奕拿了枕头放在床头靠着。他已经很久没有把腿这么自在地放在床上了，感觉很舒服。

靠了一会儿，他拿出边南的手机，把自己的手机卡放了进去。

开机之后，信息一阵闪，他随意扫了一眼，多数是边馨语的号码，还有几个是同学的。

边南的手机还挺新，估计没用几个月，手机里的应用也很少，就几个俄罗斯方块、连连看之类打发时间的小游戏，歌倒是存了不少。

邱奕看着手机还有一半的电量，想起没有充电器，于是给边南发了条短信：“我叫你一声大虎子，你敢把充电器给我吗？”

发完短信，他正打算把手机放到一边的时候，手指碰到了屏幕，相机打开了。

他对着半张着嘴的邱彦拍了张照片，然后随手翻了翻手机相册。

边南的手机里照片不多，上回看到的万飞的照片占了多数，基本都是各种搞笑睡相和训练时摔倒之类的画面。

他往后翻了一会儿，手指停下了，看着照片愣了愣，接着就笑了起来。

照片是边南对着镜子自拍的，也不知道是在秀腹肌还是在秀长腿。

“还有这爱好呢。”邱奕笑了半天，把照片发给了边南，加了一句：兄台很威风啊。

边南回到学校，在门口的小面馆里要了份大碗的拉面，又拿了罐可乐，面对街坐着慢慢吃。

要说是铁人三项，还真没说错，算上追偷包老头儿那段路，跑步、游泳、骑车都齐了，边南在自己的腿上敲了敲，这感觉跟训练完了差不多。

一碗拉面下肚，他热出一脑门儿汗来，感觉很爽。

学校里很安静，宿舍里基本没人，边南一路上楼一路数着，加上他估计也就五个人。

他们宿舍照例是空的，他推开门时一阵没散尽的汗味儿扑面而来，如同一记黯然销魂掌迎面拍来。

边南迅速退出宿舍，还是感觉被“掌风”扫到了。

“高手！”他皱着眉重新进了屋，一眼就看到了朱斌搭在床架上的运动服。

这厮回家了居然都不把衣服带回去，都快懒成水螅了！

边南过去把衣服扔进了墙角的桶里，又接了半桶水泡上，再扣了个盆儿，这才算是化解掉了“这一掌”。

他去冲了个澡，身子酥酥软软地躺到了床上，正式入睡前的这段时间是最难熬的，干什么都没劲，偏偏还闲得睡不着。

他跳下床，从柜子里拿出一直没用的新手机，装上卡边充电边开了机，正好研究一下新手机，把软件什么的下载了装上。

他一开机首先蹦出来的是万飞的短信，连着好几条：

“你怎么关机？”

“回家了？”

“回话，你是不是被人抓了？”

边南对着短信乐了半天，给万飞回了个电话，两人闲扯了几分钟。

这阵子许蕊跟万飞的关系有所进展，许蕊跟他吃了个饭，收下了他送的一个小发卡。

就这点儿事儿把万飞给激动得都要吃速效救心丸了，打电话的时候边南就听他兴奋地说着。

边南挺替他高兴的，虽然没体会过这种感觉。

以前他也送小姑娘礼物，贵的、普通的都送过，也没因为谁收了他的东西就激动成这样的，收到小姑娘送给他的各种东西他也没什么特别感受。

谈恋爱不就这样吗？吃饭、聊天儿、送东西，他一直是这么想的，挺没意思的。

不过万飞还真是让他开眼了，还没谈上呢就这样了，开始谈了不得天天带着急救箱啊？

听万飞兴奋完之后，边南挂了电话，打开了别的短信。

一个没存过的手机号给他发了两条短信，他点开看了看：

“我叫你一声大虎子，你敢把充电器给我吗？”

边南愣了愣，反应过来这应该是邱奕的号，笑着把这号码给存了，名字写的是邱大宝。

存好号码再看第二条短信的时候他愣住了，一下坐了起来。

相册里这张照片他居然忘了删！

他拿着手机都不知道该怎么给邱奕回复了。

这照片是前阵子他回家的时候拍的，大清早万飞抽风，拍了张这样的照片发给他，说：“看我腹肌！”

他正好起床，顺手也拍了一张给万飞发了过去：“看我的！”

这傻子！发完了照片他居然没删？

他犹豫了一下，按下了邱奕的号码把电话打了过去：“你没事儿翻人的手机有病啊？”

“这是我的手机。”邱奕笑着说。

“这是我拍着跟万飞逗着玩的，你快删了。”边南说。

“嗯。”邱奕应了一声，“我还想留着当把柄呢。”

“当什么把柄，这上头又没我的脸，谁知道这是谁啊？”边南啧了一声。

“膝盖上的疤挺明显的，还是十字的。”邱奕说，“上帝保佑。”

边南被他说乐了：“能看到疤啊？那是我小时候摔的，特别巧就摔在十字钢上了。”

“摔了个叉，以后有机会再摔个钩吧。”邱奕笑了半天。

“对了，你周一过来拿充电器吧。”边南看到扔在桌上的充电器说了一句。

“不着急，我用万能充也能充上。”邱奕的声音挺低，估计他怕吵到邱彦睡觉。

边南一听这话就乐出声了：“别啊，来拿啊！你是不是不敢上我们这边儿来啊？”

“又不是没去过。”邱奕笑了笑，“我有空过去，记着这可是你叫我去的，别后悔啊。”

“我怕你吗邱大宝？”边南嘿嘿乐了两声，“你别让潘毅峰给截了就行，那我还真不知道要不要出手救你。”

边南折腾新手机折腾了一个多小时，总算把自己的瞌睡给折腾出来了，塞上耳机，定了个半小时后自动关机，然后闭上了眼睛。

一夜连梦都没做，第二天早上他醒的时候还是入睡前的姿势，都没动过。

周日下午开始陆续有人回了宿舍，万飞回来的时候照例带了一堆他妈做的吃的。

“朱斌同学！把你那酱菜衣服洗了，昨天把我熏出一里地去，差点儿回不来！”边南坐在床上喊了一声。

“要不留着也成，”孙一凡啃着牛肉干，“等王波打牌输了再赖账不去买夜宵，就把他跟这衣服一块儿锁柜子里。”

“哎，我洗……”朱斌拎着桶跑出了宿舍。

日子还跟以前一样，没什么变化，周末大家回来以后就凑一块儿瞎聊，晚上继续翻墙出去到网吧玩通宵。

接着就又是一周的上课和训练，暑假的时候有比赛，没多长时间了，周一老蒋就表示训练得加量。

边南却觉得这种跟以前没什么不同的生活有了点儿变化——更无聊了。

他有点儿羡慕万飞，起码万飞现在每天都乐呵呵的，全身散发着“我要谈恋爱”的荷尔蒙气息。

一想到自己不用再每天上邱奕家报到了，边南突然觉得有点儿失落，就好像空出一块儿时间不知道该怎么用掉了，以前也没觉得这块儿时间是多出来的啊！

邱奕回校两天了，两所学校都还没什么动静，不过气氛明显有些紧张，两边儿的学生偶尔碰上了都剑拔弩张的。

“你说邱奕在想什么呢？”万飞坐在边南对面，一边啃着鸡腿一边思索着，“要是别人被堵了也就算了，申涛跟邱奕的关系那么铁……就好像要是我被堵了，你怎么着也不能这么平静地待着吧。”

“要不你出去让人堵一回试试？”边南趴在桌上，面前的菜都没怎么动过。

他俩很久没有下午在学校食堂吃饭了，今天边南被老蒋折腾了一下午，出体育馆的时候腿都是软的，失去了翻墙出去寻食的兴致。

“不会是怕了吧？知道潘毅峰找了外面的人，他不敢惹了？”万飞吃得倒是很愉快，“你俩现在不是挺熟的吗？打个电话给他问问呗。”

“你还真不嫌事儿多。”边南伸手往万飞的脑袋上拍了一巴掌，“他俩要再打起来，我夹在中间不难受吗？傻子。”

“那你站邱奕那边儿呗，反正潘毅峰马上就走人了，也不用给他面子。”万飞满不在乎地说。

“体校就潘毅峰一个人啊？他毕业了别人不还在吗？”边南扒拉了两口饭，“你那点儿智商别都用在许蕊身上，好歹匀出点儿来留着以备不时之需。”

一星期还没过完，体校和航运中专之间诡异紧张的气氛就被打破了。

星期四早上，边南还没起床呢，孙一凡上厕所一脑袋磕门上，把他吵醒了。

“你这是想不开了吗？”边南迷迷糊糊地说了一句。

“啊……”万飞在床上哼了一声。

孙一凡出去没两分钟，一推门冲进了宿舍：“起来！别睡了，去门口看热闹。”

“什么热闹？”万飞顿时清醒了。

“潘毅峰被人锁在大门上了！”孙一凡压着声音说了一句，转身又跑出去了。

边南愣了愣，跳下床瞪着万飞：“他说什么？”

“潘大脸被人锁在大门上了？”万飞也跳下了床，“走，走，走，看看去。”

“怎么锁的？这是什么时候锁的啊？”边南很吃惊，边穿衣服边拿起手机看了看时间，刚过五点，离训练时间还差一个小时，这大清早的。

他俩跑出宿舍楼的时候，边南停下了，拿过舍管放在门边的一把竹扫帚。

“干吗呢你？”万飞看着他，“这会儿不会有人动手吧？”

边南没出声，把扫帚上面用来固定的一根细铁丝拧了下来，然后跟万飞一块儿跑到了学校门口。

校门那儿已经站了二三十个人，不少是刚从网吧出来准备回宿舍的，边南听到了潘毅峰骂骂咧咧的吼声。

靠近看清是怎么回事儿之后，边南差点儿没笑出声来。

潘毅峰穿着条球裤，右手被一条铁链锁在了大门上，手腕磨得通红，有些地方已经破皮儿了。

这会儿他正愤怒地边骂边甩着链条，旁边有人拿着根铁棍想把锁撬开，折腾了半天都没成功。

潘毅峰骂了一半抬头看到边南，瞪了他一眼：“看什么看！”

边南没说话，把从扫帚上拧下来的铁丝递给了万飞。

这是万飞的隐藏技能，开锁小能手。

万飞明白了他的意思，拿着铁丝走过去，看了看锁，把铁丝捅到了锁眼儿里，低头来回弄了几下，锁咔嚓一声弹开了。

潘毅峰抽出手，狠狠地把铁链砸在地上，推开身边的人往宿舍那边走了。

“干吗帮他开锁，锁到天亮他被所有人都看到了才精彩。”万飞看着潘毅峰的背影，“他又不会领咱们的情。”

“他太记仇。”边南踢了踢地上的铁链，“这种人……”

“这招太绝了。”万飞想想又笑得停不下来，“潘大脸那么好面子的人，这下栽爽了！”

边南一直以为邱奕会跟潘毅峰硬碰硬来场恶斗，没想到会以这样的场面结束。

而且他刚才看了看潘毅峰身上，没有伤，连擦伤和瘀青都没有。

潘毅峰好斗，在体校这几年大大小小的架回回都有他；他也怕死，出门必须成群结队，就怕落单了让人揍……但真揍到他头上，还真不会让他伤了元气，没准儿还会被他吹成一次风光的经历。

邱奕对潘毅峰还挺了解，没揍他，而是准确地打在了潘毅峰真正的要害上。

回了宿舍之后，几个人还在热烈讨论，潘毅峰这个伪老大挺失败，丢了这么大的脸之后，大家居然暂时没想起来这是航运中专的“老大”对体校的挑衅。

边南拿着手机出了宿舍，走到走廊的窗户边拨通了邱奕的电话号码。

“早。”那边邱奕接电话挺快。

“早。”边南探出头往楼上看了看，潘毅峰的宿舍在他们楼上，不过上面挺安静，边南没有听到潘毅峰愤怒的咒骂声，撑着窗台问，“你在哪儿？”

“学校。”邱奕回答。

“潘毅峰那事儿是你干的吧？”边南问。

“你猜。”邱奕的声音很平静，让人听不出什么情绪来。

“除了你没别人了。”边南压低声音道，“你这招挺狠。”

“嗯，谁帮他开的锁？”邱奕问了一句。

“我让万飞开的，他开门破锁是一把好手。”边南抓了抓头发，“你什么时候把潘毅峰锁上去的啊？”

“四点。”邱奕说。

时间也挑得不错，四点没人会出校门了，在网吧玩的人那会儿也不会回来，潘毅峰被锁在那儿连个报信儿求救的人都找不着……

边南正想多问两句，突然听到楼上一阵喧哗，砸凳子的声音和玻璃破碎的声音同时传来，还带着潘毅峰的吼声。

“有动静了。”边南说，“我先去看看。”

潘毅峰在楼上动了手，被他追着拿椅子抡的是头天晚上跟他一块儿吃夜宵的跟班。

“我上个厕所人不见了你们居然去上网！”潘毅峰手里的椅子已经被抡散架了，只剩了一条腿儿。

被抡的那两人也豁出去了，跟潘毅峰扭成一团。

周围有不少人围观，但低年级的学生不敢上去拦，高年级的学生对潘毅峰那伙人也都看不上，平时没人敢惹他们，现在也没人去拉架。

一直到几个人身上都见了血，周围的人才上去把他们给拉开了。

被架开的时候潘毅峰正在兴头上，脚还狠狠地蹬着。

边南站得有点儿近，被他在腿上蹬了一下。

“哎！”边南拍了拍裤子，拉了拉旁边的万飞，“走，走，走。”

体校“老大”潘毅峰被航运中专的“老大”寻仇，半夜吃夜宵上厕所落单时被“劫持”，先是被锁在旁边的工地上，然后又被锁在了体校的大门上……

这事儿还没到中午就已经传遍几所学校。

潘毅峰本想在毕业前整个大活儿，没承想被邱奕这么整了一回，一整天脸色都很难看，基本上处于谁看他一眼他就要动手的状态。

中午他就被拎到办公室里谈话去了，再出来的时候有点儿发蔫。

“他还想进俱乐部打球。”训练时万飞跟边南跑在五公里队伍的最后面，分析着潘毅峰蔫了的原因，“这事儿要闹大了，他就不一定能进去了，估计被教练警告了。”

“他进打架俱乐部合适。”边南笑了笑。

“你想过没？”万飞跑了一段之后看着边南。

“想什么？”边南问。

“咱还有一年就毕业了，你想过毕业以后干吗没？”万飞抹了抹汗，“我妈想让我考体院。”

边南沉默了。

是啊，他们还有一年就毕业了，真快。

但他从来没想过毕业之后的事儿，居然从来没想过。

训练结束之后，边南洗澡洗了很长时间，一直在琢磨这个问题。

他突然觉得很迷茫，也很害怕。

洗完澡之后万飞要去网吧，边南躺在床上没动：“我不去了，我躺会儿。”

“你没事儿吧，一直没精打采的，是不是哪儿不舒服？”万飞摸了摸他的脑门儿。

“真没事儿，我反省一下我的人生。”边南瞪着上铺的床板。

万飞弯腰盯着他看了一会儿，转身出门了。

在床上躺着反省了半小时也没反省出个所以然来，边南叹了口气。

手机响了，新手机铃声跟之前的不同，响了好几声他才反应过来，拿过手机接了电话。

“有空吗？”邱奕的声音传了过来，“把充电器拿给我吧。”

“行，你在哪儿呢？”边南坐了起来。

“在上回碰到你的那个围墙外边儿。”邱奕说，“你都从那儿出来的吧？”

“嗯。”边南拿上充电器出了宿舍，“你很嚣张啊，一个人跑这儿来。”

“那你快通知潘毅峰我在这儿。”邱奕笑了笑。

从围墙跳出去的时候，边南想起了被邱奕一膀子掀回墙里摔在地上的事儿，有点儿感慨，这才没几个月，两人的关系居然已经变成这样了。

从围墙上跳到地上之后，边南没看到路边有人，只对面街上有几个体校的学生刚从超市出来。

边南拿出手机正想给邱奕打个电话，身后传来了邱奕的声音：“我要现在给你一棒子，你声音都出不了就得倒地。”

边南回过头，看到了靠在墙边的邱奕，他一身黑色休闲裤和黑色的T恤跟阴影完美地融为一体：“你来拿个充电器还穿夜行衣。”

“吃饭了没？”邱奕转身沿着路往车站那边走，“那边开了家手把肉，请你吃饭。”

“大热天儿的吃什么手把肉啊……”边南又往对街看了看，不想让体校的人看到邱奕，虽说潘毅峰栽了不少人心里是挺痛快的，但让潘毅峰栽的人是航运中专的老大，在这点上体校的学生肯定会一致对外，“干吗要请我吃饭？”

“谢谢你这段时间出钱出力，帮了我不少忙。”邱奕转头冲他笑了笑。

边南正想说“不用谢，这是我应该做的”，还没开口，邱奕又接了一句：“虽然这都是你自找的。”

“我请你，这么记仇。”边南啧了一声，犹豫了一下又说，“你请我吃饭的话，请蛋炒饭吧，上回在你家吃的那种。”

邱奕看着他笑了笑：“好吧。”

边南虽然已经在食堂吃了饭，但只是随便扒拉了两口，现在都感觉不到肚子里有食物存在，所以打算跟邱奕一块儿再吃点儿，不过得去远点儿的地方，比如车站再过去一些的那条小街，那里两个学校的人都少。

“对了，”邱奕走了几步停下了，从裤兜里掏出个东西递给了边南，“二宝让我带给你的。”

“什么东西？”边南接过东西来借着路灯的光看了看，半天也没看明白这个用一根铁丝穿着三个棕色小泥球的东西是什么。

“他说这是肉串儿，他用陶土做的。”邱奕说。

边南看着手里这个只有一个手指长短的微缩版肉串儿乐了：“他怎么想的啊，做这么个玩意儿送我。替我谢谢他，告诉他我特别喜欢。”

两人正说着话，后面传来了说笑的声音，边南一扭头就看到从超市出来的那个体校的学生往他们这边儿走了过来。

边南赶紧一把把邱奕推进了树影里，然后拽着他飞快地往前走：“快走……”

两人在胡同里站了一会儿，也没说话。

“应该过去了吧？”他问邱奕。

“不知道，我就知道我挺饿的了。”邱奕叹了口气。

“这么晚还没吃？你们不是经常去卫校食堂吃饭顺便看美女吗？”边南摸了摸身上，摸到一片口香糖，递给了邱奕，“饿了先拿这个顶一顶吧。”

“嗯，没错。”邱奕笑了笑，接过口香糖，“羡慕？”

大家都知道卫校的食堂伙食好，但卫校离航运中专近，体校的学生要过去肯定得跟航运发生遭遇战，所以他们基本不去。

边南龇了龇牙：“我羡慕什么，小爷在这儿混了六年了，卫校的姑娘见多了。”

“我看也是。”邱奕点了点头，拿出手机，“看看这电话本里的姑娘，我数了一下，能有二三十个……”

边南带着邱奕去了小街，找了个有空调的小饭店。

已经过了饭点儿，店里只有两桌小情侣在吃饭。他俩进去的时候，几个人抬头看了他们一眼，虽然很快就转开了头，但边南还是看到了他们眼里吃惊的神色。

“你们学校的？”他找了张靠里的桌子坐下。

“嗯。”邱奕往那边看了一眼也坐下了，“没事儿，都不是惹事儿的人。”

“其实吧，”边南拿着菜单翻着，“我以为今天你是趁热来收拾我的。”

“本来就是这么想的。”邱奕往杯子里倒上茶，“不过我晚上要上班，吃了东西就得赶紧过去了，改天吧。”

“这话说的，跟我求着你收拾我似的。”边南叫了服务员过来，点了几个做得快的菜。

“放心吧，不求我我也会收拾你的，早晚的事儿。”邱奕掏出烟点了一根叼着，“我这人记仇。”

菜很快上来了，小店里的菜没什么卖相，不过味道还成，就是味精比学校食堂还舍得搁，拿上来的时候边南看到菜叶上还有味精粒儿。

“你不回家，二宝自己做饭吗？”边南舀了碗汤，把菜夹到汤里涮了涮。

“早上就准备好了，都是蒸一下就能吃的。”邱奕低头吃饭，“昨天给他炸了鱼柳，估计今儿晚上他就能吃光了。”

想到鱼柳，边南咽了咽口水，夹了块肉也在碗里涮了涮才放到嘴里：“你还回原来那个饭店打工吗？”

“嗯，老板让回去就回去了，省得花时间找地儿。”邱奕点了点头。

“真够拼的。”边南有点儿感慨，邱奕的腿拆石膏也就一个星期不到，他就又开始这么连轴转了，“你这样还有休息时间吗？”

“还成。”邱奕笑了笑。

“你要毕业了也这样吗？”边南想了想，“白天上班晚上还打工？”

“不一定。”邱奕喝了口汤，“毕业如果上船了就打不了工了。”

“上船？你学的什么专业啊？”边南有点儿好奇，虽然旁边就是航运中专，但他对这些完全不了解。

“航海技术。”邱奕回答，看边南还是一脸茫然，又补了一句，“有些学校叫船舶驾驶。”

“开船啊？”边南啧啧了两声。

邱奕笑了笑：“你呢？”

边南没出声。他本来就在迷茫自己以后该干吗，还没迷茫完呢，邱奕这一问，他更迷茫了，沉默了半天才叹了口气：“不知道，要不考体院，要不就找个俱乐部，或者去哪儿当教练……”

哪样他都没兴趣，他根本不知道自己想干什么。

“还有一年呢，慢慢想吧，你爸没给你安排一下吗？”邱奕把碗里的饭吃完了，放下了筷子。

“他能怎么安排？估计就让我跟着他，要么就给个店吧。”边南也放下了筷子，想到这些就没什么心情吃了，“怎么安排都会让阿姨和边皓不舒服，所以我从来不想这些。”

“这些事儿不想又不会没了，你总得面对，早想早解决不好吗？”邱奕笑了笑，拿出手机看了看时间，“我得走了。”

“说话跟个小老头儿似的干吗呢？”边南招手叫来服务员结了账，拿出充电器放到邱奕面前，“接口那儿被我踩了几脚，充电的时候有点儿接触不良，得压着点儿。”

“嗯。”邱奕把手机和充电器放进包里，站了起来，“有空给二宝打个电话吧，他这几天总念叨你。”

“我暑假教他打网球。”边南也站起来，“你不反对吧？”

“不反对，省得我担心他到处跑了。”邱奕往饭店门口走了过去。

邱奕今天没骑自行车，要去公交车站坐车，边南本来可以直接回宿舍，但想到万一邱奕一个人等车的时候被人蹲了，那自己实在有点儿不够意思。

于是他陪着邱奕一块儿站在了站牌下，时不时往四周看一圈儿，跟接头似的，好在没站几分钟车就来了。

“走了，谢谢。”邱奕拍了拍边南的肩膀。

“请叫我红领巾。”边南还是找着机会把这话给说了出来。

“我没有问你的名字。”邱奕笑着上了车。

车开走之后边南还在站台上待着，突然不知道是该回宿舍发呆还是去网吧找万飞发呆，这阵子时不时冒出来的这种空落落的感觉实在让人受不了。

特别是在和邱奕讨论完“以后”之后，虽然只是简单的几句话，却还是让他对自己的“以后”有了些没着没落的担心。

他沉思了半天，决定去网吧。

万飞正在网吧里酣战，边南站在他身后，把他兜里的手机和钱包拿出来了他都没感觉到。

最后边南把一瓶饮料放到他面前，他才抬头看到了边南：“哎，南哥？你不是在思考人生吗？”

“思考完了。”边南把他的手机、钱包都扔到他身上，打开了他旁边的机器，“你说你出来通宵带着这些干吗？捏张身份证不就得了？”

“你现在隔空取物的技术突飞猛进啊！”万飞拿过饮料飞快地拧开盖子喝了一口，眼睛盯着屏幕问，“思出什么来没？”

“没，两眼一抹黑。”边南靠着椅子，盯着桌面，也不知道该玩什么。

“你等会儿。”万飞看了他一眼，“我打完了陪你斗地主。”

“我陪你打吧，今天不想斗地主了。”边南说。

“还是我南哥体贴！”万飞很愉快地在他的腿上拍了两下。

边南很久没通宵了，陪万飞玩了没多久就开始犯困，过了十二点眼皮都哆嗦上了，眼泪哗哗地掉，跟碰上什么冤情似的。

他实在扛不住，也不管万飞抗议，扔了鼠标把腿往旁边椅子上一搁就闭上了眼睛。

“你神经病啊，跑网吧来睡觉！”万飞叹了口气。

“就睡了怎么着吧？”边南说，“我都快困哭了。”

“行了，你睡吧，走的时候我叫你。”万飞啧了一声。

这一夜在网吧睡得很痛苦，半夜还有人玩兴奋了喊得停不下来，边南拿烟缸往桌面上砸了一下，才算是安静下来。

不过他自己的瞌睡也被砸没了，看看时间，坐起来斗了几圈儿地主，窗外开始蒙蒙亮，他拉着万飞出了网吧。

“哎！”万飞伸了个懒腰，“你明天回家吗？”

“回吧。”边南想了想，“你周末约许蕊了吧？”

“就周末这点儿时间能约就约了。”万飞蹦了蹦，“不过你要去我家的话我就不约她。”

“我回家，你快使点劲儿把她搞定吧，成天魂不守舍的我都替你着急。”

边南在路边的早点摊上停下了，跟万飞买了杯豆浆。

“你别说我，南哥，”万飞往他肩上一揽，嘿嘿笑了几声，“我怎么觉得你最近也有状况呢？魂不守舍的人得算上你一个。”

“我那是闲的。”边南喝了口豆浆。

要说闲，周末才是真的闲得没着没落，为了成全万飞追姑娘的大业，边南周末回了家，让他稍感愉快的是边皓不在家，边馨语也没在家，据说是去她的好朋友家陪着补课了。

好朋友？

边南突然想起邱奕提过给边馨语的闺密补课的事儿。

这缘分还真是深深浅浅不可捉摸啊……

没有边皓兄妹俩在家，边南出出进进的自在不少，去后院被边馨语的狗舔来舔去的也没那么烦躁了。

转了几圈儿之后，他跑到老爸的书房里，看着柜子里放着的一堆茶叶。

“爸，这些茶叶你都喝吗？”他拿了一罐看着，也看不出个好坏来。

“哪儿喝得了这么多。”老爸在一边洗茶，“怎么，你要？”

“我有个朋友挺爱喝茶的，我想拿一罐给他。”边南说。

“哪儿有拿一罐的，拿两罐，好事成双。”老爸站起来走到柜子旁边，“你这朋友爱喝什么茶？”

“我不知道。”边南抓了抓头。

“关系很好的朋友吗？”老爸拿了两罐茶出来。

“关系……算……”边南还真不知道他跟邱奕这个关系该怎么算，他俩一边一块儿吃饭聊天出去玩得挺愉快，可一边还有账没清，“算挺好的。”

“拿这两罐吧，给朋友得拿好点儿的。”老爸把茶叶递给他。

晚饭的时候边馨语没回来吃，一直到快十点了才到家。

边南正躺在床上玩手机，听到边馨语跑上楼的声音，伸手把屋里的灯关掉了。

边馨语在他的房间门口站了一会儿，进了自己屋里，过了几分钟又出来了，轻轻敲了敲他的门：“边南，你睡了吗？”

边南没出声，知道边馨语会找他。

边馨语摆明了是想和邱奕套近乎，虽然边南说过他跟邱奕不熟，但那天“铁人三项”的风采搁谁估计都不相信他俩不熟，边南就知道边馨语肯定得找他打听邱奕的事儿。

他不想在这里头掺和，边馨语想干什么都跟他没关系。

边馨语在走廊里来回走了能有十几分钟，脚步在边南门口有些犹豫着停下，接着又走开，过了一会儿又停下。

边南突然有些感慨，现在是怎么回事，怎么身边的人一个个都这样……

边馨语长得漂亮，学习也很好，从小到大围着她转的人都快把边皓逼出毛病了，边南还是第一次看到她为了一个人这样。

这是崇拜吗？

边馨语对邱奕是吗？

它会这么突然地就出现？会不会突然又那么没了？

不过一直到第二天下午边南收拾东西准备回学校了，边馨语也没有再找他，只是看着他时有些欲言又止。

边南都替她觉得费劲儿了，比万飞还费劲儿。

回到学校之后他给邱彦打了个电话，小家伙兴奋得不行，叽叽呱呱地说得停不下来，好几分钟之后才因为喘不上气停下来了。

“二宝，你肺活量真好。”边南趴在床上一直乐，感觉自己好些天来那种莫名其妙的低落情绪被一扫而空。

打完电话他才想起忘了告诉邱彦他下周要过去，拿茶叶给邱奕。

想想他又觉得直接过去给邱彦个惊喜也行。

不过这周老蒋继续发威，就像是为了配合考试，以防他们还有力气去网吧厮混似的，每天下午不把人给折腾残了不算完。

边南今天被老蒋继续盯着练反手，训练结束的时候累得饭都不想吃了，灌了一肚子水往床上一瘫直接愣到了快八点。

“哎，南哥，”万飞进门的时候就近趴在了孙一凡的床上，到现在也没力气挪窝，“还有吃的吗？”

“昨天就吃光了。”边南坐了起来。

“万大哥，你回你床上去行吗？我求你了。”孙一凡被万飞挤在床里头侧着身，“还有没有点儿人性了啊。”

“饿成这样还能有什么人性！”万飞往孙一凡的肚子上拍了一巴掌，“只有对食物的深深渴望！”

“想吃什么？”边南下了床，穿上衣服，“我去买。”

热狗、汉堡、酸辣粉、炒饼……边南翻出围墙的时候还一直在想着万飞开的食物清单，这人饿急了估计能把这条街大小饭店的菜单都背出来。

边南没打算把这些都买了，精简出了跟自己想吃的重合的那几样，先去成都小吃买酸辣粉。

酸辣粉离得不远，就在工地对面，过了上回他跟邱奕躲人的那个胡同就是了。

快走到胡同口的时候，他听到身后传来了有些杂乱的脚步声。

他很快地回过头扫了一眼，看到身后这几个人穿的不是体校的运动裤时，马上明白是怎么回事儿了，想也没想拔腿就跑。

他还没跑两步，背上被什么东西砸了一下，不疼，但吓了他一跳，就在一分神的瞬间，有人冲了上来，接着边南只觉得眼前一黑，紧跟着闻到了一股饲料味儿。

他喊了一声：“邱奕！”

无耻！这人居然往人脑袋上套饲料袋子！

边南从小到大在电视、电影里看过无数次，主角、配角、路人、炮灰什么的被人套个麻袋拖到小胡同里……

但他怎么也没想到自己有一天会碰上同样的事情，不就出来买点儿吃的吗？

他就被套了袋子！

还是饲料袋！

带着一股子酸臭味儿！

边南挣扎着想要把饲料袋从脑袋上拿下来，这个味儿他实在受不了。

但他刚抬起胳膊，就被人抓着往后一勒，接着手腕上一凉，一根链条锁绕在了他的手上，咔嚓一声锁上了。

紧跟着就有人把袋口狠狠地往下一拉，袋子把他的胳膊也一块儿套了进去。

边南觉得这事儿也太够劲儿了，简直百分百确定这是邱奕干的，这事儿只有他那种在水里整人都带花样的人才干得出来！

“你挺会玩啊！”边南的胳膊被身后的人死死地扣着动不了，骂完这句之后他不再吭声，袋子太合身，一张嘴说话都贴嘴上了。

偷袭的人有三四个，边南从脚步声里差不多能判断出来，但始终没有一个人说话。

他估摸着右前方有人，准备抬腿蹬过去的时候，肚子上被人砸了一下。

他身体猛地往前弓了弓，这一下不轻不重，砸得他有点儿反胃，话都说不出来了。

没等他缓过来，两个人架着他的胳膊把他连拖带拽地弄进了旁边的小胡同里，趺趺撞撞地被人推到了墙边。

边南什么也看不到，功夫不到家又没法准确地听音辨位，只能先靠着墙静观……不，静“听”其变。

不过接下来的动静让边南有点儿措手不及。

有人靠近了他，先是扳着他的肩，一抬膝盖撞在了他的肚子上，依然是不轻不重正好让他吃痛地弯下腰的力度。

接着他就感觉到自己的肩上、背上、胳膊上、腿上被连续地拳打脚踢。

边南的手被锁在身后，除了弓着背挨着，他连躲都不知道该往哪儿躲。

这人拿他当沙袋似的一通打，每一下都避开了要害，但同时也保证了每一下都很疼，打了能有两三分钟还没停手。

“邱奕你是不是有病！”边南喊了一声。

对方没有出声，一脚踢在了他的屁股上，又一掌劈在了他的肩上。

边南晃了晃，靠着墙，肩上的酸疼简直扛不住，他咬着牙道：“行吧，随便打……别打脸。”

这话一说出来，对方突然停下了，手隔着饲料袋摸到了他的脑袋上，又摸到了他的脸上，然后往他的脸上一边拍了一下。

“邱奕你大爷！”边南简直无语了，全身被打得又酸又痛的又来这么一下。

“是我。”终于有人开口说了一句话，“我就是来教训你一下。”

这的确不是邱奕的声音，边南听出来了，这是申涛那小子。

边南靠着墙在袋子里啐了两下，嘴里不知道是不是进了饲料渣子：“你的肋条刚断了没两天就能揍人了？你是超人啊？邱奕呢？说话！”

“邱奕没来。”申涛说。

“你别蒙我，就是邱奕，踢我一直用的左腿，右腿还不敢随便用劲儿呢吧！”边南说，又转身晃了晃被锁在身后的手，“这跟锁潘毅峰那条是不是同款啊？”

申涛没有说话。

“打完了没啊？”边南喊，“松开！老子腿疼要揉一揉。”

有人走过来扳着他的肩把他转回身还是靠着墙，隔着饲料袋边南看不见这是谁，但莫名其妙地就能感觉出来这是邱奕。

“有句话带给你。”这人一开口，果然是邱奕。

“就知道是你。”边南啧了一声，“帮谁带话啊？说。”

邱奕清了清嗓子：“邱奕让我给你带句话……”

“什么？”边南愣了愣，这什么乱七八糟的？

“邱奕明天请你吃蛋炒饭，问你去不去。”邱奕说。

“啊？”边南半天才反应过来邱奕在说什么，“你有病吧，都这样了你还装呢？”

“你去不去啊？”邱奕隔着袋子拍了拍他的脸。

“哎，别拍，全都是饲料渣！”边南赶紧往后躲了躲，“去，去，去！老子去告诉二宝他哥打我！”

“那我就告诉二宝，他哥的腿是被大虎子打断的。”邱奕说。

“你狠。”边南往前撞了一下邱奕的肩，“开锁！”

邱奕似乎是在身上翻着，过了一会儿大概是问了申涛一句：“钥匙呢？”

“你不是吧？”边南忍不住喊了一句，靠墙上往下蹭了蹭，想把袋子蹭上去但没成功，“先把袋子拿掉！”

没人理他，听声音申涛也在自己身上翻了半天才说：“在我这儿呢。”

“打开。”邱奕说。

申涛走到了边南身边，在打开他手上的锁的同时，边南听到了有人往胡同口那边快步走去的脚步声。

手一松开他就狠狠地把脑袋上的袋子扯掉，看到一个人影在胡同口一晃，拐出去了。

他回头看了看站在自己身边的人，申涛和另一个他不知道叫什么的，这两人总跟邱奕在一块儿。

“邱奕呢？”边南看着申涛。

申涛摊了摊手：“说了他没来。”

“航运中专是不是开了个神经病表演专业？”边南骂了一句，也没跟申涛多说，扭头往胡同口追了出去。

邱奕跑得还挺快，看来腿虽然还不敢踢人，但跑步没什么问题了，就这么一会儿已经跑没影了。

边南站在街边也不知道该往哪边追，愣了几秒，掏出了手机。

他正要拨邱奕的号码时，一辆自行车从路那边冲了过来，从边南跟前儿经过时，路灯下的荧光绿依然那么鲜艳夺目。

“你……”边南指着他都不知道该骂还是该冲过去了。

邱奕没停，车向前飞快地蹿了出去，他回过头看着边南，勾了勾嘴角，转回头蹬了两下车，消失在路那头。

边南拎着几袋子吃的回到宿舍的时候，万飞正准备换衣服。

看到他回来，万飞把衣服扔到床上跑了过来：“怎么这么久？我以为你被抓了……你身上什么味儿？”

“拿着。”边南瞅了他一眼，把袋子都挂到了他的手指头上，打开柜门拿了衣服，“我去洗个澡。”

“不是，怎么回事儿啊？”万飞拽住他，凑到他身边吸了吸鼻子，“哎，是不是……”

“闭嘴啊！”边南瞪着他，“留神我抽你！”

边南在澡房里闻了闻自己的衣服，也不知道是鸡饲料还是猪饲料的味儿。

他把衣服扔到一边，打开了喷头哗哗地兜头冲着水，身上被揍过的地方让凉水一激，都像是刚回过神似的，开始隐隐作痛，没到打架被揍的份儿上，但也跟从楼梯上滚下去差不多了。

边南小声骂了一句，摸了摸屁股上被踹了一脚的位置，估计这块儿得青了。

骂完了他又觉得有点儿想笑，撑着墙乐了半天。

其实他知道邱奕会来找他的麻烦，邱奕这人，记不记仇不说，如果不打算找他的麻烦就不会说出来，说了肯定就会做。

边南啧了一声，只是打从第一次他跟邱奕说了“想找回来吗？我等你”那句话开始，就设想过邱奕找他麻烦的各种场面和应对方式。

虽然套个麻袋也是边南自己说过的，但万万没想到，邱奕会真来这一招。

“幼稚！”边南挤了一大坨沐浴液到身上，狠狠搓了一通。

也不知道申涛对他们家“老大”用这种“逗你玩”的方式来报复体

校的仇家做何感想。

边南裹着一身泡沫站在喷头下冲着，明天去吃蛋炒饭？

揍人一顿末了来句“请你吃蛋炒饭”……这事儿也就邱奕干得出来了！

洗完澡光着膀子回到宿舍的时候，万飞已经吃完了，把他那份酸辣粉放到了饭盒里。

“闻闻还有味儿吗？”边南把胳膊伸到万飞的鼻子跟前儿。

“好香。”万飞嘿嘿笑了两声，“香喷喷的。”

“你没事儿吧？”孙一凡趴在床上问他，“背上怎么青了？”

“摔的。”边南抓过件外套穿上了。

“摔了？”万飞一听就站起来绕到了他身后，“你这是让人过肩摔了吧！你到底碰上谁了？”

“谁有本事过肩摔我？”边南把胳膊往万飞肩上一搭，“来，你摔一个试试。”

“我摔不了你不表示别人也摔不了你。”万飞叹了口气，“不说拉倒，我能猜到。”

边南没理他，坐下拿了叉子开始吃酸辣粉，吃完了拿着饭盒去洗的时候，万飞跟了出来。

“你干吗？”边南回头看了他一眼。

“是邱奕吧？”万飞问。

边南没说话，拧开水把饭盒放在池子里冲着。

“我就知道是他。”万飞靠在水池边，“航运敢这么堵你的只有邱奕了。”

“我又不是潘毅峰，有什么不敢堵的？”边南拿着叉子在饭盒里转着。

“潘大脸那是野狗，不扎堆儿不敢出门，你是独狼，惹急眼了能拼命。”万飞嘿嘿笑了两声，“不过邱奕好像揍得不太认真，是为上回那事儿吗？”

“有没有常识了？狼也是群体行动的。”边南摸了摸饭盒，还是一层油，于是继续冲。

“我问你话呢，还是不是哥们儿了啊？”万飞推了他一把。

“嗯，是他。”边南点了点头。

“这算是找回来吗？”万飞啧啧了几声，“这回两清了？”

“嗯。”边南拿起饭盒看了看，凑合了，转身往宿舍走去。

“唉……”万飞拉长声音伸了个懒腰，“又少了一个对头，没劲儿啊。”

“有病打120。”边南说。

被邱奕揍过的地方没有伤筋动骨，但第二天边南起床的时候还是感觉跟一个月没训练冷不丁跑了个十公里似的……

他对着镜子看了看，背上、屁股上都有青紫痕迹，他叹了口气，比起邱奕那条腿来说，这点儿伤就这么着了吧。

没伤在脸上他就忍了。

下午训练完了他把从家里拿的两罐茶叶塞进包里，翻墙出了学校，头天挨顿揍，第二天背着两罐上好的茶叶上人家家里去吃饭，这种事儿简直一言难尽。

他本来想给邱奕打个电话问问他在哪儿，但他们训练完这个时间，航运中专那边早就下课了，邱奕估计已经回家了。

边南打车直接去了邱奕家，刚进胡同口，就听到了邱彦的喊声。

“大虎子——”邱彦从他家院子门口一边喊一边冲着边南跑了过来。

“哎！”边南赶紧扎了个马步张开胳膊等着。

邱彦跟颗小炮弹似的撞进了他怀里，要不是边南已经有准备，肯定得让他撞翻。

“撞得疼不疼啊？你还真是……”边南抱起他，在他的脑袋上用力揉了揉。

“不疼！”邱彦很响亮地回答，搂着他的脖子不撒手了。

“想我了没？”边南抱着他往里走。

“想！”邱彦晃了晃腿，“可想啦！”

“我也想死你了！”边南在他的脸上亲了一口。

邱彦笑得脆响。

进了邱奕家院子，边南把邱彦放到了地上。

厨房里开着灯，不过边南没见到邱奕的人。

“哥哥！”邱彦站在院子里喊，“大虎子来啦！”

“屋里呢！”邱奕的声音从房里传出来。

边南进了屋，邱奕拿着杯子正要进邱爸爸的屋，看到他笑了笑：“来了？”

“嗯。”边南也笑了笑，到邱爸爸的房间门口打了个招呼：“叔，我又来蹭饭了。”

“欢迎多多来蹭。”邱爸爸靠在床上笑着说，“我就不招呼你了，今天有点儿累。”

“您歇着，我哪儿还用招呼。”边南笑了笑。

邱奕让邱爸爸吃完药之后回到客厅，边南正从包里把茶叶拿出来放在桌上。

“呃。”边南看到邱奕有些诧异的眼神，抓了抓头，指着茶叶，“你不是爱喝茶吗？”

“从家里拿的？”邱奕拿起茶叶罐子看了看。

“嗯，问我爸要的，他喝不完。”边南说。

“谢谢。”邱奕压低声音道，“不过这也太贵了。”

“贵吗？”边南也放低声音，“又不是买的，我爸让拿这个我就拿了，你别说你不要啊！”

“谢谢。”邱奕笑了笑，“要不是知道你家情况，这架势我还以为你来求和呢。”

“滚。”边南乐了。

邱彦给边南倒了杯水，然后就跟在边南身边不走了，絮絮叨叨地说个没完：我测验得了满分，毛笔字得了一朵小红花，放学的时候摔了一跤，体育课学了打拳，哥哥昨天去跳舞了……

“什么？”边南正想去厨房看看，听到这句话的时候停下了脚步，“你说什么？你哥去跳舞？”

“嗯。”邱彦拿着根棒棒糖舔着，“去跳舞啦。”

“他还有时间去跳舞？跳什么舞啊？”边南实在无法想象邱奕跳舞的样子，嘴都快合不拢了。

“就在旁边的火柴厂里，上回我们玩车那里，好多人呢。”邱彦说，“有很多阿姨和奶奶……跳舞的歌我会唱啦……”

“等等！”边南愣住了，“等等……阿姨、奶奶？火柴厂？”

“嗯！”邱彦点了点头，然后脸一仰，闭着眼就开始唱，“你是我的小呀小苹果，怎么爱你都不嫌多……”

边南进厨房的时候笑得停不下来，靠着门看着正低头切火腿肠的邱奕，乐得都快站不住了。

“干吗？”邱奕回头瞅了他一眼。

“听说你去隔壁火柴厂跟大妈们跳广场舞了？”边南走到他身边，撑着灶台，感觉自己快笑岔气了。

“二宝！”邱奕冲门口吼了一句，“你怎么什么都跟人说啊！”

“火火火火火……”邱彦估计是没听见邱奕的话，在院子里很开心地边蹦边唱。

“你真去跳了啊？”边南按着肚子，“笑得我肚子都快裂了。”

“嗯，去了。”邱奕看了他一眼，继续低头切火腿肠，“昨天揍完你心情愉快，就去活动了一下。”

一听这话，边南顿时不笑了，直起身指着他：“你别提这事儿，你一提这事儿我就想抽你你知道吗？”

邱奕勾了勾嘴角，突然把手上的刀掉了个头，用刀把在他的背上敲了一下：“还疼吗？”

边南一下绷直了背：“轻点儿！能不疼吗？都砸青了！”

“真的吗？”邱奕脸上的笑容突然没了，他一脸严肃地看着边南，“谁干的？我替你出气！”

边南看着他没说出话来，过了一会儿才冲他竖起拇指：“演得好，演，演，继续演，争取明年二月拿个影帝。”

邱奕笑着往碗里敲了几个鸡蛋：“有药，吃完饭搓一搓吧。”

“够不着。”边南没好气地说。

“我给你搓。”

邱奕做的蛋炒饭还是那么绝，边南和邱彦一人端了一盘坐在葡萄架下的桌子旁边。

闻到蛋炒饭香味的时候，边南的肚子狠狠地哼了一声。

“葡萄什么时候能吃啊？”边南吃了一口饭，抬头看着头顶密密实实的葡萄叶子，里面藏着不少绿色的小葡萄。

“暑假过后。”邱奕又拍了盘黄瓜拿过来放在桌上，看着边南，“喝啤酒吗？”

“不喝！”边南啧了一声，“你又不是不知道我的酒量，喝完了不定被你怎么损呢，不喝。”

邱奕笑了笑，进屋拿了瓶啤酒出来，用牙把瓶盖咬掉放在了桌上。

“我喝一口行吗？”邱彦趴在桌上问。

“嗯。”邱奕应了一声。

邱彦抱过瓶子仰头喝了一口，喝完之后还闭着眼拉长声音叹了口气：“好冰！”

边南瞪着他半天才转过头看着邱奕：“你让二宝喝酒？”

“偶尔一口，也不总喝。”邱奕笑着说，“他比你强。”

“这是遗传吧？”边南低头扒拉了两口炒饭，“我爸妈的酒量都不行，我爸碰上要喝酒的局都带着能喝的去。”

“我也不行，白酒也就三两的量。”邱奕说。

边南瞅了他一眼没出声。三两？这不可能，就看邱奕咬开瓶盖那个轻松熟练的样子就不可能。

“我哥哥喝醉了会唱歌。”邱彦突然说了一句。

边南乐了：“真的？”

“嗯！”邱彦认真地点了点头。

“哪儿都有你。”邱奕在邱彦的脑门儿上弹了一下，“赶紧吃，吃完了上爸的屋里写作业去。”

“为什么要上爸爸的屋里？”邱彦捂着脑门儿看他。

“因为大虎子要在咱屋里擦药。”邱奕说。

“哦。”邱彦往边南的屁股上看了一眼，低头吃着饭，“是不是摔的？我上个星期也摔了。”

“是。”边南盯着邱奕。

邱奕跟他对视了一眼，喝了口啤酒：“好吃吗？”

“挺好吃的。”边南闷着声音说，低头一通扒拉。

邱彦吃完饭就拎着书包进邱爸爸的屋里写作业去了，边南靠在躺椅上看着邱奕在水池边洗碗。

“那个袋子，”他琢磨了半天，“是装什么的？”

“肉鸡饲料。”邱奕飞快地洗着碗，“鱼粉、豆粉、麸皮、玉米、次粉、添加剂，包括每公斤料中加硫酸铜 0.24 克、硫酸亚铁 0.466 克……”

“停！”边南忍不住喊了一声，“你是不是有背书的瘾啊？”

“就告诉你里边儿都有什么。”邱奕洗好碗，拿着进了厨房。

边南跳起来跟了过去：“按说这些东西不臭啊，怎么那袋子的味儿跟装了农家肥似的？”

“放久了呗。”邱奕叹了口气，“我本来想按你的要求找个麻袋，但时间紧没找着，就从我们邻居的鸡窝后面随便拽了一个。”

边南听了这话简直不知道该弄个什么表情搁脸上了，最后一掀衣服：“给小爷上药！伺候不好我跟你没完！”

“进屋。”邱奕走出厨房，“我拿药。”

邱奕去邱爸爸的屋里拿了药过来，边南正掀着衣服背对着穿衣镜研究自己的背。

“青这么大块儿？”邱奕看了看他的背，“我感觉我没怎么使劲儿啊。”

“你感觉！”边南把上衣脱了往椅子上一甩，“你的感觉失灵了！”

“趴床上吧，我给你擦药。”邱奕指了指床。

"怎么趴？我肚子也疼着呢！"边南转过来，肋骨下边儿也一块儿青。

"那你跪着。"邱奕看着他，拧开了药瓶，往手上倒了点儿药搓着。

"我腿上也青着呢！"边南磨磨牙，把裤子拽到大腿位置展示了一下他腿上的青紫，又转过身指着屁股，"也坐不下去，这儿也是青的！"

"那你站着。"邱奕放下了药瓶。

边南想了想，趴到了床上。

邱奕拿遥控器把空调打开，然后开始给边南擦药。

边南犹豫了一下道："轻点儿啊，怎么感觉你这么不靠谱呢……"

边南在学校训练的时候也经常有个碰伤磕伤的，万飞给他搓药的时候那才叫下狠手，跟搓铁板似的咬牙切齿，好几回都给他搓得破皮儿了。

邱奕给人上药这手法比万飞强太多，背上两块青紫，没一会儿就搓热了，边南有种正享受着按摩的感觉。

"按说得使劲儿把瘀血搓开才行。"邱奕笑着说，劲儿比之前小了些。

"哎，对了，就这样。"边南冲他竖了竖拇指，"我不需要治伤，就图个舒服。"

边南这阵子训练一直挺累，往床上一趴，让邱奕这么搓搓按按的，没一会儿就觉得舒服得想睡觉。

"哎，大宝，"他偏过头，还是闭着眼睛，"你是不是还去盲人按摩店打过工啊？"

"这是擦药。"邱奕停了停，用拇指按在他的脖子后面，顺着脊椎一路往下按了按，"这才是按摩。"

"哎……啊……"边南忍不住叫出了声，"再来两下！快、快。"

邱奕叹了口气，手指又顺着脊椎骨推了上去，再往两边肋骨上顺着按过去。

"嗯……"边南哼哼了两声，"哎……手法不错，你肯定在盲人按摩那儿打过工，工号是2吗，2号小师傅？"

"你能闭一会儿嘴吗？"邱奕停下了。

"怎么了？我夸你呢！"边南啧了一声，"夸你你就赶紧听着，我夸你一次不容易，错过了就没了。”

“那你夸吧。”邱奕只得继续在他背上按着。

“先按按，哎哟不错！上药顺带着搓一搓得了。”边南边说边乐，这么按按还真是挺舒服的，“我跟你说，你比我们的队医强多了，能再给捏捏肩后边儿吗？还有胳膊，我今儿训练尽抽反手了，吃饭拿筷子都哆嗦……”

邱奕突然往他的后脑勺上甩了一巴掌：“想按就闭嘴！没完了你还！”

“哎！”边南摸摸自己的后脑勺，“行，行，行，我不出声了，你这态度也太恶劣了，我这可是被你给揍的。”

“你闭嘴就行。”邱奕说。

边南不再哼哼，闭着眼享受着按摩，过了一会儿睁开眼睛：“哎，大宝。”

“什么事儿？大虎子。”邱奕有点儿无奈。

“你喝多了真唱歌啊？”边南问。

“不知道，喝多了谁知道？”邱奕在他的脖子后面一下下捏着。

“你唱个歌来听听呗，你的声音挺好听的。”边南又闭上了眼睛，“你唱歌不跟二宝似的调满街跑吧？”

邱奕没理他。

“不唱就不唱呗。”边南闷在枕头里说，“我给你唱，你是我的小呀小苹果……”

邱奕抓过旁边的小毛巾被按在了他的脑袋上：“闭嘴！”

“不嫌多……”边南挣扎着把这句唱完了。

邱奕按得感觉手都有点儿酸了之后停下了，看看时间，都快九点了。他在边南的背上轻轻拍了拍：“边南？”

边南没应声，呼吸很慢。

手机在床头响了起来，邱奕迅速拿过手机按了静音，跳下床拿着手机走出房间才按了接听。

“在哪儿呢？”申涛的声音传来。

“在家呢。”邱奕往老爸屋里看了一眼，邱彦正埋头刻着钢板。

“我回家路过你家胡同口，出来一下。”申涛说。

“嗯。”邱奕挂了电话走了出去。

申涛蹲在胡同口的马路边儿上等他，他走过去蹲在了申涛身边。

“吃了没？”他问申涛。

“吃了。”申涛看了他一眼，掏了烟盒递给他，“边南在你家？”

“嗯。”邱奕抽了根烟出来点上。

“你……”申涛皱了皱眉，“这算怎么回事儿？”

“什么怎么回事儿？”邱奕叼着烟，“胡宇说要找他的麻烦，我不是带着你俩去了吗？”

“就跟玩似的那么……”申涛盯着他，“算了，我也没问你昨天的事儿。”

“那你要问什么？”邱奕看着地。

申涛张了张嘴没说出话来，犹豫了半天才跟下定决心似的问了一句：“我问你跟边南怎么回事儿？”

“没怎么回事儿。”邱奕回答得很快。

“那你叫他上你家吃饭干吗？”申涛狠狠地弹了两下烟灰。

“你不也总上我家吃饭吗？”邱奕笑了笑。

“那能一样吗？”申涛压低声音喊了一嗓子。

“哪儿不一样了？”邱奕没什么表情。

“邱奕……”申涛拧着眉毛，“算了，但愿是我想多了。”

“真是你想多了，我还不能交个朋友了吗？”邱奕笑了笑，继续抽着烟。

“就当我闲的吧，我也没别的意思，就是多嘴一问。”申涛站了起来，跨上了停在路边的电瓶车。

申涛的车开走了，邱奕蹲在路边，把烟抽完了才站起来，到旁边的小超市买了条口香糖嚼着回了家。

邱彦已经写完作业，正坐在客厅里拿着本子等他检查。

“我刚才去屋里看了看，”邱彦把本子递给他，坐在椅子上晃着腿，

“大虎子睡着啦。”

“嗯，我给他捏得太舒服。”邱奕坐到沙发上打开本子看着。

“那我今天晚上跟爸爸睡吗？”邱彦从椅子上下来，爬到沙发上挨着他。

“随便。”邱奕搂了搂他，“爸还咳嗽吗？”

“刚才没有咳，就看电视笑的时候咳了两声。”邱彦在他怀里扭来扭去地蹭着。

“好了，没错字，去洗澡吧。”邱奕拍了拍他，“别玩水了。”

“嗯！”邱彦拿了衣服一溜烟跑进了院子里。

把邱彦和老爸都安顿好了之后，邱奕去冲了个澡，回到了屋里。

边南姿势都没变，还趴床上睡得昏天黑地的。

邱奕把灯关了，换了床头的台灯。

“哎，”邱奕用手指在边南的胳膊上弹了弹，“这位同学，你还回不回学校了？”

边南皱着眉哼了一声，眼睛都没睁。

“边南，”邱奕推了推他，“着火了。”

“啊……”边南翻了个身冲墙躺着继续睡。

邱奕只得把他再往里推了推，从书柜里抽了本书躺到床上，翻开了准备看。

他刚在床头靠稳，边南又嘟囔着翻了个身。

“哎！”邱奕合上书，“你这是睡没睡着啊？”

边南又往他身边挤了挤，皱着眉嘟囔了一句：“你家空调……冻死企鹅了……”

邱奕抓过遥控器把温度调高了几摄氏度，又把毛巾被扔到了边南身上：“你晚上不回学校了啊？”

“不回。”边南抱着毛巾被翻身冲墙缩着，“困，不……”

裹上毛巾被之后，边南不再翻来覆去，邱奕从床头的抽屉里拿出一副眼镜戴上，重新翻开书，一本小说看了俩月都没看完，真够忙的。

看了一会儿，边南翻了个身，邱奕条件反射地抬腿挡了一下，怕他又一胳膊搭过来，不过边南只是把自己团成团继续睡。

邱奕推了推眼镜继续看书。

没过几分钟他听到了边南的笑声。

“邱大宝，”边南估计是刚醒，声音里还带着鼻音，“你近视啊？”

邱奕摘了眼镜看了他一眼：“你有意见？”

“多少度啊？”边南继续咯咯乐着，“平时也没见你戴眼镜，你揍我的时候有没有踹申涛身上啊？”

“二百度不到，看书才戴。”邱奕把书扔到桌上，看了看时间，“你回学校吗？”

“不回。”边南拉了拉毛巾被，“我困死了，不想动。”

“那老实睡吧。”邱奕起身从柜子里拿了条小毛毯在另一头躺下，关掉了台灯。

“我睡觉一直挺老实的。”边南往墙边退了退。

“呵呵。”邱奕说。

第五章
生日快乐

邱奕一巴掌拍在他的胳膊上，发出一声脆响。

“哎！”边南迅速缩回手，在胳膊上一通搓，“你这么狠干吗？真打啊！”

“我什么时候假打过你？”邱奕拉过小毛毯盖好。

“你昨天也不算真打。”边南嘿嘿笑了两声，“我问你，一开始你是不是拿东西砸我了？”

“嗯，是不是一点儿也不疼？”邱奕翻身背冲着他躺着。

“不疼，就吓我一跳。拿什么砸的？”边南扳着他的肩把他扳成了平躺，“哎，聊天儿呢，有你这样的吗？”

“我的鞋。”邱奕说。

“我发现你真是挺有病的。”边南听了乐了好一会儿，“其实你要想找回来，直接来就行，干吗还带人？”

“一对一我怕干不过你。”邱奕把他往里面推了推，“谁知道你会不会反抗？”

边南啧了几声：“你要说是为砸断你的腿那事儿来找我，我肯定站那儿不会动。”

“睡吧。”邱奕叹了口气，“你不说好困、好困、好困不想回学校吗？怎么这会儿这么精神？”

“让你那眼镜把瞌睡笑没了。”边南嘿嘿笑着，不再说话。

虽然邱奕确定自己睡前已经把空调温度调到二十六摄氏度了，但半夜还是被边南砸醒了。

他回手往边南那边摸了摸，小毛巾被还盖着，他又迷迷瞪瞪地看了一眼空调上的温度数字，确定还是二十六摄氏度。

边南早上的生物钟被长期训练调整在五点，醒过来的时候天刚蒙蒙亮。

因为没有听到宿舍外面走廊习惯性传来的打闹声，他用了好几分钟才明白过来自己没在宿舍，在邱奕家。

"你醒了啊？"邱奕的声音从前面传来。

"嗯。"边南打了个哈欠，瞪着眼半天才看清自己眼前的是邱奕的脚，"哎？"

"哎，起开点儿。"邱奕往后推了推他，"挤了一夜，再来一小时就能成功把我挤下床了。"

"你家的空调太冷了。"边南很无所谓地又打了个哈欠，大概是昨天按摩了身上有点儿酥软，不想动，"我跟你说，我们宿舍没空调，我好久没晚上睡得这么冷了。"

"挤我一晚上还有完没完了？"邱奕说。

"谁乐意挤你啊……"边南啧了一声，又故意往邱奕那边用力挤了一下，"你这床小得都快赶上条凳了！"

"哎！"邱奕忍无可忍地坐了起来，"你睡没睡醒啊？"

"醒了！"边南翻身躺平，掀开毛巾被，伸了个懒腰，"唉，不知道能不能赶上跑步，赶不上今天下午就惨了。"

"那你还磨蹭什么？"邱奕下了床，拿了T恤套上。

"等一会儿呗。"边南扯了扯裤子，"这又不是宿舍，我要整理一下着装，就这样子出去让二宝看到多不好。"

"二宝还没起来。"邱奕看了他一眼，"你那威风的照片就这姿势拍的吧？"

“嗯。”边南嘿嘿笑了起来，笑了两声又瞪邱奕，“你删掉了没？”

邱奕笑了笑没说话，走出了房间，然后又突然退回来：“没删，留着以后发传单。”

没等边南跳起来，邱奕已经走到院子里去洗漱了。

边南在屋里转了两圈，找到了手机，飞快地打开相册，发现相册已经被删空了，别的地方也没存图片。

他又翻了翻短信和电话本，发现邱奕把这些也删光了。

“吓我一跳。”边南把手机扔到床上，穿上衣服，活动着胳膊走出了房间。

边南洗漱完，收拾了东西准备走的时候，邱奕正在厨房做早餐。

他进去看了一眼：“西红柿炒蛋？”

“嗯，盖饭。”邱奕点了点头，“二宝爱吃。”

“我不跑步了。”边南做出了决定，把包往外面的椅子上一扔。

“那下午得挨罚？”邱奕问。

“没事儿，罚习惯了。”边南搓了搓手，“我可以帮忙。”

“锅里热了饭，盛盘子里就行，四个人的。”邱奕说。

边南拿了盘子，笨手笨脚地把饭盛好了，锅里的饭还有多的，估计是留着邱爸爸和邱彦中午吃的。

边南犹豫了一下：“我是不是把你爸跟二宝的那份吃了？”

“没。”邱奕很麻利地把炒好的菜铲到了几个盘子里，“我爸晚上想吃面条呢，饭有多的。”

在邱奕家吃完盖饭，边南看了看时间，如果不跑步，那他的时间还有多的，于是带着邱彦出了门。

“我哥哥没怎么送我上过学。”邱彦拉着边南的手，一路蹦着，心情很好。

“他太忙了。”边南说，他们出门的时候，邱奕还在准备中午和晚上的菜，把肉先炒熟了放好，邱爸爸做的时候直接用就行。

“嗯。”邱彦点了点头，拽着边南的手一步一蹦地走，“不过哥哥不忙也不大送我。”

“为什么？”边南看着他。

“哥哥说我去学校很近，也不用过马路，自己去就可以啦。”邱彦一直在蹦，“从家里到学校走五分钟，哥哥算过。”

边南让他蹦得有点儿眼晕，干脆弯腰把他抱了起来：“宝贝儿，你快别蹦了，当初你蹲路边哭的时候，我真没看出来你精力这么旺盛啊……”

边南打了车回到学校的时候跑步的队伍已经回校了，他溜进宿舍的时候，万飞他们几个正准备去吃饭。

“早上老蒋监工了没？”边南扔下包。

“没来。”孙一凡说，“你跑哪儿去了？”

“玩去了。”边南往床上一躺，“哎，我睡个回笼觉。”

万飞等孙一凡和朱斌都走了之后一屁股坐到了他的床上：“在邱奕家过的夜？”

“嗯。”边南揉了揉鼻子，“你吃早点去，别等我，我吃过了。”

“南哥，”万飞站起来指着他，“你这样是不对的。”

“什么？”边南愣了愣。

“你跟我们过去的仇人走得这么近，”万飞一脸严肃道，“你就不怕我生气吗？”

“傻子！”边南一下乐了，“你跟许蕊腻一块儿，我还没生气呢。”

万飞看着他好一阵没说话，最后叹了口气，一边往外走一边说：“你这比较对象找错了，我跟许蕊那是情侣，你跟邱奕不是死对头吗？”

“滚！”边南笑着喊了一声。

回到学校，重复的生活就再次开始，边南依然被淹没在上午睡觉下午训练，晚上要不翻墙、要不在宿舍跟人闲聊、要不发呆的状态中。

偶尔去网吧，他总忍不住往航运中专那边儿瞅一眼，虽然知道邱奕这个时间在打工，不可能碰得上。

他不知道自己是不是太无聊了，每次万飞跟许蕊煲电话粥，或者在网吧沉迷游戏的时候，他都会拿出手机，给邱彦打个电话。

别人跟女朋友煲电话粥，他跟寂寞的小话痨二宝煲。

他发现邱奕在赚钱这事儿上还真是挺拼命的，每次他给邱彦打电话，家里永远只有邱爸爸和邱彦两个人，邱奕每天都得快十二点了才回家。

休息的时间，只要不是周末，邱奕也不怎么在家，每次邱彦都说哥哥跟小涛哥哥出去啦，估计是要抽时间平定航运中专的内部纷争。

一直到期末考完，边南给邱彦打电话，才听到了邱奕的声音。

边南告诉邱彦自己后天有比赛，邱彦一下喊了起来，声音嘹亮，震得边南把手机都拿开了。

“哥哥——大虎子要比赛了，我想去看——”

“宝贝儿，你身上有没有音量调节钮？”边南叹了口气。

“你比赛？”那边传来了邱奕的声音。

“嗯，后天，周日。”边南本来没想太多，冷不丁听到邱奕的声音时，突然莫名其妙地有点儿期待，“你能带二宝去看吗？”

“不知道。”邱奕说，“我的时间不确定。”

“我想去看，我想去看，打网球。”邱彦在旁边兴奋地喊着，“打网球，我想看大虎子打网球，我想打网球……火火火火火……”

“那要不我让人去接……”边南话还没说完就被打断了。

“我到时看看，有时间我就带他过去。”邱奕说。

“哦。”

挂了电话之后边南拿着手机，邱奕语气里的冷淡让他愣了半天都没回过神来。

以前他跟邱奕打电话也差不多是几句了事儿，但跟今天的感觉完全不同。

他有点儿想不明白邱奕这是怎么了。

他坐到床上，摆了个深思的架势思考了一会儿，没想出来近期有什么事儿能让邱奕的态度有这样的转变。

潘毅峰被锁门上之后，暂时消停了，没有他领头，体校的人大多也不会贸然在航运老大已经恢复的时候去找麻烦。

俩学校之间没什么动静，他跟邱奕之间打从上回吃完蛋炒饭之后就没见过面，理论上也不可能有什么矛盾。

再说自己要真有什么地儿惹着邱奕了，以他那个性格，能不出声儿？

“这叫什么事儿……”边南把手机塞回包里，进了体育馆。

因为后天比赛，这两天体能训练不太残酷，老蒋对他们挺温柔。

不过边南还是被单拎出来了，发球几次都没让老蒋满意。

“早饭吃了没？”老蒋问他。

“吃了。”边南拿着球拍，一下下拍着球。

“午饭呢？”老蒋又问。

“吃了，谢谢教练。”边南瞅着地。

“你吃什么了！”老蒋突然提高了声音。

边南吓了一跳，球差点儿往老蒋身上拍过去，他赶紧抓住球。

“就你发的球，隔壁卫校的姑娘接着都不费劲儿！力量！准确性！我全没看见！”老蒋瞪着他。

“要是姑娘漂亮，我杀球也能让她接着……”边南低着头小声说，今天他的状态的确有点儿不行。

“甭跟我耍贫嘴，耍贫嘴比赛我一点儿不担心你，冠军舍你其谁！”老蒋指着他，“你不要休息了，练发球！”

老蒋又一指万飞：“你乐什么？你陪着，什么时候我满意了什么时候走！”

边南和万飞从体育馆出来的时候，天都黑了，食堂早就没吃的了。

他俩洗了澡出来发现宿舍桌上放着俩塑料袋，里面有好几个饭盒。

“这是什么？”边南一进去就闻到了饭菜香。

“老蒋拿来的。”朱斌正站在孙一凡的床上给他踩腿，“炖猪蹄儿。”

边南扑过去抱住饭盒：“快看我的眼泪有没有哗哗地流下来！”

“我的口水哗哗地流了。”万飞乐得不行，拖过椅子，“赶紧的，吃，吃，吃……”

老蒋拿来的猪蹄儿量相当足，宿舍四个人分着吃完都觉得撑了。

“老蒋赶上亲爹了。”边南靠在床头嘬着手指头。

“为了老蒋！”万飞挥了挥胳膊。

“为了老蒋！”几个人都挥了挥胳膊。

星期天邱奕还在享受难得的回笼觉时，就听到了客厅里有脚步声，进进出出的，是邱彦。

他摸摸身边，床都是冷的，估计小家伙起来的时间不短了。

邱彦因为早睡，所以一直早起，不过周日他一般不会起这么早，总要在床上扭来扭去，一直到把他哥的瞌睡全折腾没了才罢休。

邱奕轻手轻脚地起了床，往客厅看了看，发现邱彦光着膀子正忙着，往桌上摆碗筷，桌上还放着一兜冒着热气的包子、几杯豆浆。

“你去买早点了？”邱奕走出房间。

“嗯，我刚买回来。”邱彦把碗摆好，又拉开抽屉把老爸要吃的药都找了出来，拿小药盒分着，“你快吃。”

邱奕拿了毛巾、牙刷到院子里洗漱，邱彦还在屋里忙着，给老爸吃完药以后又跑到院子里把昨天晾的衣服都收了。

邱奕叹了口气，知道邱彦这是为什么。

为了看边南的比赛，小东西也算是拼了……

吃完早点，邱彦又捧着碗去洗了，洗碗的时候还扭头往屋里瞅他，他坐在沙发上玩手机，装没看见。

把所有平时早上都是邱奕做的事情做完之后，邱彦爬到了沙发上，挨着邱奕蹭来蹭去，好一会儿才叫了一声：“哥哥。”

“嗯。”邱奕放下手机。

“你今天上午出去吗？”邱彦抱着他的胳膊。

邱奕笑了笑，伸手在他的头发上抓了抓：“去穿衣服，带你去看比赛。”

“啊——去看比赛！”邱彦扯着嗓子喊了一声，蹦下沙发跑进了屋里，飞快地穿好衣服又跑了出来。

“走吧。”邱奕伸了个懒腰，带着邱彦出了门。

他们到体育馆网球场的时候，比赛还没开始，邱奕本来想带邱彦先进去找个稍微靠前点儿的位置，但邱彦非要在门口等着边南。

邱奕只得陪着他在门口站着，感觉跟等着围观偶像的小姑娘似的。

好在没等多久，体校的车就开过来了，车上下来一堆穿着体校运动服的人。

邱奕猛地看到这么多体校运动服，下意识地有了种“是不是应该逃跑”的错觉。

边南是最后一个从车上跳下来的，背着球包。

邱奕看到他的时候眯了一下眼睛，这是他第二次看到比赛状态下的边南，依然是不耐烦和嚣张的表情，体育生特有的那种懒散中带着一丝比赛前的严肃，有一种说不上来的感觉，但挺有范儿。

“边南——”邱彦边喊边跑了过去。

邱奕有点儿想笑，邱彦在当着边南的队友和教练时居然还记得叫边南的大名儿，没叫大虎子。

边南看到邱彦时脸上带着明显的意外，接着就是惊喜，把球包往万飞身上一扔就蹲下搂住了邱彦。

两人说了两句，邱彦回头往邱奕这边指了指。

边南看了过来，跟邱奕的目光对上时，邱奕犹豫了一下，冲他竖了竖拇指，用口型说了句：加油。

边南愣了愣，嘿嘿乐了两声，摸了摸邱彦的脑袋，转身走进了运动员通道。

老蒋带着队，边南跟在队伍最后面走进运动员通道，听到前面有人压低声音问了一句：“那是邱奕吗？”

“就是邱奕。”另一个人也压着声音说，还回头瞅了边南一眼，“他跑这儿来干吗？”

万飞走在边南前面，有些不耐烦地推了那人一把：“操那么多心，人家就不能来看个比赛了吗？给你的对手加个油、助个威什么的！”

“有你这么说话的吗？”那人哭笑不得地摇摇头往前走了，马上要比赛了，大家都挺紧张，也没人顾得上一直琢磨邱奕为什么会来。

“本来就是，你还指望航运“老大”过来给你加油吗？”万飞嘿嘿一乐，胳膊往边南肩上一搭，凑到他耳边低声说，“是带小朋友过来给你加油的吧？”

边南笑了笑，看了看手里捏着的一个塑料的红色五角星，这是刚刚邱彦给他的，说是期考满分的奖励，送给他当幸运符。

入场之后，离边南的比赛时间还差一会儿，他拿了东西准备进场地。

“许蕊来了？”边南看到万飞一直眼神飘忽地到处瞅，就怕许蕊再放万飞的鸽子，那这回万飞比赛绝对会输。

“来了。”万飞笑得眉毛都快起飞了，指了指对面的看台，“就在对面，黄色衣服的。”

今天观众挺多的，市里一年顶天了也就能有两回大比赛，球迷们很踊跃，边南半天才在人堆里找到许蕊。

“今儿你得大展身手，别跟上回似的。”边南笑着说，目光往旁边一扫，看到了邱奕，还有他身边端正地坐着的邱彦小朋友。

“你先别管我，注意发球姿势，还有反手。”万飞一脸严肃地拍了拍他的肩，“反手！”

“大虎子！”邱彦小声说，一把抓住了邱奕的胳膊，有些激动地指着走到场地边上的边南。

“嗯。”邱奕拍了拍他的手。

邱奕对网球没兴趣，平时电视上的网球比赛都没看过几场，现场看比赛是头一回，本来是抱着随便看看的想法，被邱彦这一抓，居然跟着有些紧张。

穿着白色运动服的边南倒是很平静，今天太阳有点儿烈，他戴着帽子，脸被遮在帽檐下的阴影里，只能看清下巴和抿着的嘴。

“哥哥，”邱彦把手里的小望远镜递给他，“你看。”

“看什么？”邱奕接过望远镜看了看，边南正在检查拍子，拉了拉手上的黑色护腕，突然转头往看台这边看了过来。

邱奕迅速把望远镜放回了邱彦手里。

“他在看我吗？”邱彦冲边南那边拼命挥手。

“他顾不上看你……”邱奕摸了摸他的脑袋，理了理他头顶上的一撮卷毛。

比赛开始，边南先发球。

他拿球拍拍了几下球，拿着球停了两秒，把球向空中抛起，身体向后微微倾了倾，扬起拍子有力地把球打了出去。

场地里挺安静，击球时那砰的一声众人听得很清楚。

对方接球，把球回到了底线另一端，边南速度很快，几步跨过去，反手把球拉了回去。

这一拍回得很漂亮，角度有点儿刁，落在边线旁，很靠近球网，对方勉强回球时球没有过网。

场地里响起了掌声，邱彦跟着用力地拍了几下手。

邱奕看了一会儿，看不出什么门道，只好把目光放在了边南身上。

他跟边南虽然干过架，但从没见过边南训练和比赛的样子，这状态跟打架时完全不同，带着自信和从容。

边南在场地上来回快速跑动和击球时透出的力量让邱奕有些吃惊。

之前邱奕只觉得边南身材不错，现在看着他跃起扣球时身体绷出的弧度和猛地向前挥拍时漂亮流畅的动作，不知道该用什么词来形容。

拿下第一局的时候，边南在掌声中把球拍立在自己脸前，透过网子往看台边看了过来。

邱彦有些激动地站起来把手举到头顶上使劲儿拍着：“大虎子赢啦！”

“嗯。”邱奕不知道边南往这边看的动作是有意还是无意，跟着鼓了鼓掌。

“他是不是很厉害？”邱彦有些得意地看着邱奕。

“是，很厉害。”邱奕笑着点了点头，从包里拿了瓶水递给邱彦，邱彦这劲头就跟自己赢了比赛似的。

第一局结束交换场地的时间很短，边南拿毛巾擦了擦汗之后，又回到了场上。

邱奕搂过邱彦，轻声说："我去一下厕所，你在这儿看着。"

"好。"邱彦抱着瓶子应了一声，眼睛还盯着边南。

邱奕离开了看台，走出网球场，外面是条走廊，他站到了走廊尽头的窗前，点了一根烟。

窗外是跑道，被阳光晒得有些晃眼，邱奕趴在窗台边喷出一口烟，看着在阳台上变幻着深浅的烟雾出神。

抽完烟回到看台上时，他看了看比分，平分。

邱彦靠到他身边气都不带喘地给他解说了半天，大虎子失误了一次，不过马上又把分拿了回来……

"嗯嗯。"邱奕点头应着。

"你不是上厕所吧？"邱彦看着他，"你去抽烟啦？"

"上完厕所抽了一根。"邱奕拿了条口香糖出来嚼着。

"爸爸说再发现你抽烟就把你的腿打废，他把轮椅让给你……"邱彦小声说。

"不用让，再买一辆就行。"邱奕笑着捏了捏他的脸，"看你的比赛。"

这场比赛不算太激烈，边南的对手跟他有差距，虽然比赛邱奕看得挺茫然，但看到一半的时候就觉得边南会轻松地赢。

边南的体力和反应速度都强过对手，动作、力量什么的始终跟刚开始比赛时差别不大，打到最后的时候挥拍的动作依然漂亮。

邱彦的眼睛一直紧盯着场上，这份专注让邱奕有些意外。

小东西的爱好并不太多，跟这个年纪的大多数孩子一样，他对任何一件事儿的专注时间都不长。

他一直觉得邱彦就是一时兴起要学网球，不到放暑假就会把这事儿给忘了，没想到他能像今天这样坐在看台上顶着太阳看两三个小时的网球比赛，连厕所都没去过，简直刷新了邱奕之前对他的判断。

只是他不确定这是邱彦对网球的兴趣，还是对大虎子的……

两个小时之后，比赛结束，边南直接拿下三盘赢了比赛。

邱彦兴奋得脸都红了，巴掌也都拍红了，邱奕拉着他准备走：“走吧？看过瘾了没？”

“我要等大虎子出来……”邱彦拽着邱奕不肯挪窝。

“他没那么快，你要跟他说话找别的时间呗。”邱奕看了看场上，边南刚擦完汗，把毛巾顶在脑袋上正收拾球包。

“哥哥……”邱彦皱着眉拖长声音哀求着。

“哎。”邱奕很无奈，掏出手机递给他，“那你出去给他打个电话问问他有没有时间。”

邱奕带着邱彦在体育场后门等边南，这个门离网球场远，不容易碰上体校的人。

十来分钟之后边南远远地跑了过来，脸上还挂着汗珠，在阳光下闪闪发亮。

“怎么样？”边南跟跑过去迎他的邱彦击了一掌。

“真棒！”邱彦喊。

“你的幸运符特别管用。”边南从兜里掏出那颗小五角星晃了晃。

“肯定啊！”邱彦开心得眼睛都找不着了。

边南擦了擦汗，看了看邱奕，慢慢走了过去：“我还以为你没时间带他过来呢。”

“正好没事儿。”邱奕说。

“哦。”边南笑了笑，笑完之后发现自己居然不知道下一句话该说什么合适。

邱奕的态度跟比赛之前在门口冲他竖大拇指时又不同了，回到了那天打电话时有点儿冷淡的样子。

这态度让边南相当尴尬，他不知道为什么他们也没多久不见，怎么就能莫名其妙地变成这样。

“我说，”边南抓了抓头，“你没事儿吧？你……”

“我们得走了。”邱奕打断了他的话，“我下午要给人补课的，再晚就赶不上了。”

边南被这么堵了一下顿时有点儿蹿火，接了邱彦的电话他立马把老蒋扔一边儿跑了过来，结果就这样：“那你赶紧走。”

话说完之后两人都没动，邱奕似乎也有些尴尬，过了两秒钟清了清嗓子：“你们放假了吧？”

“下星期。”边南没好气地说。

“那是不是就可以教我打网球啦？”邱彦很开心地问。

“嗯。”边南蹲下抱了抱他，“是，你想什么时候学就打电话给我，我去接你就行，我训练的时候你也可以在旁边玩。”

“可是我没有球拍……”邱彦有些犹豫地看了一眼邱奕。

“没事儿，我帮你借个儿童拍。”边南说。

“谢谢大虎子！”邱彦很响亮地说。

邱奕一直没出声，边南站起来看了他一眼：“你不说赶着走吗？不走啊？”

“走。”邱奕笑了笑，拉过邱彦的手，“我们回家了。”

跟邱彦挥手道别之后，边南看着邱奕的背影站了一会儿，好几次都有冲过去吼一声的冲动。

你有病啊，我哪儿惹你了啊？

不过最后他还是转身又跑回了网球场，老蒋的总结训话还没完呢。

放暑假之后，边南轻松了不少，虽说休息个十来二十天就得重新回学校训练，但至少没有每天上午的睡觉课了。

不过烦心的事儿也有，那就是他不能住宿舍了。

特别是今年暑假，以往边南还会偷偷溜回宿舍住，但今年宿舍要重新装修，他连偷偷溜进去都不行。

回家住一个暑假对边南来说是种煎熬。

“我家过几天要出门旅游。”万飞跟边南一块儿蹲在学校门口的台阶上，等着边南的老爸的车，“你要不一块儿去玩玩？”

“不了，我答应了二宝教他打网球。”边南说，“我都给他找好儿童拍了。”

“那我回来了你上我家去住吧。”万飞又说。

“你出去玩不怕犯相思病吗？”边南看着他问了一句。

万飞一把搂住自己的大包：“我现在就犯病了……”

两人嘿嘿乐了半天，边南拍了拍万飞的肩：“回来你俩请我吃个饭吧，好了也有阵子了，我都还没正式跟许蕊说过话。”

“行！想上哪儿吃你说话！”万飞心情很好。

老爸的车来得很快，他俩上车以后，照例是万飞跟老爸一通聊，顺便夸了一通边南比赛如何牛。

“叔，您有空真该去看看边南比赛。”万飞特别诚恳地说，“帅得不得了，都怕我女朋友跟他跑了。”

老爸笑了笑：“好，好，有空我去看看。”

边南没出声，这话老爸以前经常说，在边南还很期待他能到比赛现场看看的时候。

不过现在边南已经不会期待老爸去看比赛了，他太忙，使个大劲儿还能去去的只有边馨语的家长会了。

他们回到家，家里人很齐全，都坐在客厅里。

边南拎着包直接上楼回了自己屋里，换了衣服在屋里愣了一会儿，听到敲门声，打开门发现是老爸站在门外。

“我刚才给你们的蒋教练打了电话，”老爸进屋坐下了，“他说你这次比赛几场都发挥得很好。”

“还成吧。”边南说。

“现在有比赛也不跟我说了。”老爸叹了口气，“我去不了，你也可以告诉我成绩嘛。”

“嗯。”边南应了一声。

老爸沉默了一会儿，又道：“下星期我有点儿时间，跟你阿姨商量了，带你们一块儿去海边玩玩，我们全家都去。”

老爸说到“全家”两个字时加重了语气，但边南想也没想就拒绝了：“我去不了，我要训练呢。”

“蒋教练说你们下个月才开始训练啊。”老爸愣了愣，“咱们回来的时候能赶上训练。”

“爸，”边南在老爸对面的椅子上坐下，想了想才开口，“我就不去了，这样大家玩得都开心些，你懂我的意思的。”

老爸看着他很长时间都没有说话，最后重重地叹了口气，在他肩上按了按，起身走出了房间。

边南说的是大实话。他不愿意全家出行，所有的人都会不痛快，何必呢？

比起没滋没味儿地去海边遭罪，他还是教邱彦小朋友打网球更有乐趣。

学校的网球场暑假的时候会有暑期班，边南跟办班的老师混得很熟，带着邱彦进场玩玩完全没问题。

今天是邱彦同学学习网球的第一天，邱奕骑着车送他过来的。

边南在校门口等邱奕时觉得压力有点儿大，这进进出出的偶尔还能碰上体校的人，网球班下个月才有训练，但别的班有一放假就训上了的学生。

“快！”边南一看到邱奕就招了招手，过去把邱彦从车后座上一把抱了下来，“你快走，篮球班的人刚进去俩。”

“我还想进去看看呢。”邱奕腿撑着地说。

“什么？”边南挑了挑眉毛，“你直接说你想进去找揍比较合适。”

“潘毅峰毕业了，你们现在没个挑头的，没人会把我怎么样。”邱奕笑了笑，“除非你动手。”

“我的手正痒痒呢。”边南把邱彦放到地上，邱彦一溜烟跑进了校门，边南犹豫了一下，“行吧，走。”

“我去放车。”邱奕往旁边的车棚骑了过去。

邱奕说得没错，再说暑假会被叫来训练的，都是平时被认为会有发展的学生，一般情况下不会跟人起什么冲突，训练都累死了，谁还有闲工夫找事儿。

边南带着邱彦进了网球场，把找人借来的儿童拍和球包给了邱彦。

邱彦穿着一套小运动服，白色上衣，黑色短裤，看上去特别精神，拿着拍子来回盯着看。

“咱们今天先不学具体动作，熟悉一下拍子和球。”边南向旁边的一个教练要了个网球，“你先玩玩球。”

“嗯！”邱彦拿着球往地上砸了一下，球弹起来，他接住球，再往地上砸，又伸出球拍去拍了几下球。

“不错嘛！”边南笑着说，邱彦之前没碰过球，这些动作应该是比赛的时候看来的，不过看着还挺像样子。

邱奕跟着进了球场，坐在了边南身边。

“二宝没准儿挺适合打网球的。”边南看了邱奕一眼。

“是吗？”邱奕看着在一边用球拍拍着球来回转悠的邱彦。

“模仿能力挺强的。”边南说。

邱奕没说话，两人一块儿看着邱彦沉默。

坐了一会儿之后，边南实在扛不住了，说出一直想说的那句话：“你是不是有病？”

“啊？”邱奕愣了，扭头看着他。

两人距离挺近的，他这一扭脸，两人基本上就面对面了。

边南盯着他看了一会儿：“你肯定是有病了，都病出黑眼圈儿了。”

“是吗？”邱奕笑了，“这几天没睡好。”

“你先说你是不是有病吧，你要有病我给你找点儿药。”边南挺不耐烦地说。

邱奕过了一会儿才回答：“没有。”

边南没想到邱奕会一本正经地回答这个问题，一下子不知道说什么了。

“怎么了？”邱奕从口袋里摸出一小包牛肉干，递到他面前，“吃吗？”

“训练的时候不要给教练送吃的！”边南推开他的手，“我最近没惹你吧，你成天拉着个驴脸给谁看呢？”

“至于吗？”邱奕摸了摸自己的脸。

“至于！怎么不至于？你这脸都不用连起来，直接绕地球一圈儿。”边南啧了一声。

邱奕一下乐了，笑了半天都没停下来，边南瞪着他，绷了一会儿也乐了，两人嘿嘿笑了好一会儿，都不知道有什么可乐的。

邱奕笑着把牛肉干放到嘴里，嚼了一会儿才低声说了一句：“不好意思啊，我就是没睡好。”

虽然邱奕到底为什么会突然有点儿冷淡，边南最后也没弄明白，但并不太在意，就当邱奕是病了。

反正现在他俩已经回到之前的状态，坐在阳光下有一搭没一搭地聊着，没有莫名其妙的尴尬感觉，这就行了。

他向来不太会追究这种事儿，从小到大养成的习惯，如果他一直追着问“为什么你们会这样对我”，最终的结果通常会让他陷入痛苦之中。

“现在放假了，你没平时那么忙了吧？”边南看着在场边拍着球来回跑的邱彦。

“差不多吧。”邱奕笑了笑，“暑假时间多，正好再找份事儿做。”

“唉！”边南忍不住叹了口气，“你就不能先歇歇吗？”

“你每天训练，觉得累，但扛得住，让你休息一个暑假再开始训练，你什么感觉？”邱奕问他。

“想死呗。”边南说。

“我这儿也一样。”邱奕笑了。

“你这意思是就让自己一直绷着呗，绷断为止？”边南啧了一声，“你也挺牛的，还有工夫管你们学校那些破事儿。”

“不管了。”邱奕靠在椅子上仰了仰头，“以后谁乐意管谁管吧，我下学期得实习了。”

“那又得群魔乱舞一阵子了。”边南招手把邱彦叫了过来，“我找个小哥哥教你发球好不好？”

“好！”邱彦抱着拍子用力地点了点头。

“你这教练当得真轻松。”邱奕笑着说。

边南起来走到旁边的教练身边说了几句，教练叫来了一个小男孩儿，看着十一二岁的样子。

小男孩儿带着邱彦走到了场地里，开始给他讲解发球的姿势和要领。

邱彦瞪大眼睛盯着他的动作，听得很认真。

“边南，”教练拍了拍边南的肩膀，“去帮我给那边的几个小孩儿喂球，那几个练回击。”

“哎？”边南愣了愣，顿时一脸不情愿，“我就休息这两天你别让我摸球了，我的朋友还在呢。”

“谁让你放假了还跑这儿来呢？”教练推了他一把。

边南只得拖了一筐球过去，回头瞅了一眼邱奕，邱奕正冲他乐呢。

喂球并不累，就担当个跟发球机差不多的角色，边南拿了球懒洋洋地一个个打过去，对面的小孩儿练习回击。

“别带旋儿！”教练喊。

“哦。”边南懒洋洋地应了一声，继续拿起球打过去。

邱奕看着他，拿了颗巧克力放到嘴里。

边南的动作很懒散，看着跟下一秒就要倒地睡着了似的，不过技术动作却还是很标准，过去的球落点也一直在变化。

半死不活地喂了半个小时球，边南才回到场边的椅子上坐下。

“看着跟早上刚被揍过一样。”邱奕给了个评价。

“你懂什么，我这是不想出汗。”边南啧啧了几声，又冲正埋头练发球的邱彦喊了一声，“二宝！歇会儿！”

“不！”邱彦很干脆地摇头。

“我去陪二宝玩一会儿。”边南又站了起来。

邱彦很聪明，模仿能力和身体协调能力都不错，很短的时间里就能把球发得像模像样了，就是偶尔会击空。

边南把着他的手纠正了一下他的姿势，摸到他一身的汗。

“宝贝儿，我在你的球包里放了毛巾，擦擦汗去。”

“哦。”邱彦跑到球包旁边，从包里拿出毛巾，在脸上、脖子上胡乱擦了几下，又学着边南的样子把毛巾盖在脑袋上，拿出瓶子喝了两口水。

邱彦精力很旺盛，快中午的时候邱奕被太阳晒得有点儿受不了，直接到场地里把他拎了出来。

“你看，你都晒黑了。”边南摸了摸他的脸。

“我不怕黑。”邱彦一脸不情愿。

“那你看你哥。”边南只得又指了指邱奕，“他都晒黑了。”

“我哥晒不黑的，我爸说小时候我哥在院子里铺个席子趴上面晒了两天都没有黑……”邱彦说。

“唉，”邱奕有点儿无奈，掀起邱彦的衣服拿毛巾把他身上的汗都擦了擦，又将东西收拾到球包里，“那你看大虎子，他再晒黑点儿就只剩牙了。”

邱彦转过脸盯着边南。

“胡扯。”边南乐了，“我就是这健康帅气阳光的小麦色，跟只剩牙差远了好吗？”

“配合一下。”邱奕说。

“哦，二宝，你先认认我的牙。”边南冲邱彦龇了龇牙，“以后你看不清我的脸的时候就看牙。”

邱彦愣了愣，很响亮地笑了起来。

邱奕并不是每天都有时间送邱彦来练球，他又接了两个给初三学生补课的活，隔天的上午、下午都安排了。

他不能送邱彦的时候，边南会打车过去接，带着邱彦每天蹭场地，偶尔帮教练打个下手。

老爸带着全家出门去海边度假了，临走前做了最后的努力，想让边南一块儿去，边南依然拒绝了。

只有自己一个人的家，让边南松了口气。给家里的保姆也放了假，他陪邱彦练完球回家的时候终于不再觉得煎熬。

“大虎子，”邱彦今天难得在练习的时候主动跑到场边休息了，坐在他身边擦着汗，“三十块钱能买什么东西啊？”

“嗯？”边南正玩手机呢，听了这话转过了头，“你要买什么？”

“不知道。”邱彦低头晃了晃腿，“我有三十块钱。”

“你给谁买东西？”边南问。

“给我哥哥。”邱彦有些不好意思地笑着说，“他明天过生日了，我想送礼物给他，但是我没有买过礼物。”

“你哥生日？明天？”边南愣了愣。

“嗯，你陪我去买礼物好吗？我不知道买什么，三十块钱能买什么？”邱彦有些纠结，“买零食？”

“零食是买给你自己的吧？”边南乐了，“那一会儿练完球了我陪你去商场。”

边南在买礼物上是老手，以前给小姑娘买礼物花样翻新都没有重样的。

给男生的礼物他也没少买，不过如果是他送给邱奕的礼物，那随便都能想出来，但邱彦这份礼物的上限是三十块钱，他就得琢磨一下了。

带着邱彦在商场里转了一圈儿之后，他俩去了小商品一条街，这里有不少价格便宜但很好玩的小东西。

邱彦攥着他那三十块钱一路盯着各种小玩意儿看，但始终没有挑出想买的东西，这个好，那个也挺好玩的，边南感觉这位小朋友的选择困难症已经到了晚期。

最后还是他拍板挑了一盏能夹在床头的阅读灯。

灯设计得很简洁，就在夹子上有一根能调节角度的金属软管和一支细长的小灯管。

边南拿出了十来年砍价的全部功力，不过他买东西基本不讲价，所以全部功力加一块儿大概也只有两成，最后老板一挥手，三十块可以买个白光的那种。

边南本来想添二十块钱买个能调白光和暖光的，但考虑再三还是放弃了，这毕竟是二宝自己送哥哥的礼物。

“哥哥会喜欢吗？”邱彦抱着盒子跟在边南身后，“这个灯像水管一样。”

“怎么就像水管了？”边南想笑。

“像我家喷头上面的那个管子。”邱彦看了看盒子上的图片。

“这个叫简约！你懂什么？”边南啧了一声，其实还真挺像的，“让你自己挑你挑到你哥明年过生日也定不下来。”

“不过这个可以扭来扭去，挺好的。”邱彦又研究了一会儿，“好玩。”

送邱彦回家的时候邱奕出门补课了，边南帮着邱彦把灯藏在了柜子里。

“明天再拿出来，知道吗？”边南关好柜门，“这叫惊喜。”

“嗯。”邱彦点了点头。

“明天下午我要过来的事儿要保密。”边南说，“我带蛋糕过来，你爱吃栗子蛋糕对吧？”

“是的。”邱彦响亮地回答。

“那我就订个栗子的，别让你哥知道。”边南又强调了一遍。

“知道啦！”邱彦拍了拍他的肩。

边南对自己的生日怎么过不太有所谓，反正每年都是林阿姨在家给他过一次，他拉上同学出去再过一次。

但他喜欢给别人过生日，挑礼物，送惊喜，每次他都觉得很有意思，特别对方如果是邱奕这种从来不过生日、生日当天就自己煮碗面吃了完事儿的人，那就更有意思了。

那种看着对方因为自己而开心的感觉，每次都会让边南觉得自己还是有人需要的。

从邱奕家出来，边南跑去了商场，准备给邱奕买件礼物。

不过转了两圈儿之后，他在商场休息区的椅子上坐下了，居然不知道该给邱奕买什么合适！

在他心里，邱奕的礼物不能随便买，怎么也得跟给万飞买那样，送点儿关系对等的东西。他给万飞买过游戏机，买过游戏手柄，万飞爱玩游戏。

可邱奕呢？这人除了上课就是打工。

边南连他有什么兴趣爱好都不清楚，邱奕抽空会打个架，但这不能算爱好，自己总不能送套打架工具。再说邱奕已经表示要退出打架界了。

邱奕爱看书，可他爱看什么书呢？边南不知道，因为一直觉得自己有文字过敏症，看到字就浑身难受，所以从来没细看过邱奕的书柜里那一柜子都是什么书。

大百科全书？二十四史？十万个为什么？

边南买了个甜筒，坐在椅子上绞尽脑汁地想了半个小时，最后先去护肤品区转了一圈儿，然后出了商场，走进了一家自行车专卖店。

邱奕那辆标志性的绿油油的车骑了不短时间了，加上上回自己跟万飞偷袭的时候车被摔过，那天带邱彦去游泳的时候边南能听到车时不时咔嗒响几声。

自己给邱奕换辆新车吧！

边南对自行车不了解，只能按着邱奕那个车的样子挑了一辆，骑着在人行道上转了两圈儿，很省力，轻轻一蹬就嗖嗖地蹿得跟要起飞似的。

“挺好。”边南说，往店里看了几眼，“有别的颜色吗？”

“有，白的、黑的，蓝色的也有，还有一款花的。”销售员指着几辆车，“我们这里颜色不全，您要挑合适了我们从仓库给您调过来也行。”

“有……”边南抓了抓头发，“有……绿的吗？”

“绿的？没有。”销售员愣了愣，“您要什么绿色？不着急拿走的话，我们可以帮您喷色。”

“荧……荧光……”边南一拍车座，“哎，算了，要白的，白架子、白钴镳，越亮越好。”

边南把礼物搞定之后，买蛋糕就好办多了，家里别墅那个小区有家只做小区业主生意的特别能装的咖啡店，下午茶的甜点做得很好，林阿姨和边馨语总上他家吃东西，他家也会帮客人定做各种点心。

边南到店里订了个双层的蛋糕，让店员记得在上面转圈儿写上“邱大宝生日快乐”。

第二天拎着蛋糕骑着车往邱奕家去的时候，边南感觉特别遭罪。

他家跟邱奕家离得挺远，中间要骑着车“跋山涉水”的，他骑车技术相当一般，从小到大就没骑过几次，上回带邱彦去游泳的时候就老担心会把邱彦连人带车都摔出去，现在单手掌舵，夹在一堆电瓶车中简直是受罪，他又得留神车子，还得提防着手里的蛋糕被别人碰了。

骑到邱奕家胡同口的时候，边南折腾出了一脸汗，不过时间掐得还挺准，在邱奕到家但还没开始做饭这个空当里。

他骑着车进了胡同，邱奕家的院子门是开着的，在外面就能听见邱彦在里面唱歌，听不清歌词，听调完全不知道唱的是什么歌。

“二宝。”边南在门外压着声音叫了他一声。

邱彦的歌声顿了顿，接着他就边唱边跑到了院门口：“太热烈太热烈太热烈太热烈！这白天的幻觉，耶耶耶耶……”

“太热烈太热烈太热烈太热烈。”边南总算听清了歌词，没想到邱彦还会唱这样的歌，边南跟着小声唱了一句，想把邱彦的调从宇宙之巅拉回来，但没成功。他刮了刮邱彦的鼻子：“你哥回来了吗？”

“这美丽的误会，耶耶耶耶……”邱彦边唱边点了点头。

“哎，你别唱了。”边南叹了口气，虽然知道邱彦很聪明，这是为了不让邱奕知道有人来了，但还是有点儿扛不住，“你让开，我直接骑进去。”

“是爱情的滋味！”邱彦坚持把这段唱完了才退到了门后。

边南把车搬过门口的坎儿，骑上去喊了一声：“邱大宝！”

“嗯？”邱奕拿着一杯水从屋里走了出来。

边南这边同时猛地一蹬，车飞快地蹿到了葡萄架下，顶着邱奕跟前儿停了下来。

“生日快乐！”边南把蛋糕拎起来又吼了一声。

邱奕往后退了一步，有些吃惊地看着他，张着嘴半天没说出话来。

“快接一下。”边南把蛋糕往前递了递。

邱奕接过蛋糕，放在了旁边的小桌上，又盯着他，似乎还没回过神儿来。

“这车是我挑的，比你现在那辆骑着爽多了。”边南下了车，把车停好，“你上来试试，不过我忘了个重要的事儿，忘买车锁了……”

邱奕笑着拍了拍车座：“你这……也太费心了。”

“有什么费心的，上店里买了骑过来就行。”边南嘿嘿笑了两声，“不过说真的，我没好意思问人家有没有荧光绿漆的，你那色儿是自己喷的吧？”

“不是，直接买的就是那个色儿。”邱奕跨到车上。

“直接就有那色儿？全市就卖掉了你那一辆吧……”边南乐了。

“你就跟这荧光绿过不去了是吧？没完了还。”邱奕有点儿无奈。

“试试好骑吗？”边南说。

邱奕掉转车头，在院子里转了一圈，停在了边南面前：“很舒服。”

“你骑车技术不错。”边南竖了竖拇指，就这小院子里还堆满了花盆、木箱、破锅的，邱奕稳稳地转了一圈儿，什么也没碰着，“我一路骑过来累一身汗。”

“你骑车还不如二宝。”邱奕笑了笑。

“滚。”边南拎着蛋糕进了屋，“冰箱有空地儿吗？先冰上吧。”

邱奕跟进来打开冰箱，挪了半天腾出一块儿地方来：“怎么买个这么大的蛋糕？”

“好看啊，今天吃不完可以留着明天当早点嘛。”边南看了看还在院子里围着车转的邱彦，“二宝喜欢吃，我专门买的栗子的。”

“谢谢。”邱奕看着他，“真挺意外的。”

“咱俩生日挺近的，我还一个半月生日。”边南嘿嘿乐了两声，“你到时记得送我礼物。”

“好。”邱奕点了点头。

“你今儿晚上不去饭店吧？”边南看着邱奕把蛋糕和自行车都放好了才想起来问了一句。

“要去。”邱奕皱了皱眉，“我今天正常上班的。”

“啊？”边南忍不住喊了起来，“你不是吧！”

“我不知道你会来，”邱奕看上去挺纠结，拧着眉，“怎么办？要不你回……”

“你骗我！”边南指着他，打断了他的话，指了两下之后转身就往邱爸爸的屋里走，“小样儿！你平时说话哪儿来这么多表情！”

邱爸爸在屋里看拳击比赛，正对着电视挥着拳。

“叔！”边南进去站到他面前，跟他对着挥了两拳，“我来了。”

“听到了，喊得全胡同都知道你来了。”邱爸爸笑着说。

“叔，邱奕晚上是不是休息？”边南问他。

“是啊，休息，生日嘛，休息一天，煮个面什么的。”邱爸爸点了点头，“不过不知道你要来，今天都没买菜呢。”

“没事儿，去趟超市就能买上菜了。”边南跑出了屋。

邱奕没在客厅里，边南进了里屋，看到他正在换衣服。

“就知道你骗我，神经病。”

“我去买菜。”邱奕拿过钱包放进口袋里，“你陪二宝下跳棋吧，他下午人格分裂自己跟自己下了一个多小时。”

“晚上再陪他下，要不你陪他，我去买菜，哪有让寿星出钱买菜的。”边南说。

“寿星不出钱，老板发了红包。”邱奕拍了拍口袋。

“那不一样，红包你留着，两回事儿。”边南问，“你们饭店福利还挺好啊，还是上回那个什么姐吗？”

“嗯。”邱奕应了一声。

“我要去买菜！”邱彦在客厅里听到了他们说话，立马喊了起来，“我要去买菜，我买菜！”

“带你一块儿去呗。”边南啧了一声，“二宝这教育真到位，一个小男孩儿，居然喜欢买菜。”

“他就是想出门儿。”邱奕笑了笑，“你现在就是让他去胡同口扔垃圾他也一样积极。”

买菜不用去太远，小街上那个小超市里就有。

边南对买菜没研究，也没兴趣，就趴推车扶手上拿着手机一边斗地主一边跟着邱奕走，邱彦精力旺盛地在他身后拽着他的裤腰推着他。

邱奕对这个超市很熟，东西在哪儿都清楚，边南甚至发现有超市大姐跟他打招呼，走到卖鸡蛋那块儿的时候，居然还有个大姐专门给邱奕留了两盒打折的鸡蛋。

“哎，我知道你为什么去跳广场舞了。”边南有些震惊，“你这丘比特拿的是霰弹枪啊，一打打一片。”

“羡慕吗？”邱奕把鸡蛋放进推车里，“火柴厂那儿晚上八点开场。”

买好了菜结账的时候边南一看邱奕要掏钱包，一把把他推到边儿上，掏出钱包：“你别动，我来。”

邱奕没有跟他争，只是拿了会员卡出来递给他。

“阿姨帮我看看有多少积分了。”邱彦扒着收银台，“能换酸奶了吗？”

“可以换了哦。”收银员看了看积分，“今天换吗？”

“换！”邱彦说，说完又看着邱奕，“换吗？”

“换呗。”邱奕点了点头。

邱彦心满意足地换了一排不知道什么牌子的乳酸饮料，昂首阔步地拎着走出了超市。

“我看那儿还能换一整套锅呢。”边南说，“怎么不留着换大件儿的啊？”

“别想了，有二宝在永远只能换吃的，凑够最低那档就换了。”邱奕叹了口气。

回了家，邱奕开始准备晚餐，边南陪着邱彦在葡萄架下边儿下跳棋，一人三个角。

边南觉得邱彦大概是下午裂成两半的人格还没重组好，每次轮到他跳子儿的时候，他都会小声说话：“你说，往这儿跳行不行？嗯，我觉得可以呀……那就这么跳吧，下轮让你跳……好的……”

“你跟谁说话呢？”边南问他。

“跟自己啊。”邱彦低头捏着玻璃珠子跳了一串，“我得商量着跳，得调度啊，这么多呢。”

“哟，你还知道‘调度’这词儿呢？”边南赶紧把刚喝的一口水咽了下去，然后咯咯一通乐。

“粥还是米饭？”邱奕在厨房里问了一句。

“粥。”边南和邱彦一块儿回答。

“大米粥、小米粥？”邱奕又问。

“大米粥。”邱彦说。

“小米粥。”边南同时开口，紧跟着又说，“大米粥吧。”

邱奕做菜动作很快，也不需要人打下手，不到一小时，几个菜就全上桌了，边南闻着香味儿，棋下不下去了：“准备吃了吧？”

“嗯。”邱奕捏了一小块儿炒鸡块放到邱彦嘴里，“还有一个青菜炒出来就吃了。”

“好吃！”邱彦喊了一嗓子。

边南把跳棋收了，去厨房把碗筷拿出来，邱彦已经把邱爸爸推到了院子里：“爸爸，你喝酒吗？”

“来点儿吧。”邱爸爸挺有兴致，拍了拍边南的肩，“跟叔叔喝两杯。”

“我大概也就能跟您喝两杯。”边南嘿嘿乐着。

邱奕拿了三瓶啤酒出来，咬开了瓶盖一人面前放了一瓶，又帮邱爸爸倒了一杯：“您就这杯吧，医生说了少喝酒。”

“行。”邱爸爸乐呵呵地点了点头，拿起了杯子，“儿子生日快乐。”

“生日快乐。”边南跟着拿起瓶子。

邱彦也举着自己的酸奶：“碰杯！哥哥生日快乐！”

“谢谢。”邱奕笑着拿起瓶子跟他们挨个儿碰了一遍。

“哎，我得先垫点儿，别喝了这一口就倒了。”边南喝完一口啤酒之后拿着碗站起来往厨房走，“我喝点儿粥。”

“刚用凉水泡上，还烫呢。”邱奕跟了过来，“你喝粥要加料吗？”

“来点儿蚝油就行，我不爱喝淡……”边南一边说一边拿了大勺在锅里搅了搅，愣住了，“这是什么粥？”

“大小米粥。”邱奕拿出蚝油往他碗里倒了点儿。

“什么大小米？”边南凑过去盯着粥看，“这就是二米粥！”

“知道你还问，你要小米，二宝要大米，就都放了。”邱奕敲了敲锅，“有意见？”

“不是……不爱吃二米粥，我爱吃甜的小米粥……”边南很纠结，没想到邱奕会如此简单粗暴地同时满足他和邱彦的要求。

“等等。”邱奕出了厨房，过了一会儿又进来了，拉过他的手，把一根牙签放在他的手上，转身走出了厨房，“想吃什么自己挑出来吧。”

“你狠！”边南喊。

最后他还是决定就用蚝油，盛好拌好之后端着碗回到桌子边尝了一口：“哎？味道还不错嘛。”

“废话。”邱奕笑了笑，“煮一块儿味道都一样。”

“口感比白粥强啊。”边南觉得这粥还挺意外的，“我家保姆做的没这个味道好。”

喝完这碗粥之后，邱爸爸突然对着他举起杯子：“大虎子，来，干了！”

“啊？”边南拿起自己只喝了一口的瓶子，再看看邱爸爸那半杯啤酒，“叔，您这也太狠了……”

“我就说说，这不显得豪迈嘛！”邱爸爸笑着把杯子里的酒喝光了，“我干了，你随意！这句也挺豪迈的。”

边南对着瓶子喝了两大口啤酒，虽然邱爸爸说了随意，但他也不能太随意了。

喝完之后他抹了抹嘴：“哎，大宝，今天晚上我要有什么奇怪的举动你别揍我，我感觉我可能要丢人了。”

“嗯。”邱奕笑了笑，拿起瓶子把自己的杯子倒满了，“酒量不行，架势还挺足。”

边南啧了一声，也把酒倒进了杯子里。

“你还说别人。”邱爸爸看着邱奕。

“哎？”边南反应很快地抓住了他这句话，盯着邱奕，“听叔叔这意思……你也不怎么样？”

邱爸爸在旁边一通嘿嘿嘿地乐。

“别激动。”邱奕慢悠悠地拿起杯子在他的杯子上轻轻敲了一下，喝了一口酒，“够你倒十来回了。”

邱爸爸继续在一边嘿嘿笑。

“您是不是该吃点儿别的药了啊。”邱奕被他笑得跟着乐了，“笑得没完了还。”

“今天我高兴啊，以为你又要一个人煮面吃呢。”邱爸爸伸手在邱奕的肩上拍了拍，“跟边南一样像个小孩儿多好。”

邱奕听了这话没出声，笑了笑，低头夹了一筷子青菜吃。

边南本来也跟着邱爸爸在嘿嘿乐着，看邱奕这样，嘿嘿了两声有点儿不好意思了。

他知道邱爸爸这话的意思，邱奕的确有着跟同龄人不相符的成熟，偶尔边南跟他待一块儿会有随时被他教育的错觉。

“我才是小孩儿。”邱彦一直埋头吃菜，这会儿才说了一句，“我刚八岁。”

“是，你是个特别可爱的小孩儿。”边南乐了，摸了摸他的头，“长大了别跟你哥似的那么严肃就行。”

“我严肃吗？”邱奕看着边南。

“是。”边南点头。

邱奕做的菜味道很好，边南感觉这水平直接能秒杀他家专业做菜的保姆了。

大家埋头苦吃了一通之后就开始边喝边聊，只有邱彦的脸继续冲着碗。

邱爸爸的啤酒很快就喝没了，他还想偷偷再倒点儿，邱奕拿过他面前的酒瓶一仰头把半瓶多酒一口气全喝光了。

“唉，抠门儿。”邱爸爸叹了口气。

“抠门儿！”邱彦咬着一块排骨跟着喊了一句。

“没错，一直都抠门儿。”邱奕笑着进屋又拿了两瓶啤酒出来。

边南觉得自己的脸有些发热，扭头往自己脚边看了一眼，顿时没刹住吼了一声。

几个人都被他吓了一跳，邱奕咬下来的瓶盖直接掉到了邱彦的碗里：“怎么了？”

“奇迹出现，一、二、三！”边南指着自己脚边的啤酒瓶，“我居然喝三瓶了，看你居然还没重影儿！”

“心情好就喝得多！”邱爸爸拍了拍他的肩膀，“我跟你说，叔叔年轻的时候啊……”

邱爸爸今天情绪特别高，话也比平时多，光是跟边南说他年轻的时候上农民家里偷鸡的事儿就说了快半个小时。

邱爸爸是个话痨这个发现还挺让人吃惊的，边南拿起瓶子又喝了一口。

“我用绳子套鸡那是一流水平，嘚儿一套，从不失手，保证绳到鸡来。”邱爸爸很得意地说，“后来就去公园里套圈儿玩，一块钱十个圈儿，十发十中，特别潇洒，邱奕他妈妈就是这么被骗来的……”

说到这里，邱爸爸突然没了声音，捏着杯子半天都没再说话。

边南有点儿不知道该怎么办，赶紧看了邱奕一眼。

邱奕一脸平静地吃着鸡翅，过了一会儿才说：“二宝给哥唱首歌。”

邱彦一点儿没犹豫，从凳子上跳起来就一边扭一边开始唱：“熟悉的脸孔，出现在我家的途中……”

邱爸爸被这一嗓子给喊乐了。

“这是什么歌？”边南已经放弃了从邱彦的调里寻找歌曲，直接问了邱奕。

“镜头里看见你，”邱奕看着他，跟着邱彦一块儿唱，“由远而近放大的笑容……”

“来个生日歌啊。”边南说，好像有点儿大舌头了。

“这个就是！”邱彦在走调的空余时间里忙不迭地说。

邱奕用手在桌上敲着节奏，一块儿继续唱了下去：“收到礼物的我很感动，原来你为了我的生日惊喜在偷偷地打工……”

边南总算听出了这歌跟生日有什么关系，乐了好半天：“小爷没去偷偷打工，这歌应该下个月我生日的时候唱给你听。”

邱彦喝了点儿酸奶比喝了酒还兴奋，又一连串唱了好多首歌。

一直到邱爸爸说累了要休息，他才终于被按下了静音键。

边南开始有点儿发晕，但跟平时喝了酒那种晕还不同，不知道是不是因为笑多了大脑缺氧，感觉思维都有点儿滞后了。

平时他对喝酒没什么特别的喜好，就是别人喝他跟着喝点儿，控制在自己即将发晕的边缘就停下了。

但今天他没找着节奏，邱奕把邱爸爸和邱彦都安顿好之后，他还靠在躺椅上拿着啤酒瓶慢慢喝着。

“哎！”边南看着邱奕，“蛋糕忘吃了，没插蜡烛，也没唱生日歌。”

“真是。”邱奕也看着他，“都怪我爸。”

边南乐了，冲着他一通笑，笑得停不下来。

“你是不是要开始抽抽了？”邱奕坐到他旁边往椅背上一靠，被他带着也开始笑。

边南一边乐一边转过脸看着邱奕。他很少看到邱奕这样笑，邱奕笑起来一看就跟邱彦是亲哥儿俩，眼睛都是弯着的，嘴角不跟普通人似的往两边，而是向上翘着。

“你笑起来挺像好人的。”边南用酒瓶碰了碰邱奕的胳膊。

“是吗？”邱奕转过脸，“这个秘密都被你发现了，喝多了吧。”

“我夸你呢。”边南指着他，“其实我是想说你人挺好的，比我以前想的要好。”

邱奕没说话，只是冲他笑了笑。

“你的酒量也……不怎么样啊。”边南啧了一声，脑子里乱七八糟地嗡嗡响着，也听不清响什么，自己说话都跟隔着棉花似的，“我以为你起码二斤的量呢。”

“我这是高兴。”邱奕晃了晃椅子，闭上眼睛，“跟酒量没关系。”

“真的？”边南撑起身体，葡萄架下暖黄色的光打在邱奕的脸上，他的睫毛轻轻颤着，在脸上投出一小片阴影，边南盯着他看了一会儿，“也是，你还……没开始唱歌呢。”

“你舌头打卷儿了。”邱奕勾了勾嘴角。

“打卷儿的那是二宝……的头发。”边南把瓶子里的最后一口啤酒喝光了，“一、二、三……五……我成仙了……你那边多少？”

“没数。”邱奕的啤酒早已经喝没了。

“一二三四，二二三四，三二三四……”边南站起来，到邱奕之前坐的椅子边儿看了看。

“你要不要睡觉？”邱奕听着他这动静笑了起来。

“一会儿再睡。”边南拿起一个空瓶子，“我给你唱首生日歌。”

“好。”邱奕睁开眼睛看着他。

“祝你生日快乐，祝你生日快乐。”边南拿着瓶子唱着，边唱还边挥着胳膊，“大宝生日快乐……大宝生——日——快——乐！”

唱完之后他给自己鼓了鼓掌，低头在裤兜里掏了半天，掏出个盒子来：“我还有个小礼物要送你，特别适合你。”

“什么？”邱奕笑了笑。

“大宝……”边南说着抬起头，刚想迈步，就觉得眼前一阵眩晕，踉跄了一下差点儿又跪到邱奕跟前儿，他赶紧伸手撑在邱奕那张椅子的扶手上，把盒子递到邱奕跟前儿，“大宝天天见。”

“你真想得出来。”邱奕接过他手上的大宝 SOD 蜜，笑得眼睛都快睁不开了。

边南跟着乐，头还很晕，大概是酒劲儿已经上来了，不敢动，双手撑着扶手看着邱奕。

邱奕笑了一会儿，把盒子拆了，从瓶子里挤了点儿乳液出来，往自己的鼻尖上抹了一下。

边南定定地看着邱奕，终于发现邱奕脸上已经开始有重影儿了。

他盯了半天都没能把两层重影儿对到一块儿，又眨了眨眼睛：“你双层了。”

“你……”邱奕被他盯得难受，伸手推了推他的脸，“都对眼儿了知道吗？”

“推什么推！”边南晃了晃，又眨了眨眼睛，“真有重影儿了，跟我对没对眼儿没关系。”

边南酒劲儿来得有点儿慢，都喝完半天了，他才开始慢慢展现出该有的“实力”。

相当晕，还有点儿乱七八糟，恍惚中还觉得丢人了，边南在一片混乱的眩晕中被自己的状态弄得挺茫然的。

他喝高了居然能办出这么丢人的事儿来……这也太丢面儿了！这不得被邱奕笑话死啊！

边南睡着了。

邱奕还没见过喝多了立马就能陷入沉睡的人，边南算是让他长见识了。

而且在跟邱彦和老爸装睡的长期斗智斗勇中攒出来的经验让邱奕马上就能判断出边南这是真睡着了，抓着边南的头发的手一松开，边南就直接出溜到了地上。

“我服了你了。”邱奕无奈地从旁边躺椅上拿了个靠垫放在边南的脑袋下边儿，然后起身一边揉着肩一边去上了个厕所。

邱彦和老爸都已经睡下了，屋里关着灯很安静。

邱奕进屋把邱彦扔得满床都是的玩具和衣服收拾了一下。

边南还睡着没动，身体跟拧绳子似的拧着劲儿，邱奕过去拽着边南的胳膊拉了拉："醒醒。"

边南连哼都没哼一声，更别说配合他起来了。

邱奕叹了口气，在旁边坐下，拿过邱彦没喝完的酸奶喝了几口。

他今天啤酒喝得不少，现在也有点儿犯困，平时把边南扛屋里去没什么问题，但今天边南跟个麻袋似的完全无法配合，要扛起来估计不可能。

喝完酸奶之后，邱奕站了起来，把边南推成了半坐着，从他胳膊下面伸手半提半拽地把边南往屋里拖了过去。

"哥哥，"邱彦不知道什么时候起了床，穿个小裤衩站在老爸的屋门口，"你在干吗啊？"

"看不见吗？把大虎子弄到床上去呗。"邱奕叹了口气，"你起来干吗？赶紧睡觉去。"

"我上厕所。"邱彦往门口跑过去，又盯着边南看了一眼，"大虎子晕倒了吗？"

"嗯，被我帅晕了。"邱奕笑了笑，把边南拖进了屋里，"要去赶紧去，别一会儿让我看到你还没睡！"

进屋他把边南脸冲下往床沿上一扔，边南哼了一声趴到床上，腿还跪在地上。

邱奕把边南的鞋踢掉，兜着他的腿把他掀到了床上。

"啊……"边南翻了个身，嘟囔了一句，"杀人了。"

"你别往里去。"邱奕过去把已经滚到墙边的边南拖到了床边，"裤子上都是土。"

边南迷迷糊糊地睁开眼，目光也没个焦距，不知道在看哪儿，没等邱奕再说话，就又翻个身贴在了墙上。

邱奕有点儿恼火地伸手往他腿上甩了一巴掌，沾了一手汗。

他叹口气拿了条毛巾到院子里弄湿，回到屋里把空调打开，又拍了拍边南："哎，擦擦，一身汗。"

"不。"边南脸冲墙抱着毛巾被很干脆地回答，接着又发出了低低的鼾声。

"找抽呢吧你！"邱奕没有洁癖，但特别不能忍受有人一身汗地躺在他的床上，这也就是边南个儿太大，他折腾不动，要换了邱彦，早被他拎去澡房里冲着去了。

"别烦！"边南突然翻了个身，胳膊往他身上一挥。

他赶紧躲开，边南的胳膊砸在了床板上，眼睛还是闭着的，睡得挺沉的样子。

"你最烦！"邱奕简直无语，过去对着边南的胳膊就是两巴掌，啪啪地响。

边南皱着眉在他打过的地方抓了抓，皱着眉继续睡了。

邱奕顾不上别的了，边南这一身汗，还穿着在地上滚过的衣服，再折腾两下，他这床就没救了。

去把毛巾搓了一下回来又跟烙煎饼似的把边南擦了一遍之后，邱奕才拿了换洗衣服去冲了个澡。

回屋的时候边南睡得还算老实，挨着墙，邱奕关了灯，拍拍枕头准备睡觉的时候，感觉到枕头下边儿有东西，于是开了台灯，掀开枕头看到下面放着一个用包装纸包着的盒子，上面还粘着一张小卡片，卡片上是邱彦工工整整的一行字：哥哥生日快乐，快长快大，越来越帅。邱彦。

邱奕笑着把盒子拆开，看到里面是一盏阅读灯。

对邱彦没给他买零食而是买了一盏灯，他挺意外。

他收起了台灯，把阅读灯夹在床头，然后去了老爸屋里。

邱彦闭着眼躺在床上，邱奕凑近看了看，邱彦的睫毛颤得很厉害。

"二宝。"邱奕摸了摸他的鼻子。

"我刚上完厕所，就没有睡着。"邱彦睁开了眼睛。

"我看到你送我的礼物了。"邱奕笑着在他的脑门儿上亲了一口，"谢谢，我特别喜欢，已经换上了。"

“真的吗？”邱彦眼睛一亮，“大虎子说你肯定喜欢的。”

“真的。”邱奕说，“大虎子带你去买的吗？”

“嗯，他挑的。”邱彦有些不好意思地笑着说，“我本来想买吃的。”

“想吃什么明天哥给你买。”邱奕拍了拍他的脸，“睡吧。”

回到床上，邱奕躺下，关掉了夹在床头的小灯，过了两秒又抬手打开了，然后再关掉，重复地开灯关灯几次之后，他用胳膊肘在边南背上碰了碰：“哎。”

边南呼呼睡着，邱彦想了想，撑起胳膊把边南扒拉成平躺，在他耳边轻声说：“谢谢啊，这个灯。”

边南吧唧了一下嘴，拧着眉继续睡。

邱奕盯着他看了一会儿，关掉了灯，狠狠地伸展了一下胳膊，在另一头闭上了眼睛。

这一夜边南睡得挺安静，没再像之前那样张牙舞爪的，让邱奕消停地一直睡到了邻居家的鸡叫早。

邱彦起得挺早，听动静是在院子里收拾昨天晚上的碗筷。

邱奕想起床说一声放着让他来弄，结果刚坐起来，边南的腿动了动，没等邱彦转头，边南已经像被捅了一刀似的蹦了起来。

“你……”邱奕被他吓了一跳，扭过头看到边南正盯着他，“干吗？”

“早。”边南说，然后直接一翻身跳下了床，在屋里转了两圈儿之后拿起衣服胡乱地往身上套着。

“你有急事儿啊？”邱奕莫名其妙地看着他。

“没，啊有。”边南抓了抓头，“有，有点儿事儿。”

“裤子穿反了。”邱奕指了指他的裤子。

边南低头扯着裤子看了看，飞快地脱掉重新穿好了，转身伸手去拿包的时候腿磕在了桌沿上：“哎！”

“你昨天没磕到脑袋啊，”邱奕看着他晕头转向的样子，“干吗呢？”

“我得走了，还有事儿。”边南背上包，“昨天我喝多了……”

邱奕反应过来他这大概是因为昨天晚上的事儿，刚想开口说没事儿，边南已经大步往门口走了过去，又说了一句："哎，我都喝断片儿了。"

邱奕的话卡在了嗓子眼儿里。

人都喝断片儿不记得了，那也不需要安慰了。

边南跑到院子里的时候，邱彦正从冰箱里抱出蛋糕放在桌上，一看到他出来，立马扑了过来："大虎子！"

"哎，宝贝儿，起这么早。"边南蹲下抱了抱他，"你干吗呢？"

"准备吃蛋糕呀。"邱彦挥了挥手里的一包蜡烛，"昨天没有吃，晚上我做梦都梦到了。"

"哦。"边南本来想直接走人，被邱彦这么一说，有点儿不知道该怎么办了，回头往屋里看了一眼，邱奕已经一边穿衣服一边走出来了，他只得把包放到凳子上，"那吃吧。"

昨天他迷迷糊糊地瞪了邱奕半天的记忆仍然清晰地在脑子里转着，晚上做梦他都梦到了。

这事儿挺尴尬的，要换了万飞，随便怎么着都没事儿，关系在那儿摆着呢，他跟邱奕虽然也挺熟了，但似乎没熟到能这么瞎闹的程度。

边南一想这事儿就老觉得会破坏了他英俊潇洒的光辉形象，他帅出天际的"体育单挑王"的形象。

不过邱奕看上去没什么异常，看他时的眼神跟平时一样。

边南对着蛋糕愣了半天，琢磨着邱奕也许也喝高了根本不记得这事儿了，只要别觉得他有毛病就行。

酒果然不是他能随便碰的玩意儿！

"大虎子！"邱彦叫了他一声，"点蜡烛！"

"哦。"边南回过神来接过蜡烛。

邱彦对吃蛋糕的过程要求很严格，虽然是大清早，但点蜡烛唱生日歌的步骤却不能少。

边南低头把蜡烛盒子拆了，正想找个打火机，邱奕从兜里掏了一个递过来。

"点几根啊？"边南问他，"你这是几岁生日？"

“十九岁！”邱彦在一边很响亮地回答。

“哦。”边南笑了笑，低头抓着一把蜡烛一块儿点了，数了十九根出来插好，“就比我大不到俩月啊，我以为你大我十岁呢。”

“你不是跟二宝同岁吗？”邱奕从蛋糕边上抹了点儿奶油舔了舔，“好甜。”

“好了，快去把你爸爸推出来。”边南拍了拍邱彦的肩。

大家一起围着桌子边拍手边唱完生日歌，然后邱奕低头把蜡烛都吹灭了，邱彦才满意地开始给大家分盘子：“吃蛋糕！”

“切这个得弄个大家伙。”邱奕去厨房拿了把西瓜刀出来，在蛋糕上比画了一下，“我切？”

“嗯。”边南点了点头，看着邱奕握着刀的手，感觉跟要开打似的，“寿星……切吧。”

分好蛋糕之后，边南低头狠狠地咬了一口，还挺好吃的。

邱彦在他旁边蹦了半天，他转头发现邱彦手指上顶着一坨奶油，举着胳膊一直蹦，估计是想往他脸上抹，蹦了几下没够着只好把奶油抹在了他的手上。

边南乐了，蹲下用手弄了点儿奶油抹在了邱彦的鼻子上，又在他的下巴上点了几下：“白胡子小老头儿！”

“你也是！”邱彦笑得很开心，往他嘴上抹了一圈儿奶油，又举着蛋糕往邱奕身上扑过去。

邱奕赶紧也蹲下，让邱彦在他脸上抹了几道。

邱彦举着蛋糕往邱爸爸那边去的时候，邱奕突然飞快地伸手往边南脸上勾了一下，一坨奶油糊在了他的脸上。

邱奕还挺玩得开，昨天统共五瓶啤酒就把自己喝成那样对边南来说挺尴尬的，总觉得跟人关系没随意到那份儿上，但他发现邱奕似乎没什么感觉。

从小到大边南都习惯了用大大咧咧来掩饰自己对别人反应的敏感，觉得邱奕也许也是在掩饰，怕他尴尬……

心里乱七八糟不知道在瞎想什么，边南一抬手，把一整块蛋糕直接按在了邱奕的脸上。

"你……"邱奕没躲开，脸上糊满了奶油和蛋糕，于是一把抓过边南的胳膊把自己手里的蛋糕也按在了他的脸上。

"哈！哈哈！哈哈哈……"邱彦响亮地笑了两声之后是一连串停不下来的笑。

边南把嘴角的奶油舔进嘴里，一抬头看到邱奕从奶油里抹出俩窟窿露出眼睛来，顿时一通狂笑，跟着邱彦笑得刹不了车了。

"笑什么。"邱奕也乐了。

蛋糕很大，又齁甜，除了邱彦，大家都是吃了一块儿就饱了，邱彦一个人吃了两大块儿才躺到躺椅上舒服地打了个饱嗝："这个蛋糕好吃。"

"剩下的都是你的了。"邱奕把蛋糕盒子盖好放回了冰箱里。

"吃完这些你就得胖一圈儿。"边南蹲在水池边洗脸，脸上都是奶油，拿香皂搓了半天摸着还是油油的，"哎，是不是得弄点儿洗洁精啊……"

"你的手机响了。"邱奕在一边顶着一脸奶油说。

"帮我看看，估计是万飞的。"边南挥了挥手，捧了水继续往脸上搓着。

邱奕从他的包里翻出手机，看了看，走到他身边蹲下了，轻声说："来电，老妈。"

"什么？"边南愣了愣，转过了脸。

邱奕把手机递到他眼前，又把手上的毛巾放到了他手上。

"她给我打电话干吗？"边南抓过毛巾胡乱地擦了擦脸，又在身上蹭了蹭手，拿过了电话。

邱奕蹲到水池边开始洗脸，边南拿着手机看了半天，最后走出院门，在胡同里接起了电话。

"喂？"边南靠着墙。

"喂什么喂，没存我的号码啊？"那边传来了老妈的声音。

说实话，老妈的声音很好听，四十岁的人了，声音听着跟小姑娘似的娇滴滴的，但边南每次听到她的声音都觉得心里有点儿发堵。

“存了啊。”边南说。

“叫声妈那么难啊，日子过得舒坦就顾不上亲妈了呗？”老妈的语气带着不满，“你妈要死了你估计都不会来看一眼吧！”

“有什么事儿吗？”边南皱着眉问了一句。

“我能有什么事儿？在你眼里我有什么事儿了才叫有事儿？”老妈一连串地说，“我要死了算事儿吗？”

边南叹了口气没出声儿。

“跟你那个亲爹一样狼心狗肺！”老妈又补了一句。

边南正想开口，电话那边传来了一个男人的吼声，什么东西被摔碎了，老妈尖叫着说了一句“你神经病啊”直接把电话挂掉了。

边南愣了愣，再打过去，老妈没接电话。

“我以为你走了呢。”邱奕的声音从身后传来。

边南赶紧回过头：“你一直在这儿？”

“没。”邱奕看了他一眼，“一秒钟之前我刚出来。”

“哦。”边南把手机放进裤兜里。

“你没事儿吧？”邱奕指了指他的脸，“脸色有点儿不好看。”

“是吗？”边南摸了摸自己的脸，“香皂洗的吧。”

“怎么不说是抹大宝抹的啊？”邱奕笑了起来，过了一会儿才放轻声音问了一句，“出什么事儿了吗？”

边南没回答邱奕，进了院子坐到椅子上看着邱彦收拾桌子。

他跟他亲妈没多少感情，平时联系得也少，偶尔打个电话或者过去看看，但每次都没什么美好的记忆就是了。

老妈脾气不太好，说话永远带着损劲儿，他弄不清老妈究竟是想见到他还是不想见到他。

但今天他有点儿不踏实，老妈是一个人住，也没男朋友，平时打个牌都是去牌舍，今天突然听到有男人在旁边砸东西，他有点儿担心，担心老妈会有什么麻烦，以及万一老妈有了麻烦之后的一串连锁反应。

他想过去看看，但老妈平时接触的人……不太好说，如果万飞没出门儿，他肯定会叫上万飞一块儿过去。

但他现在如果一定要带人过去，只有邱奕，虽说邱奕知道他家的事儿，理论上也比万飞更靠谱……

他拿出手机，又拨了一次老妈的号码，还是没人接。

他皱着眉小声骂了一句。

邱奕坐到了他身边："要去看看吗？我下午才补课，早上没事儿，可以陪你一块儿去。"

边南迅速转过脸盯着他："你偷听了吧？"

"这还用偷听吗？"邱奕笑了，"接完电话脸就能绕地球两圈儿了，打电话过去又没人接。"

"我妈……"边南犹豫了一下才说了一句，"要不……你陪我过去看看吧，我怕她让人揍了。"

老妈住在城东一个小区，房子是老爸分手的时候给她买的，据说边南当年就是被锁在这套房子的厕所里被老爸解救的。

边南没有太深刻的记忆，只是在之后很多年的梦里，梦到关于房子的内容时，都会出现这一套的样子，但从来没梦到过厕所。

老妈的房子在一楼，带一个小小的半开放式院子，有十来盆早已经枯死了的花花草草。

边南按门铃前先站在门外听了听，屋里很安静。

邱奕从他身后伸出手在门铃上按了一下。

老妈穿着睡衣开的门，看到门外站着的边南和邱奕，显然有些吃惊。

"你怎么来了？"老妈拢了拢头发，转身回了屋里，"看戏的反应还挺快，可惜已经演完了。"

"我在外边儿等你吧。"邱奕说。

"嗯。"边南进了屋。

"你新交的朋友吗？"老妈坐在沙发上，点了支烟看着边南，"你不总是跟万飞一块儿的吗？"

边南没说话，屋里一片狼藉，地上全是玻璃碴子，花瓶和窗户碎了一地，老妈很喜欢的一套茶具也被砸碎了。

“看够了没，要不要拍两张照片存着啊？”老妈说。

“你男朋友干的？”边南问她。

老妈夹着烟笑了起来，半天才站起来用脚把地上乱七八糟的东西踢到一边，过去给边南倒了杯水：“他脾气不太好。”

“打你了？”边南接过杯子的时候看到老妈手腕上有几条红痕。

“没，我抽他的时候被抓的。”老妈拍了拍他的肩膀坐回沙发上，“哎！你还知道跑过来看看，真感动，比隔壁那家的狗强多了，碰上事儿只会跑。”

“那你赶紧生条狗跟他家比比。”边南放下杯子，往门口走了过去。

“浑蛋！你再说一句！”老妈突然吼了一句跳起来，手上的烟几乎指到边南的脸上，“我这辈子都毁在你爸手上了！生个儿子现在就是这么对我的！”

边南没说话，只是靠在桌边看着她。

“我跟你说，边南，”老妈沉默了一会儿，用手指在他的胸口上一下下戳着，“谁都能看不起我，就你不能。”

“我没看不起你。”边南皱了皱眉，“我只是不知道你到底想要什么。”

老妈低头狠狠地抽了两口烟：“你那儿有钱吗？”

边南差点儿笑出来。

“他从别人手上接了个小工程，差点儿钱。”老妈看着边南，“你那儿有多少？”

“你要多少？”边南问。

“二十万。”老妈说。

“我哪儿来的二十万？”边南看了看地上的碎渣，“那人知道你还有套房吗？”

除去之前被老妈折腾没了的铺面和房子，老妈名下还有一套小房子，在市区不错的地段，她把那套房出租了，租金不低，如果不瞎折腾，生活不成问题。

“我又不傻。”老妈笑了笑，“但这人对我还不错，我就是想帮他一把，一块儿……”

“我没有二十万。”边南说，老妈高中毕业之后当了几年服务员，认识老爸之后到现在就没工作过，边南根本不相信她能跟这人干什么工程。

“那你有多少？钱要不够我就得卖房了。”老妈皱着眉说道。

“你还说你不傻？”边南看着她，“我没钱，你过不下去了我给你生活费，我给你养老，多的钱我没有。”

“滚吧。”老妈坐回沙发上，“滚吧。”

边南拉开了房门，老妈在他身后又追了一句：“我不需要你养，你留着去养你亲爹和你阿姨吧！不过也许轮不上你去养……”

边南没在门外看到邱奕，四处看了看才发现邱奕在旁边的一排健身器材那儿跟一个老太太面对面玩扭腰器。

边南走过去坐在了跷跷板上，邱奕从扭腰器上跳下来，坐到了他的对面。

“跟奶奶聊天儿呢？”边南蹬了一下地，跷跷板跷了起来。

“嗯。”邱奕也蹬了一下，“聊完了？没事儿吧？”

“没事儿。”边南闷着声音说，“反正就那么回事儿了。”

“你跟你妈长得挺像的。”邱奕说。

“都这么说。”边南笑了笑，“不过我跟我爸一样黑。”

玩了一会儿跷跷板，两人离开了小区，沿着路慢慢往前走。

边南低头看着地上的花砖，沉默了很长时间之后问了一句：“谁把谁的一辈子给毁了，这话你觉得有意义吗？”

“你妈说的吗？”邱奕看了看他。

“嗯。”边南笑了笑，“她一直说她是真的爱我爸，我爸毁了她这辈子。”

邱奕没说话。

“我觉得没谁毁谁这一说，要真论起来，她先毁别人家来着。”边南对老妈的感情很复杂，在这一点上他始终不能认同她，“以真爱为借口，只是最后没全毁了而已，末了还让自己过成了这样。”

边南想到临出门时老妈的那句话，心狠狠地抽了一下。

“真爱吗？”邱奕说。

“嗯，真爱呢，”边南仰起头看着天，“这种真爱有什么意义？以伤害别人为前提的真爱根本就不算爱，自私而已。”

“有些感情从开始就注定会有伤害，伤害别人，或者自己，”邱奕掏出烟点了一根叼着，“无论你愿意还是不愿意。”

“就我妈和我爸这样的。”边南啧了一声。

“还有别的。”邱奕吐出一口烟。

边南想了想，忍不住把这话跟邱奕那天的话想到了一块儿去，总觉得自己似乎感觉到了邱奕的什么秘密，试着问了一句：“比如？”

“你猜。”邱奕冲他笑了笑。

“神经病，”边南挥了挥胳膊，“不管了！走，打车回去，我下午带二宝去打球。”

谁都有点儿不愿意说出来的秘密吧。

带着邱彦胡乱玩了几天网球之后，边南开始安排邱彦进行系统训练。

邱彦让他挺吃惊，就算是枯燥的各种基础训练，邱彦都会认真完成，比暑期班的那些孩子都有劲头。

教练找了边南，说这个卷毛小朋友条件不错，想问问家里愿不愿意让小朋友正经练下去。

虽说邱彦不是他亲弟弟，但被这么表扬，边南还是觉得很得意。

“你来接二宝的时候带个甜筒给他吧。”边南给邱奕打了个电话，“他训练特别认真，值得奖励。”

“好，你要吗？”邱奕笑了笑。

“要啊，我也挺认真的。”边南嘿嘿乐了两声。

训练完了之后，边南带着邱彦走到了远离学校的路口等邱奕。

邱奕骑着车过来的时候，边南发现白车比荧光绿的车更显眼，老远就能看见，简直酷得不行。

“哥哥！”邱彦跑过去喊了一声。

邱奕将车停在他面前,把手里拿着的甜筒递了一个给他:“这一脸汗。”

“你牛啊。”边南走过去，“甜筒都没化呢。”

“一路狂蹬过来的。”邱奕把另一个甜筒递了过来，“这车挺起速的。”

“你比万飞靠谱多了。”边南冲他竖了竖拇指，“那小子给我带的甜筒从来都不是完整的。”

邱奕迅速把甜筒收了回去，抖了一块在地上，然后再递过来：“给。”

“你大爷！”边南拿过只剩了小半个球的甜筒喊了一句。

“这不是怕你不习惯吃一整个儿的吗？”邱奕笑了笑。

“滚！”边南骂了一句，狠狠地把剩下的那半个球塞进了嘴里。

甜筒在嘴里半天没化，边南牙都被冻麻了，脸上也冻得生疼。

他含混不清地说：“冻死我了。”

“谁跟你抢啊。”邱奕乐了。

边南没说话，捂着脸努力地把冰激凌球咽下去。